生家を追放された晶は、
新天地で州都を守護する
守備隊での訓練を重ねる一方、
雨月《うげつ》・晶《あきら》
高性能な回復用の
符を作る能力を活かした
秘密の顔を持っていた……
泡沫に
神は微睡む
1
追放された少年は火神の剣をとる

――このままでは、
咲は踏み潰される。
そう思ったとき、晶の身体は
無意識のうちに動いていた。

久我《くが》
諒太《りょうた》
「へぇ。君、回気符が書けるんだ」
「はっ。回気符だけかよ、初歩の呪符じゃねぇか」
「――何、云ってんの？
私たちは、その初歩すら書けないのよ」
輪堂《りんどう》
咲《さき》

「——口にしやれ。
其方の願い、その全てを妾が叶えてやろう」
朱華
《はねず》

泡沫に神は微睡む

泡沫に神は微睡む

追放された少年は火神の剣をとる

安田のら
nora yasuda

絵——あるてら

1

口絵・本文イラスト
あるてら

装丁
coil

目次

序　晩夏の記憶は、今なお鮮明に　1

「――――よって、我らが雨月《うげつ》の地より、雨月晶《あきら》を放逐することを決定する」

雨月家当主、雨月天山《てんざん》の冷然とした声が謦一《しわぶき》つとてなかった雨月の屋敷の中広間に、何の感情も見せずに響き渡った。

雨月直系の血筋を持ち、本来であれば紛うかた無く当代の嫡男であった雨月晶は、その時に姓を奪われ、寄る辺なきただの晶となった。

中広間の最下座で額を擦《こす》り付けるように平伏させられた晶は、畳に爪を立て必死に心を圧《お》し殺して視線を畳の一点から動かさぬように耐えた。

その扱いはまさに罪人と等しく、雨月の嫡子でありながら、晶はその場にいる誰《だれ》よりも立場が下だった。

厭悪《えんお》、侮蔑《ぶべつ》、嘲弄《ちょうろう》。思いつく限りの悪意を孕《はら》んだそれら。

齢《よわい》10を数えて、一ヶ月が過ぎただけの幼い身体《からだ》に、中広間に集った雨月の家臣全員の視線が無遠慮に突き刺さる。

それらは見えない針となり、痛苦すら伴う無言の圧力で晶の矮躯《わいく》を責め立てた。

…………こうなる事は判《わか》っていたのだ。

覚悟だってちゃんとしてきた。何時《いつ》かではなく、何時でも云《い》われる覚悟はしてきた。

――積もり、だった。

それでも自分の意思とは関係なく、晶の身体は瘧《おこり》に罹《かか》ったかのように小刻みに震える。

見限られた。その現実に晶の自我《こころ》が耐えられなかったのだ。

涙を堪《こら》え震える晶を、雨月の当主を筆頭《はじめ》とする中広間の全員は当然の事と嗤《わら》って見下していた。

◇

この世に生まれたものは、必ずその身に精霊を宿す。

生命《いのち》あるものは如何《いか》なるものであれ、その生の束《つか》の間を精霊と共に過ごすのだ。

――それは、この世界における常識であった。


極東の大洋に浮かぶ島、高天原《たかまがはら》。

そこは、五柱もの神柱が五つの洲《くに》を知ろしめす島国だ。

他国が一神柱のみを擁するのが精々であるのに対して、多くの神柱を宿すこの島国に住まう者たちには高位の精霊が宿りやすい。

別《わ》けても貴人。央洲を統べる神人たる三宮の御杖代《みつえしろ》と、高天原の東西南北に分かれている洲の太守たる四院。その四院に二家ずつ仕える八家と呼ばれる華族は、各々が取り分け強大な上位精霊の霊力を背景に龍脈上の要衝地を治めていた。


晶の生家である雨月家は、北部國天洲《こくてんしゅう》に所領を持つ八家の一角である。

その歴史は八家に於《お》いても最も長く、武に於いても八家中最強と名高い。

その雨月家で、表にも出せぬ汚点と蔑《さげす》まれているのが晶だった。


晶が何かをした訳ではない。

勉学はそれなり以上に修めていたし、機転も悪くない。

剣術に於いては、齢10で年配すら圧倒する域に達し、それでも驕る事無く誠実に剣と向き合っていた。

物静かな性格に棘《とげ》も無く、幼い月日をひっそりと過ごしてきた。


だが唯一、看過し得ぬ問題を晶は抱えていた。

産まれた時分より、精霊を宿していなかったのだ。

誰もが精霊を宿すこの世界において、精霊に疎まれた忌み子。

――それが、晶であった。


この子供は、何れ《いず》六道輪廻《りんね》の定めから外れ、災いを撒《ま》き散《ち》らす穢レ《ケガ》へと堕《お》ちるに違いない。

そう断じられ、本来は産まれた日に密《ひそ》かに処分される筈《はず》だった。

穢レとは、瘴気《しょうき》と呼ばれる常世の毒より生じる災いの総称だ。

精霊力を揮《ふる》い穢レを退ける事を使命とした防人《さきもり》たち武家華族。その中でも強大な上位精霊を宿す衛士《えじ》たるべき八家の惣領《そうりょう》息子が忌み子などと、決して外に漏らせぬ、史書に一言たりとも残せぬ恥辱である。


それでも晶がその命を永らえられたのは、幸運が十重二十重《とえはたえ》に重なったからだ。

先《ま》ず、晶の生誕を雨月家以上に慶《よろこ》んだのは、國天洲を治める四院の一角、義王院《ぎおういん》であったのが大きかった。

母の胎《はら》にいた時点で、何処《どこ》から聴きつけたのか、雨月家当主を呼びつける前にわざわざ義王院の当代当主自ら赴いて母の妊娠を確認したほどだ。

そのまま常ならぬ強引さで、産まれてくるだろう晶より数ヶ月早く産まれる予定であった義王院の継嗣たる娘との婚約を結んだほどだから、慶びの大きさも知れるだろう。


三宮四院の一角たる義王院が、伴侶《はんりょ》選考の審議を通さずに完全に一存のみで婚約を決定したことは、洲内でも語り草にはなったが、相手が雨月であったことで驚きも減った。

八家に於いて最も永い歴史を刻んできた雨月家は、己が主《あるじ》と掲げる義王院への忠誠に疑いなしと謳《うた》われていたからだ。

これまで義王院は、華族の勢力バランスを取るために敢《あ》えて八家から婿を取ることは無かったが、その信義を破って望んだのが忠臣たる雨月の子供であったのは、他家の誰もが納得するところであった。

——十月十日《とつきとおか》の後、晶に精霊が宿っていない事実が雨月内で判明した時には、状況は既に後戻りできないところまで進んでしまっていた。

婚約関係として義王院の預かりにもなった晶は、その処分すら義王院に伺い立てしなければならなくなったのだ。

だが、忌み子の存在が公になれば、終生、雨月に消えぬ汚点が付く事になる。

晶の処遇に身動きが取れなくなったところで、後ろ盾に祖母の雨月房江《ふさえ》が立ち上がった。

雨月にて永く台盤所を預かってきた女傑、先代の御代《みよ》から刀自《女当主》と呼ばれた彼女は、晶の立場を憐《あわ》れんだのか積極的に晶を可愛《かわい》がってくれた。

時は流れて、破綻《はたん》の始まりは決定的な形で訪れた。

晶が7つの頃《ころ》、『氏子籤祇《うじこせんぎ》』に落ちたのだ。

『氏子籤祇』とは土地神とただ人を結ぶ儀式。

真実、神性が息衝《いきづ》くこの地に於いて、土地神との契約は余人が想像するよりも大きい。

人別省に戸籍登録した子供は、土地神の氏子となりその地の一員であると神に認められる必要があるのだ。

しかし、氏子と認められるための儀式、『氏子籤祇』を引いた結果、晶に与えられた籤紙には白紙しかなかったのだ。

数えて10回《とお》、引き直すも与えられた結果は白紙のみ。

精霊が宿っていないという事実、その欠陥は土地の神柱にさえ受け入れられることは無いのだと思い知らされた瞬間だった。


時は統紀３９９６年。葉月《8月》も終わりに差し掛かった頃。

永く晶を庇《かば》い立ててきた祖母の雨月房江が亡くなって、初七日も過ぎぬ４日目。

雨月内部に於ける庇護《ひご》を失った晶は、故郷であった五月雨《さみだれ》の領地を追われるように放逐の憂き目に合っていた。

◇

「精霊の宿らぬ穢レ擬《もど》きに、これ以上屋敷を彷徨《うろつ》かれる訳にはいかぬ。早々に立ち去るように」

本来罪に問われるものが座る最下の位置で、父親であった天山の下知を平伏《ひれふ》したまま受け入れる。

しかし、退出の許可は与えられていないので、平伏の姿勢が解かれることは無い。

これが雨月における衆議の日常だった。

晶の退出が赦《ゆる》されるのは、衆議の出席者が全《すべ》て退出した後であるのが屋敷の常識であった。

「精霊に見捨てられる。勉学も剣も並み以下。挙句、唯一の望みを懸《か》けて符術《ふじゅつ》を学ばせてみても、辛うじて上手《うま》くなるのは筆の扱いのみときた。……貴様には、ほとほと愛想が尽きたわ」

侮蔑に塗《まみ》れた文言を吐き捨て、天山は右上座の2座目に座る青年にちらりと目を遣った。

「直利《なおとし》。教導の身として、実際のところ此奴《こいつ》の出来はどうだった？」

晶に符術を教えた不破《ふわ》直利が、平伏の後に晶の評価を下す。

教導した者として正直に所感を述べたが、晶に対し憐憫《れんびん》の情で接していたのが救いであったろう。

「……呪符の文言は過不足なく書けますが、霊脈の自覚はありませんでした。力及ばず申し訳ありませんが、晶君に符術の才は無いかと存じます」

精密な霊力の操作には霊脈を自覚する必要がある。これは符術の修練を重ねることで自然と会得するものだが、晶は幾度、修練を重ねても一向に自覚へと至れなかったのだ。

何故《なぜ》なら、霊力操作には中位以上の精霊が条件となるからだ。精霊無しの晶には最初から無理なのだが、それを指摘する者はその場に居なかった。

「ふん。まぁ防人は疎《おろ》か氏子にすら認められん穢レ擬きの貴様に才能などと、土台、贅沢《ぜいたく》な願いであったか。貴様の身分はまだ義王院の預かりにある故に、我らが処分する訳にもいかん。此処《ここ》まで育ててやった恩を感じているなら自裁を選んで欲しいが、まぁそれは酷と云うものか。しかし、義王院の御前に我らの恥を晒《さら》す前に、貴様を追放する。この時点より、此処に控える颯馬《そうま》が雨月の嫡男となる。総員、異論は無かろうな」

「――この度、雨月の嫡子を受命致しました、雨月颯馬と申します。家臣の皆々様、これよりご指導のほど宜《よろ》しくお願い致します！」

左上座に座る颯馬が、頭《こうべ》を垂れながら溌剌《はつらつ》と嫡男の挨拶《あいさつ》を挙げる。

その背中には、明確に姿を顕《あらわ》せるほどの精霊力を持った、単衣《ひとえ》を纏《まと》った女性の神霊《みたま》が微笑《ほほえ》みを浮かべて立っていた。
雨月の将来に阿《おもね》る家臣たちが、口々に祝辞を囀《さえず》る。
表情が見えぬように平伏する晶の事は、既に其処《そこ》に居る者たちの思考には無かった。
ただ晶は、無心に平伏を続けるのみ。
――退出が叶《かな》ったのは、それから常より長い一刻《2時間》の後だった。

序　晩夏の記憶は、今なお鮮明に　2

罪人同様に持ち合わせも与えられず、荷物のまとめは四半刻《30分》もいかない間に済んだ。

表入り口から正門迄《まで》の、さして長くもない玉砂利が敷き詰められた道を直利《なおとし》について歩く。

じゃりじゃりと足元で玉砂利が啼《な》く中、師弟であった二人は終始無言で歩調を合わせる。

――と、足を向けた先から、男二人の談笑する影が差した。

「……鹿納《かのう》どのは、隣領へ出向に御座いますか？」

「然《しか》り、火玉《ひざま》が猛威を奮っていましてな。あれは群れを成すと聞く、暫《しばら》くは向こうに縛られるであろうさ」

「雨月《うげつ》陪臣を筆頭に据えての守備隊出向とは。雨月御当主さまの心尽くしに、隣領の者たちも感謝の念一つでしょう」

「ははは……………！」

晶《あきら》の存在に気付いてはいたはずだ。しかし刻む歩調に淀《よど》みは無く、傍らを過ぎる速度には些《いささ》かの躊躇《ためら》いも窺《うかが》えない。

――交わす挨拶も無言のまま、直利にだけ向けて。

晶と男たちが交差する瞬間、男たちが羽織る防人《さきもり》の象徴である羽織が大きく翻った。

視界の端で踊る羽織に視線を奪われないよう、晶は努めて下を向いて歯を喰《く》い縛る。

「晶君、高みを望むのは相応に赦《ゆる》されたものの特権だ。君は未《ま》だ、今後の生活だけを考えなさい」

「……………………はい」

その瞳《ひとみ》に浮かぶ羨望《せんぼう》の輝きに気付き、直利は敢《あ》えて現実を口にした。

呑《の》み込む現実の辛《つら》さに返る応《いら》えも遅れるが、それでも尚《なお》、晶の聡明《そうめい》さは陰ることなく直利へ頷《うなず》きを返す。

――憐《あわ》れな子だ。

直利は、正式には雨月の家臣ではない。東部壁樹洲《へきじゆしゆう》に所領を持つ八家、不破《ふわ》の次男であり、2年ほど前に請われて雨月遠戚《えんせき》に婿入りした外縁の者である。

陰陽術の練達を願う建前で招かれた直利は、不破家直系の次男でありながら政治力学の結果、洲《くに》を越えて雨月へと籍を入れた。

不破姓の返上を周囲から拒否されて、雨月内での扱いも曖昧《あいまい》なままである。

その経緯《いきさつ》から来る肩身の狭さも手伝ってか、直利は晶に対する同情の念を禁じえなかった。

この屋敷を訪れた時、屋敷の奥で放置されている晶を知り、扱いの酷《ひど》さに驚いたものだ。

だがその扱いとは裏腹に、晶の優秀さは群を抜いていた。

尋常小学校への入学も許されなかった内に、ほぼ独学で読み書きと四則計算を修得。

8歳の晶が風水計算を描くも熟《こな》している姿には、符術の教導に招かれた直利であっても驚いたことを憶《おぼ》えている。

渋る天山《てんざん》を説き伏せて転入させた尋常小学校では、何よりも武の側面で異才を放つ。

剣術と柔術では高学年を相手に無敗を誇り、指導教諭から全国大会に誘われた事もあるほどだ。

……だが雨月天山の目を通せば、華々しく煌《きらめ》く晶の才覚も煤《すす》ばんで見えたか、強弁な反対に大会行きの話は泡と消えたが。

当時から天山は、義王院が絡む催し以外は総《すべ》て颯馬《そうま》を連れて回っていた。

その為《ため》、直利が知らないのと同様、颯馬以外に天山の子が居るという事実は知られていない。

表に出る事が無いまま、晶は存在ごと殺されようとしていた。

——だが、考えようによってはこれで良かったかもしれない。

此処《雨月》に居ても、この子《晶》に安住の時が無い事は明白だったからだ。

この地の庇護を期待せず、外地で己の居場所を探すのはそう悪い選択肢ではない。

樫《かし》造りの正門に辿《たど》りつき、門扉を開けるよう門番に指示を出す。

普段なら、数人が通るだけの際に開ける事は許されないが、実際に罪を犯した訳ではない雨月だった者の壮行の意思を込めて、直利は我を通す事に決めた。

総開きまでは出来なかったが、人一人が通れる程度に隙間《すきま》が開く。

「……晶君、ご当主の下知だ。もう、この地に帰ってはいけないよ」

「……はい」

悄然《しょうぜん》と応《こた》える晶に下手《へた》な気遣いは毒と同じと、努めて事務的に話す。

「理解していると思うが、ご当主からの下知は三つ。一つ、雨月の名を名乗ることは許さない。二つ、今日までに雨月の所領、五月雨《さみだれ》領から出る事。三つ、義王院《ぎおういん》の御手を煩わせる訳にはいかない。國天洲《こくてんしゅう》よりの追放。もし國天洲内で晶君を見かけた場合、雨月は君を追討する。——以上だ。急ぎ、この地を離れる事を勧めるよ」

言い聞かせながら、随分な条件だと内心で歯噛《はが》みした。

屋敷を降りた先にある五月雨領の領都廿楽《つづら》には、洲を越えて通っている汽車の駅舎があるが、金子の持ち合わせに余裕の無い晶は徒歩で越境するしか手段はない。

だが街道は遠く、夕刻も間近の時分にこの選択は難しい。

南の旧街道の山越えが距離としては現実的だろう。

しかし洲境を越えられたとしても、晶の手持ちで生活基盤を整えるなど無理難題に等しいだろう。

10になったばかりの子供が耐えられる行動ではない。

——これは、流刑の名を借りた処刑だ。

直利は苦言の一つも云《い》ってやりたかったが、天山に刃向かえる程、己の発言力が高くないことも充分に承知していた。

だから、晶に収入の手段を提案することで、僅《わず》かばかりの意趣返しをすることにした。

「……晶君、文箱《ふばこ》は持っているね？」

「……はい」

数少ない持ち物の中には、符術の練習をした際に与えられた筆や硯《すずり》の一式がある。

加えて、練習で作成した回生符と回気符、およそ１００枚。そして、多少多めに与えられた霊力を込めるための上質の和紙が数束。

「その呪符はまだ完成してないが、霊力さえ籠《こ》めれば呪符として完成するんだ。呪符組合に行けば、買い叩《たた》かれるかもしれないが邪険にはされないと思う」

「…………………………」

「手持ちの符と和紙を使って書いた符を全部売ったら、当座の生活程度は目途が立つ。――後は、晶君次第だよ」

「…………………………はい」

「じゃあ、達者でね」

「……ありがとうございました。――直利先生」

深々と頭《こうべ》を垂れて、なお消え入りそうな声の晶を痛ましげに見つめ、残る感情を振り切るかのように直利は正門の門扉を閉じた。

◇

総樫造りの門扉が、重厚な音を立てて無情に閉まった。

途方に暮れたように、その場で暫《しば》し佇《たたず》む。

しかし、再び門扉が開かれることはなく、後ろ髪を引かれる面持ちでとぼとぼと歩み出した。

数歩歩いて門扉を振り返る。また、歩き出して幾何《いくばく》かしてから振り返る。

――僅かに心の何処《どこ》かで期待していたのだ。

あの門扉が大開きに開いて、見たことのない笑顔で家族が迎えてくれる幻想《ユメ》を。

物心ついた時から、何度、夢想しただろうか。

儚《はかな》くも信じていた家族という幻想を、最後の最後、門扉が視界から消えるその一瞬まで期待していた。

視界から屋敷の全《すべ》てが見えなくなり、終《つい》ぞ叶わなかったその幻想が砕ける。

その瞬間、心の奥から、云いようの知れない衝動が感情を突き上げる。踵《きびす》を返して、内心に猛《たけ》る衝動の侭《まま》に猛然と廿楽に続く砂利道を駆け出した。

連翹山《れんぎょうさん》と呼ばれる山の中腹にある雨月の屋敷から廿楽までの坂道を、一気に駆け降りる。

しかし一瞬だけもつれた足が砂利に取られて、勢いよく地面に転がった。

「あうぅっ‼」

砂利をまき散らし、下り道の勢いで地面を滑る。

衝撃と、遅れてやってきた痛みに悶《もだ》えながら、地面に蹲《うずくま》った。

少し大きめに擦りむいた傷口から、じわりと血が滲《にじ》み出《だ》す。

痛みで涙が出るかと思ったら、晶自身が意外に思うほどに内心は凪《な》いでいた。

……なんだ。追放されたのに、意外と平気じゃん。

どこか他人事《ひとごと》のように、思考の片隅で呟《つぶや》く。

──心の何処《どこ》かで、堅くも脆《もろ》いものが罅《ひび》割れる、轢音《れきおん》としか云いようのない音が響いた。

──ぴき、ぴきき、ぱり、ぱり。轢音は一つで終わらず、幾重にも重なって晶の耳朶《じだ》を打つ。

その瞬間、視界が大きく揺らいで滲む。

ぽたり、ぽたり。やや斜の掛かり始めた日差しが照り付ける砂利道に、大粒の涙が落ちて黒い染みを作った。

奇妙に凪いだ感情のまま、終わりのない勢いで滂沱《ぼうだ》と涙が流れる。

──平気なのに、何故《なぜ》、涙が流れるのだろう。

自身の事なのになぜかその異常さが可笑《おか》しくなり、震える口元が歪《いびつ》な嗤《わら》いに捻《ね》じれた。

未《いま》だ猛る夏の暑さに負けない、何処までいっても優しい暖かさで出来た涙が、地面で砕けて乾いていく。

――嗚呼《ああ》。これは僕のこころにあった、善いものだ。

止めなければいけない。この零《こぼ》れていく、僕のこころの善いものを。

この涙が涸《か》れ尽くしたとき、きっと僕は後戻り出来なくなる。

「う、うぐぅ、ふ、ふぅ」歯を喰い縛って、零れようとするものを耐える。「う……、ぅう……ふ～、ふー」

幾時、そうしていただろう。短かったかもしれない、長かったかもしれない。

日差しの傾きが強くなった頃《ころ》、漸《ようや》く晶は起《た》ち上がった。

涙は涸れ尽くしたのか、耐えきったのか、余人には知る術《すべ》はない。

きっと晶自身にも判《わか》らない。

もう泣いてはいない。その事実さえあれば良かった。

涙の痕《あと》を袂《たもと》で乱雑に拭《ぬぐ》い、擦《す》り剥《む》いた傷を癒《いや》すために手荷物の中から自身が作成した回生符を取り出した。

売れば収入源《金子》になると忠告されたが、一つくらいは自分で行使するのも良かろうと思ったのだ。

回生符は、身体《からだ》の損傷を修復する回復の呪符だ。

身体回復の術式は複雑で、籠める霊力の量も桁違《けたちが》いに多くを要する。

当然、相応に値段も高く子供の擦り傷程度で使用するなど、金をどぶに捨てるのと同義と云えた。

……まぁ、晶は励起出来ない筈《はず》だから、高値の回生符が失われるとも思えなかったが。

符を封じている紅《あか》い霊糸に剣指を当てて、切断の意思を籠めて振り抜く。

ぷつ。晶の緊張とは裏腹に、微《かす》かな音と共にあっけなく、指先に沿って霊糸が切れ飛んだ。

「…………………………………………え？」

誰《だれ》よりもその現象に驚いたのは、行った晶自身だった。

精霊を宿していない晶の剣指はその形を取っているだけで、呪符の励起は叶《かな》わない筈なのだ。

戸惑う晶の掌中で黒く輝く燐光《りんこう》が噴き上がり、青白く煌々《こうこう》と燃え上がる熾火《おきび》へと呪符が姿を変える。

其れは紛うかたなき癒しの焔《ほのお》。

音もなく燃え盛る青白い焔は、茜色《あかねいろ》に染まり始めた世界の一角を癒しの色で染め上げた。

「…………あ、え？」

青の輝きに照り返る表情が現実へと引き戻り、慌てて怪我《けが》をした腕に癒しの焔を押し付ける。

――――煌《コウ》。

一際明るく燃え上がり、心地よい清涼な熱が患部を癒し始めた。

「……何だ。使えるじゃん」

誰も、晶自身でさえ使えるとは思っていなかった。だから、試そうとも思っていなかった。

ただそれだけの、思考の陥穽《かんせい》が生んだ無意識の罠《わな》。

「……符が使えるなら――」

僅かに希望が戻った呟きは、しかし、その続きを紡ぐことはなかった。

家族に認められるのだろうか。家族が受け入れてくれるのだろうか。

何より、あの、昏《くら》く窮屈な屋敷の片隅で、息詰まる生活へと自ら戻るというのだろうか。

──其《そ》れは、御免だ。

心の中で、生まれて立ち上がったばかりの幼い獣が、牙《きば》を剥《む》き出してがなり立てる。

──嗚呼、其れは、死んでもいやだ。御免だ。

やがて癒えきった身体に痛みは欠片《かけら》も残らず、奇妙に凪いだ心は爽快《そうかい》ささえ感じるほどに歪《いびつ》に満たされていた。

雨月の正門に背を向けて、晶は夕闇《ゆうやみ》に沈もうとする坂道を駆けだす。

疾走《はし》り、転倒《ころ》びかけて持ち直して、昏い夜闇が過去を塗り潰すまで全力で。

そうしてややあってから、晶は屋敷のある方向に向けて大きく息を吸い込んだ。

「──俺は、穢《ケガ》レじゃない！」

烏《からす》だろうか。宵の大声に驚いたか、木立の奥で鳥が数羽飛び立つ。

「見てろ雨月！　何時《いつ》か防人《さきもり》になってやる。お前らを見返して絶対に嘲笑《あざわら》ってやる！　その時になって後悔するな‼」

それは生まれて初めて叫ぶ晶の本音、雨月に喰《く》らいつかんと剥き出す仔狼《ころう》の牙であった。

叫んで暫《しば》くして落ち着いてから、祖母から形見として与えられたお守りを懐から取り出す。

着物や日常品などのこまごまとした遺品に紛れて与えられた、連翹山の麓《ふもと》にある神社のお守り。

蜩《ヒグラシ》が鳴く神社の境内は、祖母が好きだった連翹の木が道なりに連なって生えていた。春に咲き誇る黄色い花はもう観《み》ることは無いが寂しさはあまり感じなかった。

——嗚呼、そうか。僕は、あの花が好きだったんじゃない。

——あの花を見て微笑《ほほえ》む、祖母の横顔を見るのが好きだったのだ。

裏手にある朽木の洞《うろ》にお守りを翳《かざ》すと、洞にかけられた隠形封印が解ける。

洞の奥に隠されていたのは、油紙で巻かれた、両手にやや収まらない程度の荷物だった。

祖母の心尽くしに感謝しながら、晶は何重にも油紙で巻かれたそれを解く。

中には、輪ゴムで纏《まと》めた50円もの札束、符を書くための和紙と限界まで霊力を籠めた閼伽水《あかみず》、手紙。

暗がりが広がり始めた夕焼けの中、急いで手紙を読む。

中には、今後の指針が簡潔に書かれていた。

可能な限り迅速に國天洲《こくてんしゅう》から出奔《で》る事と、他洲に渡って生活基盤を整えるための一般的な方法。

もしも困ったなら、祖母の出身である珠門洲《しゅもんしゅう》の夜劔家《やつるぎ》を頼る事。

ややあって祖母からの形見を荷物に纏《まと》めて晶は起ち上がる。

——もう、涙も流れていなかった。

歩き出す歩調は迷いなく、決然と。

やがて小走りに、そして駆け出す。

心の奥底で、何かが空々《カラカラ》と啼《な》く音から目を背けて、それでも走るのを止《や》めてはいけない。

急ごう。

遠く目指す駅舎で洲鉄の汽車が、警笛を鳴らして到着の合図を上げる音が響いた。

それは、今なお鮮明に残る晩夏の記憶。

晶の心の奥底では、未《いま》だ、何かが空々《カラカラ》と啼いている。


TIPS：貨幣の単位について。

貨幣の単位名称は円・銭・厘。

それぞれ、100単位で繰り上がる形となる。

最小単位は厘で、現実の貨幣価値に直すと1厘＝1円となる。

つまり、1円＝100銭で1銭＝100厘となる。

ちなみに、晶が祖母からもらった50円は、現実の貨幣価値に直すと50万円もの大金となる。

1話　華蓮《かれん》にて、生を食《は》む　1

——統紀3999年、文月朔日《7月1日》。

南部珠門洲《しゅもんしゅう》、洲都華蓮《かれん》。

初夏の暑さは、特に此処《ここ》、南部では盛況を極める事で有名だ。

未だ薄明が残る早朝の時分にあってさえ、滴る汗は止《と》め処《ど》ないほど暑気は猛《たけ》っていた。

華蓮の南東の郊外近くにある、華蓮南東の守備を主な任務とする第8守備隊屯所に併設された道場は、朝練の威勢で早朝にも拘《かかわ》らず常の活気で満ちていた。


「攻め足ィ！　上段、構えェ！」

「「はいっ‼」」

第8守備隊の隊長と道場の師範を兼任する、阿僧祇厳次《あそうぎげんじ》の号声が飛ぶ。

一撃で敵を叩《たた》き伏《ふ》せる剛剣の使い手が肩を並べる珠門洲の中でも、阿僧祇厳次は十指に数えられると有名である。それ故に阿僧祇が率いる8番隊は、守備隊筆頭たる1番隊に次ぐ実力者の集まりと目されていた。

洲都守護の尖兵《せんぺい》としてそれなりに死亡率の高い守備隊の中にあっても8番隊は飛び抜けて生存率が高く、阿僧祇厳次を筆頭とした隊はその勇名ぶりに拍車をかけるだけの昨今であった。

最長齢でも14を数えたばかりの少年たちが、巌次を追うように斉唱で応《こた》える。

一糸乱れぬ動作で木刀が振りかぶられ、

「勢《せ》ィ！」若い威勢と共に、振り下ろされた。

「「勢ィ！　勢ィ！　勢ィ！　勢ィ！　勢ィ！」」

全員の声と動作が和合して、頑丈な床の杉板を軋《きし》ませた。

樫《かし》で出来た木刀を振るう少年たちの表情は、戦場にあるような第一線の緊張を漂わせている。

少しでも周りとの拍子が崩れたりしようものなら、叱責と同時に素振りが１００は追加されるからだ。

巌次の木刀が虚空を揺らぎなく切りつける。と同時に少年たちの威勢と共に、樫で出来た木刀が乱れなく振り下ろされた。

むわりとした熱気が渦巻き、汗でしとどになった顔から滴が落ちて、磨かれた樫材の床板を濡《ぬ》らす。

そんな少年たちに交じって、今年で齢《よわい》13を数える晶《あきら》も張り詰めた表情で木刀を振るっていた。

それは、この道場ではありきたりの風景。繰り返される毎日の焼き直しだった。

3年前の追放されたあの日、汽車に飛び乗って流された果ての地。

南部珠門洲の洲都華蓮にて、晶は似た境遇の少年たちと共に洲都守備隊の練兵として穏やかな日々を過ごしていた。

◇

カン、カン。朝練終了の鐘の音が聞こえる。

朝練の後、振る舞われる麦飯の握りと沢庵《たくあん》に飛びつく少年たちを眺めてから、師範の阿僧祇厳次は屯所内にある事務室に戻ってきた。

自机に座るより先に、日課となっている陰陽計の確認をする。

「……陽気の3、瘴気《しょうき》濃度は5以下。——良過ぎるな」

結果とは裏腹に、厳次の表情は渋かった。

諦《あきら》め切れずに、再度、陰陽のバランスと瘴気の濃度を測る計器の縁を弾《はじ》いて結果を出し直す。

特に気になるのは、瘴気濃度を検出する検針の揺れだ。

瘴気とは負の感情に穢《けが》れた霊気の事である。この数値が高ければ高いほど上位の穢レが発生する前兆であると考えられているのだ。

だが結果に変化は無く、獣息に似た唸《うな》りを吐いて自分の席に勢いよく腰を下ろした。

「この時間の数値としては、良過ぎるとも云《い》えないのでは？　瘴気濃度は低くて悪い訳じゃありませんし」

事務方を主に任されている副長の新倉信《にいくらしん》が、経理の書類から顔を上げて怪訝《けげん》そうに言葉を紡いだ。

数値を見る分には、特徴の無い日々の変動しか記録されておらず、危険性も感じられないからだ。

「今日だけじゃない。小康より僅《わず》かに良い状況が、瘴気濃度も薄いままでもう10日近いだろう」

「はぁ……」

新倉の生返事に上手《うま》く説明を返せない阿僧祇は、苛立《いらだ》ちからか盆の窪《くぼ》辺りを掻《か》き毟《むし》る。

厳次の感じている不穏さは、極言するとただの勘でしかないのだ。

「……お疲れ様です。阿僧祇さま、今日の朝飯を持ってきました」

2人の間に下りる沈黙の帳《とばり》は、事務室に続く引き戸が突然に開かれたことで破られた。

屯所の炊き出しに来てくれている近隣の女性たちが、引き戸の向こうから厳次の朝飯を持って顔を覗《のぞ》かせる。

「いつも済みませんなぁ。坊主どもは礼を云いましたか？」

「食べることに夢中なようで。……あれくらいの子供たちはそれ位が相応ですよ。――時に、妙覚山《みょうかくさん》の見回りは何時になるかお訊《き》きしても？」

「今日には麓を回る予定でしたが、何かありましたか？」

顔を出した本題はこちらか。早々に話題を切り上げて、厳次は女性の代表と視線を合わせた。

「先日に中腹を回っていた狩人《かりうど》が穢獣《けもの》の群れを見かけたと。……瘴気が濃いため退《ひ》き返さざるを得なかったそうですが」

「成る程。応援を恃《たの》めたら、山狩りを考えましょう」

厳次の約言に、炊き出しの女性は明白に安堵《あんど》の表情を浮かべた。

頭を下げながら外に消える女性を見送り、厳次は日報を取り上げた。

「……昨日《きのう》までの不寝番《ねずのばん》の連中の交戦記録は？」

「えぇっと、……ここ1週間を見る限り少ないですね。中型の猫又や狗《いぬ》の穢獣《けもの》がせいぜい。大物が最後に確認されたのは、2週間前の大百足《おおむかで》ぐらいですか」

穢獣《けもの》とは瘴気によって暴走した山野の獣であり、下位に分類される穢レの事だ。

その中でも大百足は毒が厄介だが、それでも下位の域を出ない。

「1区本部での定期会議は今日だったな？　俺の懸念を伝えておいてくれ。警戒区分は黄色でいい。暫《しばら》くの間、衛士《えじ》を最低2人、応援で寄越《よこ》すようごねてくれ」

衛士とは、国土守護を任じられる防人《さきもり》の中でも、特に強力な精霊技を扱える者たちのことだ。

8番隊には、阿僧祇厳次と新倉信の2名が衛士として、他6名が防人として任に就いているがそれ以外は身体《からだ》を鍛えているだけの通常の兵士しかいない。

8番隊に限らず、絶対数の少ない衛士はどの部隊でも人手不足に喘《あえ》いでいた。

「今日の主催は総隊長の万朶《ばんだ》様です。隊長は睨《にら》まれていますし面倒がられるのでは？」

「ふん。総隊長どのは功を焦っていたはずだ、先刻の陳情を出しに使えば食いついてくれる」

「――ははっ。了解いたしました。阿僧祇隊長の威を借りて、精々、立派な演説を一席ぶってきましょう」

「頼む。……ああ、ついでに呪符《ふだ》の在庫はどれだけ残っている？」

「常の在庫分ならありますが、撃符《攻撃系統》が少々足りないかと」

「会議が終わったら、買える上限まで買い足しとけ。回符《回復系統》は？」

「通常より大きめの戦闘なら、2回ほど耐える程度は在庫を持っています」

厳次の勘は足りないと囁《ささや》いているが、守備隊の経済も火の車だ。

予備の支度金《自腹》を追加する必要があるか。

そこまで考えて、思い出す。

「そう云えば、新倉。昨今、噂《うわさ》になっていた回符、聞いたことがあるか？」

「ええと。やたら効果の高い回生符の事ですか？」

「そいつだ。何でも、千切れかけた腕を一瞬で治したとか」

「流石《さすが》にそれは眉唾物《まゆつばもの》ですがね、こっちでも調べておきました。まだ確証は持ってないので、報告は後回しにする心算《つもり》でしたが。噂の回生符は……」

そこまで口にすると、事務室に続く引き戸が建付けの悪い音を立てて開けられた。

「失礼いたします。──朝練の日報を持ってきました」

入室の礼と共に、練兵班の班長と為《な》った晶が事務室に足を踏み入れる。

事務室に漂う微妙な雰囲気に首を傾《かし》げた晶の背を、新倉の言葉が追った。

「晶君、回気符の補充をお願いしたいんですが、どれだけ出来ていますか?」

「今週の分は一昨日《おとつい》に納入したはずですが?」

「隊長の指示で大量に消費する局面があるかもしれません。前倒しですみませんが、作っていたならあるだけくださいい」

新倉の要請に少し考え込む。僅かな間の逡巡《しゅんじゅん》の後に、頷《うなず》いて見せる。

南部珠門洲に於《お》いては符術《ふじゅつ》との相性が悪く、阿僧祇たちも慢性的な呪符不足に喘いでいた。

回気符を作れる事を知った阿僧祇は、週一回の回気符の納入を晶と契約したのだ。

「……来週分の呪符を前倒しで、その分は納入出来ない事を承知して頂けるなら」

「問題ありません、お願いします」

同意が得られたことに一つ頷いて、晶は厳次が座る机の前に立った。

「阿僧祇隊長。今少し良いでしょうか」

「おう。何だ?」

「先日にお願いした、防人昇任のけ……」「……却下だ」

晶の言葉尻《ことばじり》をぶった切り、厳次は有無も云わさずに言下に断じた。

「……はぁ、前にも云っただろう。確かに平民出であっても功績が認められれば、見做し防人になれる制度はある。……少ないが前例も無いって訳じゃない。だがあれは、正規兵に昇任した奴《やつ》に適用されるものだ。少なくとも、練兵のお前じゃ認められない」

予想はしていた厳しい言葉に、それでも納得できずに晶は下唇を噛《か》む。

「じゃあ、どうすれば防人と認められるんですか？」

「――先《ま》ずは、中位精霊を宿している事。呪符が書ける以上これは大丈夫だろうが、精霊技を行使するには精霊器《行使するための武器》が絶対に必要だ。あれを入手する当てが無いのなら、防人には為れん」

貴重な霊鋼《たまはがね》を芯《しん》鉄に造られる精霊器は、華族の身分証明に使われることがあるほど厳格に管理されている。

勿論《もちろん》のこと、一般に流通もしていない。

「前例の見做《みな》し防人はどうやったんですか？」

「確か、有力華族の後押しを受けたはずだ。……そこまで苦労しても所詮《しょせん》は見做しに過ぎないから、周囲からの目に難儀したと聴いている。――晶。呪符を書けるお前が、防人になりたがる気持ちは分らんでもない。だが、何故《なぜ》そんなに急ぎたがる？」

「…………………………それは」

厳次から投げられた至極当然の疑問に応《こた》える術《すべ》を、晶は未だ持っていない。

沈黙の内に過ぎる気まずい時間がやや流れ、結局、晶は一礼だけを残して踵《きびす》を返した。

晶が去った後、浮いた沈黙が部屋を支配する中、書類に筆を走らせていた新倉が頃合いとみて視線を厳次に向ける。

「……良かったのですか？　阿僧祇の家系では子飼いの防人を探していると云ってたじゃありませんか」

「母親が云っているだけだ。俺の故郷は5年も前に無くなっている。母親が追っているのは、瘴気に呑《の》まれた過去の残滓《ざんし》だよ。……そんなもんに、坊主《ガキ》どもを付き合わせるわけにはいかんだろ」

厳次の返答は、新倉にとって充分に予想の範疇《はんちゅう》であった。

「……あの提案、晶くんにしなかったんですね」

「それこそ、今は逆効果だろう。何処《どこ》か適当な機会を見繕って、話をしてやる心算だ。――話を戻すぞ。先刻の回生符の件だ」

露骨に逸《そ》らされた話題に、それでも言及することなく新倉は頷いて乗っかった。

「回生符の効果は確かに。作成元は玄生《げんせい》と云う雅号のご老人だそうで、3年前から週に一度、組合に卸しているそうです」

「そんなに前か⁉　何でこっちに情報が下りてこなかった！」

厳次の苛立ちを、肩を竦《すく》めてやり過ごす。

目溢《めこぼ》しされることが多いものの、未登録の呪符を取引するのは違法に当たる。

裏取引は問題だが、貴重な呪符の作成者を確保することが優先だからだ。

「組合が玄生殿に無断で銘押しを造らなかったら、今でもばれてなかったでしょうね」

効果の高さを組合が保証するという銘押しは、有るだけで値段の高低ががらりと変わるのだ。

つまり玄生の了解を得ずに銘押しを造る事で、組合は玄生の料金をそのままに仲介料《マージン》をごっそり手にしようとしたのだ。

「組合が先走ったわけか、金の亡者共が碌《ろく》なことしやがらねぇ」

「ですが、それで事が明るみに出たから良かったじゃないですか。取《と》り敢《あ》えず、入荷したら優先的に回すように脅しときましたよ」

「――よくやった。入手したら噂の効果を検証してみるとしようか」

「判《わか》りました」

犬歯を剝《む》き出して嗤《わら》う厳次に、追従して新倉も笑った。

◇

晶が守備隊の屯所を出る頃には、仲間たちの姿は疾《と》うに失《う》せていた。散っていったみんなの薄情さに笑みが零《こぼ》れるが、責める気は無い。

尋常中学校に通学する余裕を持っているのは晶だけだからだ。

他の仲間たちは、大工なり商家なりの丁稚《見習い》で日々を食い繋《つな》ぐのが普通である。

珠門洲で祖母の遺言に従って守備隊に入隊した時、越洲する奴は珍しくとも故郷を出されて洲都に流れ着き守備隊に入隊《はい》る少年というものは意外と多いのだと初めて知った。

主に穢《ケガ》レに対する防衛を目的とする守備隊の活動だが、晶を始めとした練兵の役割は防人《さきもり》たちが現場に到着するまでの時間稼ぎを主としていた。

それだけに当然、死亡率も其《そ》れなり以上に高い。

それでも、流れてくる少年は守備隊に所属するのが通例であった。

何故ならば入隊から6年間、守備隊を生き残ることが出来れば、市民権の取得が許されるからである。

それは、洲都の一員として認められる現実的な方法の一つ。どんな事情であれ故郷を追放された少年たちが心に見る、恐らくは至上の野望《ユメ》。

今夜は班を預かって初めての不寝番《ねずのばん》だ。実績を残せば洲都の一員として防人を望めると信じて、今は泥に塗《まみ》れて生きるしかない。

それが、晶が今を耐えている最大の理由でもあった。

夏季休暇前の終業式に遅れる訳にはいかない。猛《たけ》る暑気の中、晶は小走りに足を踏み出した。


ＴＩＰＳ：守備隊について。

守備隊は、正規兵の所属する４分隊と練兵の所属する２班で構成されている。

各守備隊につき、６～８名の防人が所属している。

死亡率が高いのは練兵であり、正規兵はそこまでではない。

ちなみに、晶が３年弱で練兵班の班長になれたのは、それだけ死亡率が高く２年以上生き残れるものが少ないから。

1話　華蓮《かれん》にて、生を食《は》む　2

晶《あきら》の通う小角《おづぬ》第参中等学校が捌《は》けたのは、昼を越えて暫《しばら》くの後の事だった。

夏季休暇前の賑《にぎ》やかさが一転、終業式が済んだ昼下がりの校舎は不気味なほど静けさが広がっている。

まだ新しい木造校舎の正面を出ると、中天に昇りきった陽光が容赦なく晶を灼《や》いた。

目を眇《すが》めて空を見上げると、雲一つない晴天が広がっている。

夕立の一つも降らんかな、等と割と暢気《のんき》に期待するが、不寝番でぬかるんだ山を歩く労苦を考えれば降らないほうがいいか、と虫のいい方向転換を心の中でして見せた。

踵《きびす》を返して、校舎の横手に足を向ける。

その先、小角第参中等学校の裏手に、学校名の由来となった小角神社がうっそうと茂る藪《やぶ》に囲まれて隣接していた。

社の陰に隠しておいた襤褸《ぼろ》の頭巾《ずきん》を被《かぶ》り、同じく襤褸の着流しに袖《そで》を通す。

付《つ》け髭《ひげ》で顔を覆い、姿勢を意識すると、そこにはどこにでもいそうな矮躯《わいく》の老人が立っていた。

晶は、大人を基本的に信用していない。

それは幼少期の経験から来ているが、それ以外にもこれから向かう先では、隙《すき》あらば足元を見る大人が大勢居る事を思い知っていたからだ。

人目を避けながら舘波見川《たてばみがわ》の大橋を越えて、繁華街へと足を踏み入れたその先に、晶の目的でもある呪符組合が建っていた。

元は陰陽寮に端を発する在野の陰陽師《おんみょうじ》を統括する組織だが、現在では呪符の管理を主な目的とする歴史ある組織である。

洋風に強く影響された赤煉瓦《あかれんが》の建物は数年ほど前に新築されたばかりで、建物《ガワ》も組織《なかみ》も漸《ようや》く足並みを揃《そろ》えだした雰囲気を漂わせていた。

大洋を3つ越えた先にある論国《ロンダリア》から押し寄せた文明開化の波に影響されたという瀟洒主義《モダニズム》の建物は、そうと云《い》われなければとてもそんな歴史を持つという組織には見えない。

内部《なか》に足を踏み入れると、仮漆《ニス》が丁寧に塗られた光沢のあるカウンターと、洋装を着こなす洒落《しゃれ》人たちが話し込んでいる広間《ロビイ》の光景。

一般に思い浮かべる陰陽師の姿とかけ離れているその姿を視界に入れないよう、晶は俯《うつむ》き加減《かげん》に老爺《ろうや》の芝居を続けながら何時《いつ》も使うカウンターの前で足を止めた。

老爺の真似事《まねごと》を続けてもう3年だ。正直、慣れたものだし、意外と相手を見ていない受付嬢は相手を疑いもせずに応対をしてきた。

「お久しぶりです、玄生様。本日も何時ものご用向きでしょうか？」

何時も担当する受付嬢が、ぺこりと可愛《かわい》らしく頭を下げる。

声には出さず首肯だけを返して、懐に用意しておいた回生符10枚をカウンターに置く。

晶は守備隊に卸す回気符とは別に、呪符組合に回生符を卸すことで自身の収入としていた。

身体《からだ》を侵食する瘴気《しょうき》を祓《はら》い、傷を癒《いや》す回生符は、作成技術の高さから流通する数もかなり少ない。

その反面、防人《さきもり》たちの需要《こえ》は常に高く、供給不足に悩まされていた。

当然、その需給バランスの傾きに見合った額は要求される。玄生《げんせい》と名を偽る晶の呪符も、組合の中に於《お》いて高額で取引をされていた。

「——お待たせしました、此方《こちら》が代金となります。金額の検《あらた》めをされますか?」

カウンターに5円という高額の札束が置かれる。

細心の注意を払いながら呪符の代金を袂に引き入れて、親指で弾《はじ》きながら目も向けずに数を数えた。

確かに5枚の円札がある事を確認し、長居は無用と踵を返す。

「あ、お待ち下さい、玄生様。銘押しの件ですが……」

急に言い募る受付嬢に、嫌な気分を覚える。

——これがあるから、あまり寄りたくはないのだ。

何を企図しているのか、ここ最近、この受付嬢はしきりと晶の呪符を値上げする傾向に持っていく素振りを見せていた。

隠し事の多い晶は、面倒なことこの上ない、この類《テ》の交渉事をあからさまに避けていた。

「当組合の職員が先走ったようで、玄生様にご迷惑をお掛けしまして、誠に申し訳ございませんでした」

嫌味にならない程度に下げられた頭に、これまで見えていた組合の強引な態度は微塵《みじん》も窺《うかが》えない。

困惑から晶は、内心で一歩を退《ひ》いた。

気にしていない。その意思を込めて頭《かぶり》を振る晶を見て、受付嬢はほっと安堵《あんど》の息を吐く。

つまり、ここからの言葉が本題という事だ。晶は気を引き締めた。相手がこれまでの方針を譲ったのは、それ以上の難癖をつけてくるための前振りに過ぎない。

「――玄生様にお聞きしたいのですが、何故《なぜ》、銘押しを造られないのでしょうか？　当組合は、玄生様が銘を持たれる事を強く希望しております。確かに当組合に銘押しの方が居られると組合としての箔《はく》がつくため、やや強引に話を進めた経緯がありますが、決して不利に働く話ではございません」

晶が銘押しを嫌った理由は非常に単純で明快だ。

銘押しとは組合の認定を受ける事。つまり、呪符組合に加入したことになるのだ。

確かに組合に加入することは明確に利点がある。

呪符は高額だが、霊力を籠《こ》めた閼伽水《あかみず》や霊糸は勿論《もちろん》、呪符の材料となる和紙や墨に至るまで、厳選を要するため高額で取引される。

しかし組合に加入すれば、素材にかかる材料費を一部負担してくれるようになるのだ。

必要経費が安く抑えられるのは晶にとっても代えがたい魅力であるが、反面、組合に玄生の正体が露見する可能性も孕《はら》む。

それは、目立たず生きるようにと願った、祖母の教えそのものを裏切る行為。

否、それは言い訳だ。心の奥底にある本音はただの一言。

大人に踏《ふ》み躙《にじ》られた子供が飼う心の中の幼い獣。それが牙《きば》を剥《む》き出して、がなり立てるのだ。

――俺の人生で、これ以上、大人共を利してなるものか。

拒絶の意思を籠めて、頭《かぶり》を振る。

此処《ここ》まで明確に拒否されるとは思っていなかったのか、受付嬢の顔が困惑に染まる。

それでも僅《わず》かな期待を寄せて幾度か形を変えた提案がされるが、結局のところ、晶の拒絶を翻意させる事はできなかった。

◇

金子を手に呪符組合を出た晶は裏路地で頭巾を乱雑に脱ぎ、人目を避けながら大通りへと足を向けた。

途中にある銀行の大時計を仰ぎ見ると、時計《とけい》の針が丁度午後の15時を指している。

――今から床に就いても、寝られて1刻半が良い処《ところ》か。

嘆息をついて、炎天の中へと足を踏み出す。

むわりと煽《あお》ってくる熱気に、晶は思わず着流しの掛襟《かけえり》を大きく開けた。

――見窄《みすぼ》らしい小僧の姿態が癇《かん》に障ったのか、洋装《スーツ》の男性が眦《まなじり》を顰《ひそ》めて晶の前を通り過ぎる。

その向こうで、停車場から路面電車《トラム》がチンチンと鐘を鳴らして発車を急《せ》かした。

その後ろを混み合いながら進む人と自転車の群れ、その流れに押されながら晶は帰途に踏み出す。

此処は諸外国との交易が赦《ゆる》されている唯一の洲《しゅう》であり、南部珠門洲《しゅもんしゅう》太守の膝元《ひざもと》たる洲都華蓮《かれん》。洲太守である奇鳳院《くほういん》の庇護《ひご》の下、文明開化の響きが至るに一等早く。華蓮の版図２千町《20平方キロメートル》を越えても尚《なお》、その発展に翳《かげ》りが窺える様子は無かった。

高天原《たかまがはら》で最初に鉄道網が完成して20年。広大な華蓮を半日で横断ができる高速運輸は、人も物も大いにその恩恵に与《あずか》っている。

人も富も呑《の》み込まんとするその繁華ぶりは、記憶に残る故郷《廿楽》の街並みとは別格であり、大通りを往来する人混みの多さは、華蓮の人口３００万が総《すべ》てこの通りに立っているのではないのかと錯覚するほどであった。

ただ、その繁栄も繁華街を始めとした中心部に限られ、郊外は電気すら碌《ろく》に通らない時代に取り残された者たちが生に喘《あえ》ぐ姿のみ。

　舘波見川に架かる橋を渡れば先刻までの賑《にぎ》わいは一気に鳴りを潜め、往来する人の姿は生活する者のそれと代わっていく。

　さらに郊外へと足を運ぶと、電線も碌《ろく》に通らない田圃《たんぼ》に囲まれた光景だけが広がっていた。その田圃が目立つ３区の郊外に建つ長屋の一角が、流れ着いた頃《ころ》から変わらない晶の安住の地だ。長屋の入り口で、老いて目が見えなくなった長屋主の老婆が七輪を煽っているのが見えた。七輪の上で、焼き始めた煎餅《せんべい》がチリチリと香ばしい音と香りを放っている。

「オ婆《ババ》、ただいま」

「おや、晶坊。今日は一段と遅いね。不寝番《ねずのばん》じゃあなかったかい？」

「そう。１刻後に起こしてくれると有り難いかな」

「ひっひ。流石《さすが》に辛《つら》いかい。いいよ、煎餅を買ってくれるならね」

「ちぇ、しっかりしてら。……3枚頂戴《ちょうだい》」

「10厘《りん》だね」

文句を云《い》いつつも、差し出された掌《てのひら》の上に10厘玉を乗せる。それは、お互いに慣れた日常のやり取りだった。

にやりと嗤《わら》って、煎餅に砂糖醤油《しょうゆ》をたっぷり含んだ刷毛《はけ》を振る。

炭の上に落ちた醤油と粗目糖《ザラメ》が、一層派手な音を立てて周りに食欲をそそる匂《にお》いを広げた。

「焼き立ての良いところをやろうねぇ」

惚《とぼ》けたその言葉に、晶の頬《ほお》が綻《ほころ》んだ。

晶がこの地で生きていくのに必要な様々な常識《ちえ》は、この老婆から齎《もたら》されたものだった。

この老婆も、他洲から流れてきたものだと晶に云ったのだ。故に、右も左も知らない子供を見ていられなかったのだと。そして、この長屋に連れてきて、生きていくための手段を教えられた。

無私で与えられたその知識は、晶にとっての生きていく前提そのものだ。

だからこそ、晶にとって目の前に居る老婆は、祖母以外で数少ない心から信用できる相手だった。

新聞紙に包まれて渡された3枚の煎餅。その一つに齧《かぶ》り付く。

醪《もろみ》醤油《じょうゆ》と粗目糖《ザラメ》の甘さが、炭の香りと共に馥郁《ふくいく》と口腔《こうこう》に広がった。

バリバリ音を立て、夢中になって齧《かじ》り尽くす。

指に残った砂糖醤油まで舐《な》めとれば、腹の虫も満足してくれたか随分と大人しくなった。

「そういえばさ、以前《まえ》に頼んでいた件だけれど」

「あれかい？　夜剱《やつるぎ》とかいう華族の行方《ゆくえ》。……華蓮に華族がどれだけいると思っているんだい？小粒な雑多も入れたら相当数に上るよ」

「やっぱり難しいか」

祖母の実家を訪ねろと助言を受けていたが、探しても手掛かりすらつかめないのだ。

然程《さほど》、期待していなかったが、それでも空振りに肩が落ちる。

「まぁ、所領持ちの華族じゃないことくらいは断言するよ。——だけれども、晶坊。この件を抜きにしても、華族と関わるのはお止《や》め。あの連中は碌なことを持ってこない、会うだけ損をするよ」

「……分かっているよ」

どうにも、過去に因縁があったようだ。顔を顰《しか》めて吐き捨てるオ婆を刺激しないように、肩を竦《すく》めて晶は部屋へと戻った。

貸本屋から借りた本に数頁《ページ》だけ目を通す。風水計算の専門書と謳《うた》われていても、内容は初歩の域を出ていない。やはり、この先を望むなら神学校を目指さないといけないかと嘆息した。

読書を諦《あきら》めて煎餅《せんべい》布団《ぶとん》に潜り込むと、眠気は直《す》ぐに訪れてくれた。

——晶は夢を見た事が無い。圧《お》し潰《つぶ》されるような悪夢は、現実で嫌というほどに見たからだ。

それでも現実は過ぎていく。何処《どこ》までもゆっくりと忙《せわ》しなく。

何処までも穏やかに流れるこの時間、それが華蓮で生を食《は》む晶が守ると誓った日常だった。

ＴＩＰＳ：呪符組合について。
陰陽寮に端を発する組合。建前上、中央の陰陽省とは別口の独立した組織となっている。

本来、陰陽師の領分である呪符を、中位精霊を宿しているものでも作成できるようにして、民間で普及させることを目的としている。

ただ、原価を含めた元々の単価も高く、中位精霊を宿すものは、基本、華族であるためか本来の目的は思うように達成できていないのが現状である。

実際はといえば、陰陽省の天下り先という情けない目的のために使われていることが多い。

2話　焼塵《しょうじん》に舞うは、竜胆《りんどう》一輪　1

夕闇《ゆうやみ》が深くなる頃《ころ》、晶《あきら》は守備隊の屯所に辿《たど》り着《つ》いた。

遅れてはいないが、やや遅い。少し早足で屯所の敷地内に入ると、戦具倉庫の前に班員たちが集まっているのが見えた。

「班長《ハンチョ》ー、遅《オセ》ェぞーっ‼」

「悪《ワ》リィー、鍵《かぎ》、取ってくらー」

気心の知れた仲間内の付き合いだ。阿僧祇《あそうぎ》たちに見せる表情とは打って変わって、口悪く慣れた応酬を交わし事務室へと足を向ける。

「晶、入ります」

「応」

返って来た応《いら》えに扉を開けると、厳次《げんじ》が脚絆《きゃはん》の紐《ひも》を締めていた。

「戦具倉庫の鍵を借りに来ました」

「持っていけ。……それと晶」「はい」

脚絆を締め終わり、厳次が立ち上がる。

「衛士《えじ》候補が2名、此方《こちら》に応援に来る」

偶《たま》にある話題だから驚きは無い。しかし、次の台詞《せりふ》に顔の強張《こわば》りが隠せなかった。

「せっかく衛士の頭数が揃《そろ》ったんだ。山狩りを行う、その心算《つもり》で準備しろ」

「こんな行き成りですか⁉」

どんなに準備しても幾人かの殉職者が出る山狩りは、こんな急拵《きゅうごしら》えに行うものじゃない。

衛士2人の代わりに山狩りは、あんまりな引き換え条件だ。

「訓練は続けていたはずだ。班を3つに分けろ、手順は判《わか》っているな？」

「……………はい」

晶との会話を一方的に打ち切って、厳次は奥で準備している新倉《にいくら》に目を遣《や》った。

「しかし、新倉。万朶《ばんだ》殿は随分あっさりと応援を承認したな？」

「そこは、隊長の人徳でしょう」

「あん？」

「会議に出席していた衛士候補の1人が応援に手を挙げてくれたんです。

ずいぶん可愛《かわい》らしいお嬢さんでしたが、お知り合いですか？」

「衛士候補のお嬢さん？」

「失礼します！」

厳次が首を傾《かし》げた時、溌剌《はつらつ》とした少女の声が晶の背中から響いた。

間髪容《い》れずに事務室の引き戸が引かれて、橘《たちばな》の香りを伴って小柄な少女が飛び込んできた。

晶の脇《わき》をすり抜けるとき、その背中に大きく描かれた家紋が目に入る。

——五角紋に咲く一輪の竜胆。

どくり。心臓が大きく一つ、嫌な音を立てて跳ね上がった。

記憶の片隅に浮かび上がる、直利《なおとし》から見せられた家紋の一つ。

八家第五位、輪堂《りんどう》家の家紋が、晶の眼前で揺れていた。

「お久しぶりです、阿僧祇の叔父《おじ》様！」

明るい声と共に、仔馬結《ポニーテール》びが少女の肩の上で跳ねる。

その少女は、晶と同じ年頃の快活な印象を残す少女であった。

「輪堂の咲《さき》お嬢ですかい、お久しぶりですなぁ。て事《こた》ぁ応援は」

「はいっ、私が立候補しました。一週間、よろしくお願いします！」

面識のあるその少女に、厳次は笑顔を向けた。

幼少より人見知りをしない咲は、指南役として輪堂家に逗留《とうりゅう》した厳次を叔父様と慕うようになったのだ。

「ははっ。男やもめに華が咲くな。だが、一週間も良いんですかい？

……確か、央都の天領《てんりょう》学院に進まれたと聞きましたが」

央都、天領にある天領学院は、上位華族の子息子女を教育する由緒ある学《まな》び舎《や》だ。

天領学院に進学したのなら、守備隊に足を向ける余裕は無いはずだが。

「叔父様。学院は数日前から夏季休暇で里帰りですよ。衛士候補の私たちは、洲都の守備隊に散らばっているんです」

「あぁ。衛士候補の経験を積ませるためか」

「一時的に衛士が増えたから、此方《こちら》に回す余裕が出来たんですね」

和やかな衛士たちの会話だが、内容は晶にとって腹立たしいものだった。

最も忌避していた八家の、経験《エサ》になれと云われたに等しいからだ。

自然と荒くなる呼吸を必死に整えて、この場を去る事を決意する。

「なら、もう1人も？」

「はい、もうすぐ来ます。あっちは凄《すご》いですよ。何しろ、久我《くが》の……」

「――失礼します」

ぶっきらぼうな声音の入室の礼と共に、また、同じ年頃の少年が入ってきた。

「ち、邪魔だ、退《ど》け」

扉へと向ける足を止めた晶を、肩で押し退《の》ける。稚拙ながらも、明確な身分差に慣れた傲慢《ごうまん》さ。

咲の隣に並んで立つ茜染《あかねぞめ》の着物の背中で、これまた記憶にある家紋が揺れていた。

――二重囲いに二輪の芒《すすき》。

八家第二位、久我家。

見たくも無かった家紋が、何の因果か晶の眼前で二つも並んでいる。

「その家紋は、久我の……」

「久我諒太《りょうた》、現着しました。一週間、よろしくお願いします」

格上と目上には敬語が使えるのか、厳次とは普通に会話をする事が出来るようだ。

「……あぁ、聴いたことがあるぞ。確か、久我の神童か」

「うす。周りはそう呼んでいるようですね」

気の無い振りをしているが、満更でもないのか何処か得意気に応えを返す。

「天領学院では、北部の子にやられて凹《へこ》んでいましたけどね」

「うるせぇ、余計な事話すな！」

「……あの、新倉副長。少しいいですか？」

用事を早く終わらせたい一心で、晶は和気藹々《わきあいあい》とした会話に割り込んだ。

「朝の用件ですが、持ってきました。検《あらた》め、お願いします」

束にした回気符を差し出す。数拍だけ呆《ほう》けてから、新倉は慌ててその束を受け取った。

「あ、あぁ。呪符ですか、ありがとうございます。代金は……」

「仕事終《アガリ》わりで構いません。では、俺は準備に戻ります」

「へぇ。君、回気符が書けるんだ」

咲に背中から手元を覗《のぞ》き込まれ、知らずびくりと背が震える。

「はっ。回気符だけかよ、初歩の呪符じゃねぇか」

「——何、云ってんの？　私たちは、その初歩すら書けないのよ」

「ぐ」

「でも珠門洲《しゅもんしゅう》の出は、呪符との相性が悪いのは確かね。君、出身は何処？」

「………國天洲《こくてんしゅう》です」

何とか強張った舌の根を溶かして、ぼそぼそと応える。

「なんだ、外様《ヨソ》モンかよ」

晶が洲外の人間である事に、諒太の口調に侮蔑《ぶべつ》が混じる。

「あー、やっぱり。國天洲は陰陽術と相性良いもんね。——……あれ？」

咲は思わず首を傾げた。口にしてから、何かが記憶に触れたのだ。

「……ねぇ、君。何処かで会った事無い？」

その言葉に、晶は返しかけた踵《かかと》を止める。改めて相手の瞳《咲ひとみ》を見返すが、記憶には無い。

「……いえ、これが初めてのはずです」

「そお？　おっかしいなぁ、何処かで遇《あ》った気がするんだけど」

「あんま近づくなよ、咲！　外様《ヨソ》モンなんざ何を考えてるか分かんねぇだろっ」

後ろで神経質に声を荒らげる諒太を余所《よそ》に、殊更に顔を近づけて晶の相貌《そうぼう》を覗き込もうとする。

かなりの美少女と間近に見つめ合う初めての経験に、気恥ずかしさから明後日《あさって》の方向へと視線が泳ぐ。

「……申し訳ありません。俺《おれ》も珠門洲《こ こ》に来てそれなりですが、お嬢様とお会いした記憶はありません」

記憶を探るも納得がいかない様子の咲に焦《じ》れたのか、諒太が声を荒らげる。

「おい、記憶が無《ね》ぇっつってんだから、良いだろ別に。俺ぁ、先に準備に入るからな！」

「そ、そうね。ごめんなさい。今日の練兵班の担当は君？」

厳次が頷《うなず》いて、会話に入る。

「ああ、今日の練兵班代表の晶だ。不愛想なやつだが、仕事はできる。お嬢も頼ってやってくれ」

「やっぱりそうか。今日はよろしく。輪堂咲よ」

身分差をあまり気にしないのか、気持ちのいい笑顔と共に右手が差し出された。

「……晶です、よろしく」

握手を交わし準備に戻ろうとした晶の背中に、厳次が声を掛けてきた。

「応、晶ァ」「はい」

少し考え込んでいた厳次は、少し神妙な顔つきで言葉の続きを口にした。

「今日、仕事終わりに話がある。少し残れ」

「……判りました」

◇

「ん～。やっぱりどこかで見たことあるんだよねぇ」

去っていく晶の面影に引っ掛かりが残り、咲は記憶を漁《あさ》った。

うんうんと唸《うな》りながら首を傾げるが、やはり答えは出てこない。

「諦《あきら》めな、お嬢。そういう時はかえって答えは出てこないと、相場は決まっている」

「う。そうします」

厳次に笑われて、遂には諦めた。

それに、諒太が居ない内に厳次に頼む用件のこともある。

阿僧祇厳次の実力は珠門洲でも指折りだ。間違いなく頼みごとの適任者であろう。

「叔父《おじ》様、その、久我君の事ですが……」

口調を濁す咲の様子に、厳次は頼みごとの内容に予想がついた。

何しろ、少し話しただけであれだ。家でも何処《どこ》でも敵の存在には事欠かないだろう。

「応、構わんよ。――新倉、俺は久我と一緒に動く。お前は防人《さきもり》たちを纏《まと》めろ」

「分かりました。ですが、大丈夫ですか？　あの性格、命令を聞くようには見えませんが」

「だから、だ。流石《さすが》に、衛士相手に噛《か》みつくほどの跳ねっ返りじゃないだろうしな」

「……承知しました」

新倉に代わって、咲がおずおずと頭を下げた。

「御免なさい、叔父様。久我君の事、お願いします」

「応、任せとけ。……察するに、頼まれ元は久我の御当主様か？」

「うん、直々に頼まれちゃった」

「お守りか。……断れなかったのか？」

短く厳次に問われて、困った表情で咲は頭《かぶり》を振った。

久我家当主直々の頼みでもあるが、それは同時に、父親からの下知でもある。

「出掛けにお父さまと喧嘩《けんか》しちゃって、断れなかったんだ」

「御当主殿と喧嘩を？　……ははぁ。お嬢の希望がバレたな」

苦笑混じりに揶揄《からか》う厳次に、咲は口を尖《とが》らせた。

「守備隊が私の入隊希望を持って、輪堂家に直接問い合わせてきたのよ。卑怯《ひきょう》じゃない？」

「そりゃ、当然だろう。八家直系の衛士、それも女性が入隊希望を出すなんざ前代未聞だ。守備隊だって間違いか正気の疑いくらいはするだろう。男所帯の守備隊に入りたがっていると知った、御当主殿の気持ちも慮《おもんばか》ってやれ」

膨れっ面をする咲の髪を、守り役の頃にしてやったように乱雑に撫《な》でてやる。

掻《か》い繰られ乱れる髪に不満を滲《にじ》ませるが、懐かしさが勝ったのか頬《ほお》を膨らますだけであったが。

「……お父さまは守備隊に入隊《はい》りたいなら、久我くんのお守りが交換条件だって。性格はああだけど、幼い頃からの顔馴染《かおなじ》みだし私の言葉には比較的耳を傾けてくれるから。だけど学院で決闘に敗《ま》けちゃってから、変に拗《す》ねちゃったの」

「先刻に云っていた、北部の子か？」

「うん、雨月颯馬《うげつそうま》君。50年ぶりだっけ、神霊《みたま》を宿した雨月の嫡男。確か、義王院《ぎおういん》の次期当主様との婚約が決定していたんだっけ」

「あぁ、確かに有名だな。神霊遣いが相手なら、久我の坊やも分が悪いな」

「鎧袖一触《がいしゅういっしょく》だったよ。何しろ元の地力が違う上に、性格に至ったら天地の差だもん。勝てないよ」

さしもの咲も諒太の無頼さには辟易《へきえき》していたのか、諒太の敗け試合を肴《さかな》に笑み崩れていた。

北辺の至宝と謳《うた》われる雨月颯馬のことは、天領学院に入る前から知っていた。

何故《なぜ》なら雨月天山が八家の会合に出席する度に、親バカで自慢していたからだ。

天領学院に進学した際に初めて顔を合わせたが、その実物は噂《うわさ》以上の一言に尽きた。

眉目秀麗《びもくしゅうれい》、玲瓏闊達《れいろうかったつ》。人当たりのいい性格に、勉学に通じて武芸に長《た》ける。

花も恥じらう淑女《おとめ》の理想をこれでもかと煮詰めたようなその存在は、学院に在籍するほぼ全《すべ》ての女性の熱い視線と野郎の嫉妬《しっと》を集めた。

――因《ちな》みに遠目で眺める分にはと、咲も友人に合わせて騒いだクチだ。

「――ほー。お嬢がそこまで惚《ほ》れこむたぁ、大した相手のようだ。機会があったら是非お目にかかってみたいね」

「ええ。凄い方ですよ。叔父様も気に入るかも。……あぁ、そっか」

不意に腑《ふ》に落ちた。なるほど、確かに気のせいかもしれない。

そう思い至ると、口元に人差し指を当てて、咲は湧《わ》き上がる笑いを堪《こら》えた。

「どうした？」

「あはは。何でもないです」

からりと笑い飛ばして、咲は理由を口にする事を誤魔化《ごまか》した。

だって、云えないに決まっているではないか。

先ほどの印象にあまり残らない少年と、学院でも注目を集める雨月颯馬。二人が見せた、眼差《まなざ》しの奥で光る輝きとその所作が、

——何処か遠い部分で、朧気《おぼろげ》に重なって見えたなんて。

◇

「は？　山狩りって、本気《マジ》かよ」

「……あぁ、本気《マジ》だ」

守備隊晶班の副班長を務める勘助《かんすけ》は、変更された不寝番《ねずのばん》の内容に唖然《あぜん》として晶に訊《き》き返した。

好きで承諾した訳では無い。返す晶の口調に滲《にじ》む嫌悪の感情に、勘助は続く台詞《せりふ》を失う。

阿僧祇隊長からの下知は、基本絶対遵守を旨とする。

抗弁を赦《ゆる》されたとしても、決定された方針が考え直されることなどほぼあり得ないのだ。

「勘助《カン》、悪い話ばかりじゃない。今日から一週間、衛士《えじ》の方が2名応援に入る事になった。戦力は

充分に足りるはずだ」

「それは、かも、しれねぇけどよぉ」続く言葉を探して、勘助が云《い》い淀《よど》んだ。「こんな行き成りはあんまりだぜ。準備も、心構えもできてねぇ」

全く以《もっ》て同感だったから下手《へた》に窘《たしな》める事はしない。晶は練兵の班長から許される正規兵の隊服に袖《そで》を通し、慰めにも似た言い訳で己の感情を糊塗《こと》することに決めた。

「……ここ最近、穢《ケガ》レが人里に降りてきていない。余所《よそ》の番隊は知らんが、妙覚山《みょうかくさん》だけでも穢獣《けもの》を削っておきたいんだろ」

「頭数が飽和しているって事か？」

「さあ？　だけど山で養える穢レが決壊したら、向かうのは人里だ。……そうなったら、山狩り程度の被害じゃ済まない」

手甲の締め具合を確認して、刀を差す。

基本の準備をすべて終えて着替え部屋から外に出るとき、悔しそうに俯《うつむ》く勘助に声を掛ける。

「勘《カン》助、顔を上げろ。俺たちが暗い顔をしていたら、他の奴《やつ》らに示しがつかない」

「……分かってるよ」

木戸を開ける前に、僅《わず》かな逡巡《しゅんじゅん》と悔しそうな声音が晶の背に返った。

遠くに集まる練兵たちの元へ急ぐ途中、不意に勘助が立ち止まる。

「見ろよ、晶。――精霊器だ」

勘助が顎《あご》をしゃくった先に、丹《に》塗《ぬ》りの薙刀《なぎなた》を携《たずさ》えた咲と、刀を腰に差した諒太の姿。

会話の合間に薙刀が揺れる度、ふわりと菫色《すみれいろ》の精霊光が舞い散る。

それは希少な霊鋼《たまはがね》を素材に鍛え上げられた精霊力を宿しうる武器、防人たちの証《あかし》でもある精霊器であった。

班員たちの元へ足を向ける2人の耳に、澄ませるわけでもなく咲たちの会話が届く。

「多分、私たちは練兵の引率よね。指示の系統は久我くんが預かる?」

「興味無ぇな、それは咲に任せる。俺は武功さえ積めりゃいい」

「久我くんて何時《いつ》もそれよね、何でそんなに武功に拘《こだわ》るの?」

「……良いだろ別に。それよりも咲、盆前には鴨津《おうつ》に顔を出せねぇか? 母上が逢《あ》いたがっている」

「衛士研修が終わったらお父さまと一緒に帰省するから、鴨津には途中で寄る心算《つもり》。叔母《おば》さまのご容態は如何《どう》なの? 啓蟄《春先》にお会いしたときは、お元気だったけど」

「心の臓腑《ぞうふ》が弱っていると、医者《ヤブ》が抜かしてたな。俺の祝言に立ち会うまでは死なねぇって云《い》い切ってたが、気を落としていた。咲も顔を見せてやってくれ。咲は母上のお気に入りだからな、気分も取り戻すだろ」

「ええ。良くしてくれたし、私も逢いたいわ。久我くんこそ、付いてあげなくて大丈夫なの? 鴨津で向こう《向こう》だって衛士研修はできたでしょ?」

「咲と組むのが父上からの指示だったしな。——それに、3ヶ月前から付いてくれている奴がいる。今はこっちに来てもらっているが、暫《しばら》くしたら戻ってもらう予定だしな。心配はしてねぇよ」

「……そう」

なんとも他愛ない日常の会話。周囲に漂う山狩りの緊張など何処《どこ》吹く風の内容に、勘助と声を潜めた。

「いいよな、防人は。俺たちが命を懸けてひいこら駆けずり回んのを高みの見物でさ、あいつらは追い立てられた穢獣《けもの》を一発焼き払えば終わりなんだから」

「――そう云うな、勘助《カン》。あっちには、俺たちとは別の悩みがあるだろうしさ」

「はっ、生きるだけの人生って苦労も知らねぇ坊ちゃん嬢ちゃんに、何の悩みがあるんだか」

かつて、そんな生活の片隅で震えながら日々を過ごしていた晶は、記憶の奥底を苛《さいな》む幻痛を無視して皮肉気に嗤《わら》った。

「さあな。だけど、あいつらだって上下関係と無縁じゃない。あいつらの側《がわ》だって、どこまで行っても上と下の板挟みだろ。俺たちよりか苦労は無いだろうが、それでも下げたくない相手に下げる頭を持たなきゃいけなかろうさ」

「……そんなもんかね」

「そんなもんだ」

内心の忸怩《じくじ》たる思いが消えたわけではないが、晶に肩を叩《たた》かれ、納得した風を装って勘助は頷く。

「……あ～ぁ。俺たちの年季が明けんのに、まだ3年はあるんだよなぁ。……晶はさ、年季が明けたらどうする心算《つもり》なんだ？」

「決めてない。高等学校への進学は流石に無理だし、守備隊に残るかなぁ」

「は⁉　正規兵になるってのかよ。止《や》めとけ止めとけ。正規兵なんざ、馬鹿しか選ばねぇぞ」

肩を並べる勘助が、晶の返答を吐き捨てるようにして断じて見せる。

更には、なった前例も少ない見做《みな》し防人になりたいなどと口にすれば、それこそ馬鹿を見る目で見られてしまうだろう。

「そこまでは云ってないさ。ただ俺は、やりたいことも無いからな。……勘助《カン》は何をしたいんだ？」

「奉公している商家が、毎年、何人か暖簾《のれんわ》分けを認めてくれんだよ。金子《かね》を貯《た》めて、内海を行商する廻船《かいせん》に乗りてぇな。兄貴分がさ、國天洲の航路に誘ってくれてんだ」

日和《ひよ》った晶が返した話題に、勘助が目を輝かせて夢を語る。

その眩《まぶ》しさを直視できず、晶はそうかとだけ応じるに止《とど》めた。

二人、肩を並べて歩き出す。晶たちが向かう先には、準備を終えた隊員たちが指示を求めて集まりだしていた。

ＴＩＰＳ：精霊器について。

霊鋼《たまはがね》と呼ばれる金属を精製、鍛造して造られる武具の総称。

中位精霊以上の精霊力をこれらの武具に通すと、その精霊力に応じた強度を武具に与える。

また、精霊力を行使する技の補助を目的にしているため、主に防人や衛士が使用している。

その特性や希少性も相まって個人で所有することはあまり無く、華族の一族単位で管理されている。

2話　焼塵《しょうじん》に舞うは、竜胆《りんどう》一輪　2

妙覚山《みょうかくさん》は、峻険《しゅんけん》というには可愛《かわい》らしい高さ程度の山でしかない。

しかし、なだらかに裾野《すその》に広がるその山は、華蓮《かれん》の南東から北東に向かって伸びる南葉根《なばね》山脈に続く入り口であり、決して軽んじられる山ではない。

近隣の住民と協力して、穢獣《けもの》封じの松明《たいまつ》を山の周囲に焚《た》く。

清めの呪《しゅ》を籠《こ》めた特殊な薪《まき》が燃え盛り、松脂《まつやに》が爆《は》ぜる音と共に穢獣《けもの》が嫌う匂《にお》いが木々の間を縫っていく。

守備隊の先行班となる勢子《せこ》班が夜闇《よやみ》の広がる森の中に消えて半刻した頃《ころ》、夏とは思えない冷気の漂う夜気を裂いて、呼び笛が吹き鳴らされた。

「……始まったな」

その甲高い笛の音にぼそりと零《こぼ》した厳次《げんじ》の眼前には崖《がけ》が広がっている。

――予定通りならば、其処《そこ》から追い立てられた穢獣《けもの》が落ちてくる手はずであった。

「大きめの穢獣《けもの》の群れが釣れればいいんですがね」

穢獣《けもの》とは、瘴気《しょうき》に穢《けが》れた山野の獣の事だ。

獣の本能から山狩りの気配に逃散でもされた場合、南葉根の山稜《さんりょう》まで分け入る必要が出てくる。

「そこは心配するな、新倉《にいくら》」携帯している陰陽計を取り出して、瘴気濃度を測定していた厳次が断言した。

「瘴気が跳ね上がった。勘助《かんすけ》の奴、結構な大物を釣り出したらしい」

「――安心しました。……懸念といえば、もう一つ。崖上《うえ》の神童君、様子はどうですか？」

その言葉に、厳次は諒太《りょうた》が待機しているはずの場所に視線を走らせた。

「止《とど》めの役どころに満足はしているようだったな。内心は分からんが、不満は口にしてなかった」

勢子班は山の上から穢獣《けもの》を追い立て、晶《あきら》の率いる楯《たて》班が強引に進路を変えて崖の上へと誘導。

穢獣《けもの》の群れが防御に入る前に群れを割り、崖の上から追い落とす。

そこを正規兵の陣地班で抑え込み、咲《さき》と諒太の持つ最大火力で焼き払う。

――晶が提案した作戦は単純だが手堅く、所々の粗に修正を加えただけで原案が採用された。

しかし、と新倉は危惧《きぐ》を思案した。作戦の是非よりも、衛士に対する負担が大きいのだ。

衛士は、持ち味である火力で止めを刺す事を絶対の基準として求められる。

つまり守備隊が集めた穢レに対して、如何《いか》に己が持つ最大火力を叩き込《こ》めるかが問われていると云っても過言ではない。

「晶の事か？」

不意に厳次がそう問うた。悩みの中核を言い当てられて、誤魔化《ごまか》し切れずに首肯した。

「衛士《えじ》を軽んじる傾向が。輪堂《りんどう》のお嬢さまに対しては、特に甘えが感じられます。如何に気安い方とはいえあれでは……」

「確かに守りには入っていたが、軽んじているほどではないさ。――それに、晶にとっても今回はいい機会だ。俺たち以外の衛士、特に身分《貴種の上位精霊》の差がどれだけの火力を弾《はじ》きだすのか知るのは重要だ」

「ですが衛士の方とはいえ、未《いま》だ若輩。撃ち漏らされる可能性があるのでは？」

「そのために俺たちがいる。それに八家でなくとも精霊技の応酬など訓練でも茶飯事だぞ、お嬢は勿論《もちろん》、久我《くが》の神童なら保証も出来るだろう」

「そう、ですね」厳次の態度に抗弁も無駄と見て、ちらりと後方に控える10名ほどの部隊に話題を変えた。

「彼らの様子は如何ですか？」

それは、厳次の強硬な主張で配備された、肝いりの部隊だった。

一見すると剣も楯も無く、更に言及すれば防人《さきもり》ですらない正規兵の集まり。だが上手《うま》くいけば、今後の練兵の在りようが一変するだろう存在だった。

「……訓練時間がかなり短かったからな。だが、船来商人の売り込み文句が正しければ、部隊運用としては充分なはずだ」

「上手くいって欲しいもんですがね。……予想はしていましたが、訓練だけでも金食い虫です」

守備隊に対して無理を通せるだけの実力と発言力を併せ持つ厳次は、守備隊の総隊長である万朶《ばんだ》に煙たがられ目の敵にされていた。

厳次の強勢に押し切られて増設された背後の部隊は、失敗すれば厳次の名声に傷がつく。

旧態依然とした風潮に固執する万朶はこれまで、時代の潮流を求めるものたちを嫌厭《けんえん》し冷遇してきたからだ。

「そう云えば、この後、晶君に何を頼む心算《つもり》だったんですか？」

出がけに、厳次が晶にかけた声を思い出した。

「頼む？　あぁ、頼み事じゃあない。少し前に話したろ、あれを本格的に提案してみようと思ってな」

「……あぁ、その件ですね。彼は呪符も書けるし、そういう意味では良い頃合いです」

「だろ？　まぁ今日、生きて帰れたら、の話だ。――時間だな」

不意に、厳次が顔を上げた。遅ればせながら、瘴気が随分と濃くなっている事に新倉も気付く。

「総員、構えろ。――来るぞ‼」

全員が慌ただしく、二班に分かれて楯と槍《やり》を構える。

――その時、山が振動を伴って啼《な》いた。

◇

――時は少し遡《さかのぼ》る。

……誰《だれ》だよ、この配置決めた奴。

晶は、誰にぶつけることもできない不満を、内心でぶつぶつと漏らしていた。

因《ちな》みに、決めたのは晶自身《自分》である。

松脂と油泥《タール》を練りこんだ獣除《よ》けの楯で油断無く身を守りながら、ひたすら前方の木々を塗り潰《つぶ》す夜闇を睨《にら》み付けた。

晶にとって、これは初めての山狩りではない。負担の集中する楯班の殿《しんがり》を務めるのも慣れたものだ。

だから、苛立《いらだ》ちの原因は別のところにあった。

「ねぇ、晶くんだっけ。もっと肩の力を抜きなさい、余計な怪我《けが》をするわよ」

晶より更に負担が増大する曲道の部分に陣取っている咲が、振り分けられている場所の過酷さを感じさせない気楽な口ぶりで話しかけてくるのだ。

関わりたくもないが沈黙を続ける事もできず、渋々と口を開く。

「……自分たち練兵は単に鍛えているだけの兵士に過ぎません。精霊力の使える防人と違い、中型の穢獣《けもの》を討滅するのにも命がけなんです。一瞬の気の緩みが生命の浮き沈みに直結するなら、常時、気を張っていた方が生き残る確率は高いかと」

「でも君は呪符を書けるんだから、中位精霊の遣い手でしょう？」

――余計な事を……。

思わず歯噛《はが》みをする晶に、楯班全員の視線が集中した。

晶が呪符を書けるのは周知の事実だが、平民しかいない守備隊に在って生き残る確率の高い晶は常にやっかみの対象だった。

――入隊当初の拗《こじ》れた関係が再燃したらどうしてくれる⁉

こんこんと楯の縁を叩き、隊員たちの視線を木々に広がる闇に戻す。

未だ納得していない咲を誤魔化すために、辻褄《つじつま》合わせの台詞《せりふ》を紡いだ。

「自分が中位精霊を宿しているとしても、他の隊員は下位精霊しかいません。お嬢様をお守りするためにも、我々は最大の集中を求める必要があります」

「私は衛士《えじ》よ。守らないで欲しいんだけど」

「ですが、華族の方です。お嬢さまが傷を負えば、俺たちの面目が立ちません」

「う〜〜」

不満は残っているのだろう。咲の唸《うな》りが晶に返った。

しかし、晶の主張に納得はしたのか、夜の帳《とばり》に気まずい沈黙が落ちる。

「ねぇ」沈黙に耐え切れなくなったのか、咲が再び口を開いた。「この山の穢獣《けもの》、主に何が出てくるの？」

「……主だったものは猪《しし》ですね。鹿もいますが、どちらかといえば南葉根の上の方が住処《すみか》らしくて、まとまって釣りだされたことはありません」

「猪《しし》かぁ……。厄介だね」

「え？」

「単体でも強力な穢獣《けもの》だけど、群れで行動するでしょ？　その上、主《ヌシ》が生まれやすいじゃない。ウチの領地《名瀬領》でもよく出るよ」

主《ヌシ》とは、個が保有できる以上の瘴気を宿した穢獣《けもの》を指す。

通常のそれよりも強靭《きょうじん》な肉体と知性を併せ持ち、身体《からだ》から溢《あふ》れる瘴気は生半可な精霊力すら相殺しうる密度を誇っているのだ。その脅威は下位の範疇《はんちゅう》を逸脱して、中位の穢レに達しうる。

「主《ヌシ》を見た事が？」

「ええ。普通よりも肥大した穢獣《けもの》が隊を喰《く》い荒らすの。衛士候補の私たちじゃ止めることも難しかったわ。君は見た事がある？」

「話には聞いていましたが、幸いながら」

「……あれに会ったら逃げなさい。生き延びるのは、防人以外は恥じゃないわ」

「防人以外は、ですか？」

「当然でしょ。私の後ろにいる戦えない人たちの前《さき》を護《まも》れと恃《たの》まれたから、『氏子籤祇《うじこせんぎ》』で衛士の位を戴《いただ》いているのよ」

同年代の衛士が口にした覚悟は、晶にとって新鮮なものだった。防人の覚悟なぞ、晶は誰からも教わった事が無かったからだ。

「そう、ですか」しかし、そう応《こた》えるので、精一杯だった。『氏子籤祇《うじこせんぎ》』には、嫌な思い出しかなかったからだ。心が圧《お》し潰《つぶ》されながら引き直した白い籤紙《くじがみ》が、脳裏に鮮やかに蘇《よみがえ》る。

「私も、お母さまも。護りたいから衛士になったのよ。君《キミ》だって何か決め——」

それまで紡いでいた言葉を切って、視線を宙に浮かせた。

咲の纏《まと》っていた弛緩《しかん》した空気が、みるみるうちに張り詰めていく。

どうかしたのか、問う必要も無かった。

——それまで僅《わず》かに吹いていた微風が止《や》んでいた。

澱《よど》む空気に混じる、何とも言えない悪臭。

——否、臭いではない。空気そのものが腐り始めているのだ。

その腐敗が、直接、鼻腔《はな》を衝《つ》いているのだ。

——その先に、瘴気を放つ存在がいることは明確であった。

迷う暇は無かった。楯を構え直して全員に警戒を叫ぶ。

「総員、警戒態勢！　来るぞ‼」

晶の叫びと同時に、勢子班が吹き鳴らす呼び笛が夜闇の奥で鋭く響き渡る。

次いで、独特の抑揚のついた音が短く二つ、晶の耳に届いた。

「獲物は猪《しし》だ！　撥《は》ね飛《と》ばされないように気張れぇっ‼」

未だ彼我の距離は遠いだろうに、それでも地面を揺らし大気を震わせる気配が、迫る群れの規模を伝えてきた。

「……主《ヌシ》でしょうか？」

「多分、居ないと思う。あれが居るなら、この程度じゃあ済まないわ」

「安心しました。総員、楯構え！　接触と同時に2歩押し込むぞ！」

楯を持った班員全員が、一糸乱れぬ動きで同じ方向に楯を構える。

「――いいえ。1歩よ」「は？」

「1歩でいいわ。ただし、確実に押し込んで」

何の意図があるのか、咲が晶の指示に変更を出した。

一歩では想定よりも浅すぎる、間違いなく進路が崖へと続かない。しかし咲は、揺るぎない視線を晶に向けてきた。

問い返そうにも、時間はもう無い。追及は諦《あきら》めて楯を構え直す。

「1歩ですね⁉」

「ええ。2歩目は絶対に出さないで」

悲鳴混じりの確認にそう応え、歩数を確認するように歩きながら晶たちへ背を向けた。

衛士からの要望だ。晶には従うしか道は無い。

「総員、聞いたな？　1歩だ、確実に押し込め！」

「「「はい！！！」」」

班員たちの応《いら》えから一拍後、瘴気《しょうき》と共に夥《おびただ》しい数の猪の穢レが、森の奥から圧し寄せる。

腐った粘液に塗《まみ》れた毛並み、赫《あか》く濁った眼球。瘴気に穢《けが》れたその凶相は、猪と思えないほどに歪《ゆが》んでいた。

――接敵。

がぃん！　腐った獣臭と共に、生物とぶつかったとは思えない音が楯越しに響く。

穢獣《けもの》、それも猪の突進力を真正面から受けられるわけはない。晶たちが出来るのは、せいぜい側面から穢獣《けもの》を楯で押し込んで進路を変えるくらいだ。

それでも、群れが持つ莫大《ばくだい》な突進の圧力が同時に伝わり、身体が抵抗しようと軋《きし》みを上げた。

「楯班、押し込めぇぇぇぇっっ‼」

「「「雄《オ》ォォッッ」」」

群れを成す生き物は、先頭の一体に追従して走る習性がある。つまり、その一頭の進路を変えることができれば、後に続く群れも進路を変えて走る。

百に届くであろう大きな群れの進路を変えるためには、息を合わせて接敵した者から順に先頭の鼻面を押し込む必要があるのだ。

たったの、果てしなく重い1歩。

ガリガリと楯の表面を削る猪の圧力に抵抗しながら、晶たちは全力で楯を押し込んだ。

「いっっぽぉぉぉぉっっっっ！」

「「「征《セイ》イイイッツッ！！！」」」

「――燕牙《えんが》」

さして大きくも無い咲の声が、晶の耳元に届く。

――轟《ゴ》ォ！

恃《たの》まれた1歩を全力で押し切ったその刹那《せつな》、爆音と共に緋色《ひいろ》の奔流が晶たちの視界を埋め尽くした。


TIPS：穢獣《けもの》について。

守備隊が定める等級としては、下位の穢レに位置する。

穢獣《けもの》とは、瘴気に堕《お》ち変質した野獣のことを指してそう呼ぶ。

本質的には元となった獣とそう変わりはないが、瘴気を纏い凶暴性を増して周囲を攻撃するのが特徴。

穢獣《けもの》が他の生き物に触れて瘴気が感染すると、その生き物も穢獣《けもの》に堕ちる。

山間《やまあい》や見えないところで感染を広げる群れを形成するため、討伐はしやすいものの、駆除は至難の業である。

ちなみに、晶はこの穢獣《けもの》に堕ちるのだと噂《うわさ》されていた。

2話　焼塵《しょうじん》に舞うは、竜胆《りんどう》一輪　3

「さて、と」

咲《さき》は、攻撃地点から助走のための10歩分の距離を取った。

その手に持つ丹塗《にぬ》りの薙刀《焼尽雛》を、舞うように手の中で2、3回転、踊らせる。

焼尽雛と銘を与えられた薙刀の先端が弧を描くその度に、刀身に籠《こ》めた咲の精霊力が菫色《すみれいろ》の燐光《りんこう》を舞い散らし、余剰の力が炎に換わって真円を描いた。

南部珠門洲《しゅもんしゅう》に君臨する神柱《みはしら》は、火行を司《つかさど》る神性だ。当然、その神の庇護《ひご》を受ける者たちに宿る精霊は、火に属する者が多い。

咲の宿す精霊が炎の属性を持っているのも、必然の流れなのだろう。

「征《い》くよ。力を貸してエズカ媛《ヒメ》」

己の魂に寄り添う存在《上位精霊》が心の何処《どこ》かで微笑《ほほえ》む。

噴き上がる菫色の精霊光が渦を巻き、弾《はじ》けると同時に咲の周囲を炎が灼《や》いた。

焼尽雛《しょうじんびな》を構えて、僅かに腰を落とす。

その時、夜闇《よやみ》の奥から追い立てられてきた猪の群れが、晶《あきら》たちとぶつかり合う。

猪の奔流に負けじと1歩、晶たちが猪を押し込んだ瞬間、

——宙を滑るような歩法で、咲が間合いを瞬時に詰めた。

奇鳳院《くほういんりゅう》流精霊技、初伝――

左の軸足で力強く地を踏みしめ、助走で得られた慣性を刀身にまで伝える。

全身の回転を加えながら、未《いま》だ攻撃圏外にいるはずの猪目掛けて掬《すく》うように斬り上げた。

「――燕牙《えんが》」

焼尽雛《しょうじんびな》が緋色の真円を描き、地を翔《か》ける燕《つばめ》の如《ごと》く炎を刻む斬撃が猪と楯《たて》の間を奔《はし》り抜ける。

斬撃を飛ばすだけの精霊技である燕牙《えんが》には、猪の進路を変えるほどの持続性はない。

故に本命は、二連続での攻撃を前提にした精霊技。

燕牙《えんが》を放った勢いを一切止めず、いまだ焔《ほのお》を纏う刀身で二度目の真円を描く。

奇鳳院《くほういんりゅう》流精霊技、連技《つらねわざ》――

「――緋襲《ひがさね》！」

燕牙《えんが》の火閃《かせん》をなぞって迸《ほとばし》る炎の奔流が、晶たちと猪を隔てる。

身体《からだ》の右半分を焼かれて、苦鳴《くめい》すら上げずに倒れ伏す猪の傍らで、炎を厭《いと》って啼《な》く猪たちが理想の位置まで進路を変えた。

「――流石《さすが》……」

思わず、感嘆の声が晶の喉《のど》から漏れた。

厳次《げんじ》の精霊技を見たことはあるが、咲の放った精霊技は威力の次元が違う。

八家の精霊力が生み出した灼熱《しゃくねつ》の世界に勝利を確信したか、隊員たちの気が少し緩んだ。

その時、濃密な瘴気に護《まも》られた異形の猪が、炎の奔流に逆らいながら姿を現した。

傷一つ窺《うかが》えないその躯《からだ》が見る間に沸き立ち、僅かの後に見上げるほどに肥大する。

――主《ヌシ》だ。

体高9尺9寸《３メートル》まで至った猪は、咲に向けて奔走を再開した。

精霊技を維持している咲に動くことは叶《かな》わない。

――このままでは、咲は踏《ふ》み潰《つぶ》される。

そう思ったとき、晶の身体は無意識のうちに動いていた。

炎の奔流に逆らっているとはいえ、強大な主《ヌシ》が叩《たた》き出す爆発的な瞬発力を一時的に超え、精霊技を強引に破られて硬直した咲の元に一足で到達する。

――考えている暇は無い。

襟首を掴《つか》んで咲を強引に振り投げ、入れ替わりに晶が真正面から猪の突進を受けた。

――ごぉん！！！

辛うじて構える事の出来た楯越しに、猪がぶつかる。

岩か何かがぶつかったかのような音とともに、晶の身体に今まで感じた事の無いような激甚な衝撃が走った。

――犠《ギ》イイイイッッツ！！！

「ぐぅぅうおぉぉおおっっ」

継続して走る衝撃と痛みに、晶の喉から苦鳴が漏れる。

真正面から穢獣《けもの》を受け止めるという暴挙に、身体ごと悲鳴を上げているのだ。

堅牢《けんろう》な樫《かし》材製の楯が、びきびきと不吉な音を立てる。

無理もない。猪の突進に加えて、濃密な瘴気に中《あ》てられているのだ。

拮抗《きっこう》できたのは一呼吸分も無く、一瞬で楯が内側まで腐食して裂け割れ始めた。

楯の上端が大きく割れて、憤怒に燃える赫《あか》い凶眼《マガツメ》と晶の視線が交差する。明確な呪詛《じゅそ》が混じった瘴気が呼吸に混じり、肺腑《はいふ》を侵される激痛に意識が飛びかけた。

迷う暇は無い。腰の呪符入れから呪符を一枚、人差し指と中指に抓《つま》んで引き出し、楯が壊れると同時に猪の眼前に投げつけた。

投げてから戻る指で剣指を作り、流れるような一挙動で呪符を励起する。

——その瞬間、晶の視界全《すべ》てが凍《い》てついた。

晶が使用したのは、自身がコツコツと貯《た》めた金子で手に入れた水界符だった。

界符《結界系統》は、回生符に次いで高価な呪符だ。使用されるのも恒久結界の補強補助のためで、こんな一時凌《いちじしの》ぎの結界を張るためだけのものではない。

晶にとっても虎の子の界符は値段相応の威力はあったようで、主《ヌシ》を中心に見上げるばかりの氷がそこに生まれていた。

「……っすげぇ」

未だ瘴気で痛む喉を押さえながら、初めて使用した界符の威力に思わず感嘆の息を漏らした。

強大な穢獣《けもの》の巨躯《きょく》が完全に氷に覆われている。

とりあえずの危機は去ったかと安堵《あんど》したその時、氷越しに猪の凶眼がじろりと晶を睨《にら》みつけた。

思わず1歩、後退《あとずさ》る。

ただでさえ巨《おお》きな猪の躯《からだ》が、氷の向こう側で更に膨れ上がる。

——ばきり。氷の表面に大きく罅《ひび》が入り、

同時に、氷の表面に貼り付いていた界符が音も無く焼き切れた。

封じたはずの穢獣《けもの》が、結界の内側から強引に破ったのだと。

──犠《ギ》イイィイッツ
罅の隙間《すきま》から吹きだす猛烈な瘴気を吸い込んでしまい、晶はその場に倒れ伏しかけた。

「ぐうっ！」

──悪悪《ヲア》ァァ！！！

ばきん。氷が割れ飛び、自由になった猪の頭部が嚇怒《かくど》と呪詛を啼き上げる。

辛うじて顔を上げた晶の視界に、自由になった前脚を大きく振り上げた猪の姿が映った。

「──退《の》きなさいっ‼」

咲の怒声と共に襟首をむんずと掴まれ、先に晶がしたように猪の攻撃圏外へと放り投げられる。

間一髪で前脚が振り下ろされると共に、地響きと砂埃《すなぼこり》が一帯を覆い、

──巻き上がる砂埃を吹き散らしながら、晶と咲が別々の方向へと飛び出た。

激痛に意識の飛びかけた晶は、受け身を取ることもできずに二転、三転、地面を舐《な》める。

小物の反撃が癇《かん》に障ったのか、猪は晶に向けて牙《きば》を剥《む》き出《だ》し、

──その隙を見逃すほど、咲は愚かではない。

腰を据えて、焼尽雛《しょうじんびな》を構える。

「威《イ》ィイァァァッツ‼」

裂帛《れっぱく》の気合と共に吶喊《とっかん》。

隙だらけの脇腹《わきばら》に向けて放つのは、主《ヌシ》の防御を貫《ぬ》いて致命傷を齎《もたら》す一撃。

奇鳳院《くほういんりゅう》流精霊技、中伝――

「――啄木鳥徹《きつつきとお》しっ」

その一撃が叩き込《こ》まれた瞬間、幾重にも重なる爆発が猪の強靭《きょうじん》な体表の一点を襲った。

無数の爆発が猪の防御を強引に喰《く》い破り、焼尽雛《しょうじんびな》の刀身がその体内に完全に埋もれる。

――犠《ギ》ィッ！

流石にその苦痛は無視できなかったか、猪の鳴き声に混じる明らかな苦鳴。

攻める足が止まることは無い。咲は捻《ね》じりこむように刀身を更に押し込み、内腑《ないふ》に切っ先を届かせた。

それは、防御出来ない内臓を、直接攻撃する連技。

奇鳳院《くほういんりゅう》流精霊技、連技《つらねわざ》――

「――鉢冠《はちかぶ》せ！」

どぉん。くぐもった爆発音の後に猪が棒立ちとなり、ゆっくりと地響きを立てて倒れ臥《ふ》した。

その首元から肩周りに至る周囲は黒く穿《うが》たれ、抉《えぐ》られた内側が完全に炭と化している。

強靭《きょうじん》な防御が仇《あだ》となり、鉢冠《はちかぶ》せの爆発は猪の体内を大きく灼いたのだ。

穢獣《けもの》の身体構造は、元となった生き物と然《さ》したる変わりはない。如何《いか》に強大な穢獣《けもの》の主《ヌシ》といえど、心臓が消し飛べば生を繋《つな》げる道理は存在しない。

この群れの中核を確実に焼き殺した。その確かな手ごたえに、咲は残心を解いて大きく息を吐《つ》いた。

ちらりと後方に投げ飛ばした晶に視線を遣《や》る。

未だ濃密な瘴気《しょうき》に纏《まと》わりつかれている晶に意識はなく、無事かどうかも分からない。

——轟《ゴ》ゥオオォォンッッッ！！！

晶に駆け寄ろうとつま先を向けるその時、後方に広がる木立の向こう側から地鳴りを伴った轟音《ごうおん》が響いてきた。

強大な精霊力の揺らぎ、久我諒太《くがりょうた》の放った精霊力の波動だ。

彼が群れを二つに割ったのだと、直感的に確信する。

であるならばもう既に、迷えるほどの余裕は無い。

「総員、傾聴！」

つま先を轟音の方向に直し、咲は浮足立つ練兵たちに指示を挙げた。

「班を二つに分けなさい！　一つは猪に止《とど》めを刺して、残りは周辺の警戒と安全確保！」

「「「は、はいっ‼」」」

慌ただしくも的確に動き始めた練兵たちに無理をするなと云《い》い置いて、咲は自身の役割を果たすべく音のした方へと駆けだした。

丹田《たんでん》に精霊力を集中させて、全身の霊脈の流れを加速させる。

それは、奇鳳院《くほういん》に限らず、上位精霊を宿す者が必ず最初に習い覚える身体強化の精霊技。

奇鳳院流《くほういんりゅう》精霊技、初伝——

「——現神降《あらがみお》ろし」

地を蹴《け》る咲の足元で、爆発したように木の葉が舞う。

その現実すら置き去りにする速度で、咲が加速を始めた。

迫る木立を難なく躱《かわ》し、その間を踊るように抜けていく。

2度目の轟音が、急ぐ咲の耳にも届いてきた。

――諒太が、自身に割り当てられた群れを殲滅《せんめつ》したのだろう。

猪たちが駆け抜けた跡を追って、更に駆ける。予定の場所まであと少し。焼尽雛《しょうじんびな》を後ろに構えて精霊力をさらに高めた。

諒太が精霊技を行使したのだろう、黒く焦げてぽかりと空いた空間に出る。

その10間《18メートル》先には、切り立った崖《がけ》の端が見えた。

逡巡《しゅんじゅん》せず、その崖に向けて全力疾走。

迫る崖に足も止めず、弛《たゆ》まず精霊力を高めていく。

高める。高める。

『――地啼け、裂け割れ、電々太鼓、諸人《もろびと》呑《の》みて、灼け踊れ』

成功率を上げるために、自己暗示の呪歌を詠《うた》う。

掌握しきれなかった精霊力が、菫色の燐光を放つ火の粉に換わっていった。

その膨大な火の粉を纏《まと》いながら、咲は更に駆ける足を速める。

10間をほぼ3足で詰めて、咲は迷わず崖の先に広がる宙空へと高く飛び上がった。

崖下《がいか》には新倉《にいくら》たちと陣地班、そして、彼らに押し込まれて暴れまわる猪の群れ。

――到達が僅《わず》かに遅かったか、群れが二手に分かれかけている。

焼尽雛《しょうじんびな》を夜空に向けて高く掲げ、高めた精霊力を一気に集束させる。

それは、咲が放つ事の出来る最大火力。

奇鳳院《くほういんりゅう》流精霊技、止《とど》め技《わざ》——

「——石割鳶《いしわりとんび》‼」

振り上げた刀身が、菫《すみれ》の燐光《りんこう》と炎を纏いながら振り下ろされる。

それは、さながら獲物目掛けて急落する鳶《とんび》のように、猪の群れのど真ん中に突《つ》き立った。

どごん。諒太の放つ轟音に比べれば、地味さに勝る音が響く。

だが、その効果は非常に高い。

猪たちの足元が一瞬持ち上がり、次いで崩れるように地割れに沈む。

逃げようとするその足元を沈む地盤が搦《から》め捕り、噴き上がる炎が群れの一方を呑み込んだ。

「吹《ふ》ぅぅぅうっ」

残心から大きく呼吸《いき》を吐く。

群れの残りを討つべく焼尽雛《しょうじんびな》を構え直した咲の眼前を、大気を裂く火焔《かえん》が刹那《せつな》に奔《はし》った。

奇鳳院《くほういんりゅう》流精霊技、中伝——十字野擦《じゅうじのすり》。

厳次の放った灼熱の斬撃が、残りの猪を余さず焼き尽くした。

「——腕を上げたな、お嬢。その歳《とし》で石割鳶《いしわりとんび》を使う奴《やつ》はそうそう居ない、ご当主も鼻が高かろうさ。……どうした？」

豪快に笑いながら厳次が歩み寄るが、納得いかないと如実にわかる表情を咲が浮かべている様に、怪訝《けげん》そうに首を傾《かし》げる。

だが無理もないだろう。厳次の後方では、咲よりも多い頭数が火焔に灼《や》かれた断面を晒《さら》しているのだから。

「叔父《おじ》さまの方が凄《すご》いじゃない。中伝《十字野擦》で止め技《石割鳶》の威力を上回るなんて、そうそう出来ないでしょう？　……それよりも叔父様！　清《きよ》め水《みず》、あるだけください！」

清《きよ》め水《みず》とは、神社の清水《しみず》を精製した瘴気祓《はら》いの道具である。

呪符に使われる閼伽水《あかみず》よりも宿す霊格は低いが、安価で手軽に使える瘴気祓いの道具として人気がある。

「お、応」珍しい咲の剣幕に面食らいながら、腰に結わえた竹筒を投げて寄越《よこ》す。「どうしたお嬢。何があった？」

受け取った竹筒を持って駆け出そうとした咲は、肩越しに厳次の問いかけに応《こた》えた。

「班長の子、私を庇《かば》って主《ヌシ》の体当たりを受けたんです！」

厳次の反応を待たずに、身体強化《現神降ろし》を行使した少女の身体《からだ》は、重力の縛りを感じさせない軽さで崖を駆け上がる。

崖を登り切ってからはさらに加速、咲の顔には焦りしかなかった。

瘴気を吸い込んだものが助かる確率は、瘴気を祓《はら》う時間に直結するからだ。

咲が楯《たて》班の待機する場所へと戻ると、丁度、瘴気を纏わりつかせた晶が立ち上がる姿が目に飛び込んできた。

「――君！」

「はい？」

濃密な瘴気があるにも拘《かかわ》らず、普段じみた返答が晶から返ってきた。

「瘴気を吸ったでしょ!?　立ち上がっちゃ駄目！」

駆け足で晶に近づいて、清《きよ》め水《みず》を強引に口に押し当てる。

いきなりの行為に咽《むせ》る晶に構わず、清《きよ》め水《みず》を流し込む。

「ごほっ。い、いきなり何を⁉」

「――これで内臓の腐食は止められたはずだけど、身体《からだ》の外側はまだね。……誰か、清《きよ》め水《みず》は持ってない？」

「……あります。ですが、班長は……」「ありがと！」

戸惑いながら清《きよ》め水《みず》を渡してくる班員の台詞《せりふ》を聞かずに、竹筒から直接、清《きよ》め水《みず》を振りかけようとする。

「ちょっと待ってください！」

慌てた制止が晶からでて、咲の動きが寸前で止まった。

「……何？」

「大丈夫ですんで、ちょっと待ってください」

そこまで瘴気に蝕《むしば》まれているのに、何が大丈夫なのか。そう考えてから気が付いた。

本来なら爛《ただ》れて崩れかけているはずの肌が、変化一つ見せていない。

そもそも、こうまで平然と受け答えが出来ているのが異常過ぎる。

有り得ないものを直視して呆然《ぼうぜん》となった咲の目の前で、晶がまるで埃《ほこり》を叩《はた》くような仕草で瘴気が濃い部分を叩《はた》いて見せた。

その手が服に落ちた瞬間、その部分の瘴気がごそりと削られる。

自身の常識の斜め上の現実を突きつけられ、今度こそ咲の瞳《ひとみ》が大きく見開かれた。

「…………え？」

戸惑う咲を余所《よそ》に、何の気の無い手の動きがどんどんと瘴気を削っていく。

「え？　ええ⁉」

祓っていくと表現するのが正しいのだろうが、緊張感の無い手の動きが瘴気を削っていく様は、ありがたみもへったくれも感じられない。

やがて、身体に纏わりついた瘴気を全《すべ》て叩き落とした晶が、呆然と見るだけの置物と化した咲の方に向いて軽く肩を竦《すく》めた。

「……少し気合を入れて叩くと、瘴気って祓えるらしくって」

「……んな訳ないわよ」

実際に可能であることを目の当たりにしても、咲の思考は現実を受け入れられない。

言葉少なく、ようやっとの反論だけを口にできた。

しかし、この点に関しては現実はともあれ、咲の認識のほうが正しい。

一見、赤黒い靄《もや》のようにみえる瘴気だが、その実態は物質ではなく精霊力に近い。

陰陽の、特に陽気に属する生命の持つ霊力を蝕《むしば》む常世の毒が、瘴気と称される存在なのだ。生命そのものにへばりつく瘴気《毒》を、少し気合を込めて叩いただけで散らせるなら誰《だれ》も苦労はしない。

「って云うか、なんで瘴気の影響を受けてないの？　傷一つないじゃない」

「影響はありますよ。……瘴気を吸い込んだ時、気絶するくらいには痛いですから」

「うん。その程度で済んでるなら、影響はないってことでしょ」

普通なら内臓が腐って溶けている。痛いで済んでいるなら、確かに影響がないと云っても差し支えはないだろう。

「……そこは不思議ですが、どうにも自分は瘴気を受け付けにくい体質のようで」

「そんな人間、初めて聞いたわ。でも、現実に目の前にいるものね、認めなきゃいけないか。納得したわ。倒れていた時、誰も君の心配をしていなかった。皆、君の体質を知っていたのね」

「はい。吹聴《ようや》するようなことでもありませんので、班員たち以外は知りませんが」

はぁ。漸《ようや》くに実感がわいたのか、額に指をあてつつ吐息を一つ。

瘴気の影響を受けない人間がいる。頷《うなず》いて現実を呑み込み、手に持っていた残りの清《きよ》め水《みず》を晶の胸元に押し付けた。

「取り敢えず呑んでおきなさい。瘴気の影響を受けないといっても、絶対かなんて判《わか》らないんでしょ？　瘴気が毒なのは事実なんだし、用心するに越したことはないわ」

「……ありがとうございます」

押し付けられた竹筒を軽く揺らすと、ちゃぷりと鳴った。

ずいぶんと軽いそれは、晶が貰《もら》った数少ない純粋な善意だ。

己の身を心配して渡されたそれを八家だからという理由で押し退《お》けられるほど、晶の情は冷めていなかった。

気付けば東の空が薄く白み始めている。

妙覚山《みょうかくさん》の瘴気は、随分と薄くなっていた。

瘴気が騒《ざわ》めくのは、基本的に陰気の満ちる夜半である。

朝も迫り始めた今、これ以上の戦闘はないだろう。咲はそう判断した。

竹筒を傾けて清《きよ》め水《みず》を嚥下《えんか》する晶の傍ら、咲は、ん、と一つ大きく伸びをする。

「今日はこれで終わりね、お疲れさま」

「はい。お嬢様もお疲れさまです」

四角四面の応えを返す晶に、仕方がないなぁと苦笑した。

肩先で佇《たたず》む晶へちらりと視線を向ける。

最初は平凡としか思わなかったその横顔は、暁の淡い光が差す中では上位の貴種と云《い》われても納得できるほど流麗に映った。

少し愛想を覚えるだけで当代きってての銀幕スタァでも充分に通用するのに。等と、思考の片隅で残念に思う。

咲はそこまで鈍くはない。晶から感じる隔意に気付いていたものの、それを指摘するのは躊躇《ためら》いを覚えたのだ。

守備隊に入隊《はいい》る練兵のほぼ全員が、大なり小なりの因縁を過去に抱えている。

それは仕様の無いことであり、華族である咲は寛容に受け止めなければならない現実だと思っていた。

薄く白み始める木立の闇《やみ》の向こうで、応援であろう人の気配がする。

彼らに場所を知らせるために、咲は右手を挙げて大きく息を吸い込んだ。

TIPS：流派について。
高天原《たかまがはら》には、大きく分けて5つの門閥流派が存在する。

奇鳳院流《くほういんりゅう》、義王院流《ぎおういんりゅう》、玻璃院流《はりいんりゅう》、陣楼院流《じんろういんりゅう》、月宮流《つきのみやりゅう》、以上の5流派である。

これは、どれが強い弱いの違いではなく、洲《しゅう》の神柱がどの属性を有しているかによって変化する。

例えば、殊門洲《しゅもんしゅう》の神柱は火行を司《つかさど》るため、奇鳳院流は火の属性を効率よく揮《ふる》えるように構成されている。

ちなみに、殊門洲に産まれていても水の属性を持って生まれた場合は、水行を揮《ふる》うことに特化した義王院流を学ぶ必要がある。

2話　焼塵《しょうじん》に舞うは、竜胆《りんどう》一輪　4

――時は少し遡《さかのぼ》る。

「班長の子、私を庇って主《ヌシ》の体当たりを受けたんです！」

そう言い残して、咲《さき》は崖《がけ》を駆け上っていった。

置いて行かれた厳次《げんじ》は、しばらくぽかりとしてからいろいろなもの《事後処理》を放ったらかしにして消えた咲に唸《うな》り声をあげて、頭を掻《か》いた。

「新倉《にいくら》！　あるだけの清《きよ》め水《みず》を上の連中《れんじゅう》に持って行ってやれ！」

「こっちはどうしますか？」

「目立った損害は無い。瘴気《しょうき》濃度も平常値に戻ったから、今夜の戦闘はもう終わりだろう。陣地班は安全確保で充分だ」

ぐるりと視界を巡らせた後に、新倉は逡巡《しゅんじゅん》をあまり見せずに頷いた。

「判りました。数名借ります」

「応、急いでくれ。――そこ、油断するな！　確実に止めを刺せ！」

ひらひらと手を振って、厳次は陣地班を纏《まと》めるために隊員たちのもとへ歩く。

新倉と別れたのち、厳次は道すがら指示を出しながら先程の戦闘を思い返す。

晶《あきら》が班長になっていきなりの山狩りであったが、班員たちに浮足立つ者はいなかった。

楯班に次いで負担の大きい陣地班だが、衛士《えじ》候補２人の支援は大きく、危なげなく猪の群れを抑え込めたからだ。

——今後の山狩りの指針を打ち出すに、大きな説得力が生まれたな。

予期せぬ収穫に、自然と口が綻《ほころ》ぶ。

——犠《ギ》ィイイイッツッ！

「うわぁぁぁっっ！」

猪の啼《な》き声と同時に、隊員の幾人かが宙を舞った。

まだ余力を残していた猪が、最後の悪あがきに立ち上がる。

「む」

この状況で逃げられるのは、流石《さすが》に不味《まず》い。

警戒をさせていた、厳次肝いりの部隊を呼ぶ。

「ピストル隊前へ」

「はっ！」

幾人かが膝《ひざ》立ちで短銃《ピストル》を構え、隊員を振り払った猪に照準を合わせる。

「——撃て」

乾いた火薬の音が揃《そろ》って響き、猪の躯《からだ》に幾つかの弾痕《あな》が空いた。

——犠《ギ》ッツ‼

致命傷は負っていたのだろう。新たに穿《うが》たれたその痕《あと》に、猪の躯が棒立ちに立ち竦む。

その隙を逃さず、振り払われた隊員が立ち上がって腰だめに構えた槍《やり》を猪に突《つ》きたてた。

一つ、二つ。

槍が突きたてられた猪は限界を超え、自然と横倒しに倒れていった。

「被害報告！　猪に近かった奴《やつ》は清《きよ》め水《みず》を呑《の》んでおけ！　――大島《おおしま》、少しいいか？」

大事には至らなかったため、詰問はせずに短銃隊の責任者を呼ぶ。

短銃隊を率いていた大島は、厳次と同年代の壮年の男性だった。

困ったような笑顔を浮かべながら小走りで厳次の元に駆けてくるその男は、年季が明けても守備隊に居続ける変わり者で、その経験の長さから守備隊の取《と》り纏《まと》め役を買って出ている男だった。

「……短銃の威力はどうだ？　今後も実戦で使えそうか？」

声を潜《ひそ》めて問いかける。

短銃は、論国《ロンダリア》経由で伝わった西巴《せいは》大陸の最新兵器だ。

長銃《ライフル》よりも取り回しがしやすく、この程度の距離ならば威力の減衰も気にならない。

大陸では対穢レ《ケガ》の主力兵器として普及しつつあると謳《うた》う、船来商人の口上に乗せられて配備したのだが、猪の群れに撃ちこんでもあまり手応《てごた》えが感じられなかったのだ。

今回の山狩りで結果を出せなかったなら、総隊長の万朶《ばんだ》は勿論《もちろん》のこと、周囲からの突き上げも予想される。

即席に火力を上げるなら非常に優秀と云えるのだが……、

「群れの突進を僅《わず》かに止める事は出来ました。しかしながら、穢獣《けもの》の足止めとしてはやや火力不足かと」

「船来商人の売り文句だと、穢獣《けもの》程度は充分に倒せると云っていたが」

「運用方法が違うのか、何か工夫が違うのかは判りません。

――大陸の穢獣《けもの》が弱いってこたぁ無いでしょうが」

「そうか。……一度、商人を呼びつけるか。指導役を雇うことも視野に入れんとな」

また、支出が増えるか。嘆息してから気持ちを切り替えた。

平地全体に広がる陣地班の隊員たちを、俯瞰《ふかん》するように眺めた。

隊員たちの動きに問題は無い。しかし、興味なげにその動きを眺めている久我諒太《くがりょうた》は、少し問題を孕《はら》んでいると云えた。

初撃で群れを二つに割って、続く一撃で受け持った猪を消し炭にしてのけたのだ。

久我の神童。その評判に恥じない技量であると、認めざるを得ない。

しかし武功の望めない少量の穢獣《けもの》なら、討滅に足を向ける気配すら見せないのは問題だった。

自領であってもこの姿勢なら、確かに幾ら実力があろうと身内でも敬遠するだろう。

――それにしても、久我の御当主殿が、家格は同じとはいえ他家に身内の恥を晒《さら》して頼みごとをするとは、余程に切羽詰まっているな。

性急さに焦りが隠せていない久我の動向に、興味が無く聞き流していた話題を思い出した。

――確か、奇鳳院《くほういん》の次期当主、嗣穂《つぐほ》さまの伴侶《はんりょ》選考に久我の名前が挙がっていたか。

國天洲《こくてんしゅう》の義王院《ぎおういん》が雨月《うげつ》の嫡男を婿に望んだと聞いて以来、年回りの合う久我の子息が候補筆頭に上がっていたと、世情に疎《うと》い厳次も風の噂《うわさ》に聴いたことがあった。

記憶が確かなら、嗣穂さまの芳紀《御年》はまさに12歳。そろそろ、伴侶選考が始まっていてもおかしくは無い。

なるほど、焦る訳だ。久我諒太の実力はさておき、あの性格では間違いなく選考で弾《はじ》かれる。その前に、性格を矯正しておきたいという事だろう。

――お嬢も、厄籤《やくせん》を引いたな。

父親に似たのか頼まれごとを断れない性格の咲は、身内でもよく貧乏籤《くじ》を引いていた。

他家とは云え、久我のご当主直々の頼み事なら断るのも難しかったろう。

くくっ。咲の困り顔を思い出して、堪《こら》えきれず含み笑いを零《こぼ》した。

とは云え、あの性格を矯正するのは難事だろう。

――さて、どうするか。

久我諒太が厳次の指揮下に入っているのは、一週間が上限である。

この短期間で咲の負担を減らすためには、自分一人で戦っている訳ではないと実体験込みで理解させる必要があった。

――一番手っ取り早いのは手痛い敗北だが、それは、天領《てんりょう》学院で失敗したんだったか。

思わない方向に変節したと、咲がボヤいていたのを思い出す。

下手《へた》に干渉して変に反発される可能性に思い至り、厳次の眉間《みけん》に皺《しわ》が寄った。

――さしあたって、どういう敗《ま》け方で久我がどうなったか、お嬢に詳しい内容を訊《き》くか。

そう思考に結論付けて、朝日が差し始めた平地の中を歩き始めた。

◇

勘助《かんすけ》率いる勢子《せこ》班と合流した晶が陣地班の設営した天幕《テント》に戻ってきたのは、陽《ひ》が昇って夜気の肌寒さが嘘《うそ》のように消えた時分の頃《ころ》であった。

天幕《テント》といっても、急な雨に耐えることだけを前提にした簡素なものであったが、頭の上を遮るものの有無は、意外に思えるほどの安心感を晶に齎《もたら》した。

天幕《テント》の中には机が一つ、厳次と新倉が対面で囲んでいた。

「失礼します。――晶、ただいま戻りました」

「応、お疲れさん。まずは被害報告からいくか」

「はい。勢子班、犠牲2名。楯《たて》班、犠牲0名。陣地班、犠牲0名。以上です」

「損耗2名、ですか。突貫の山狩りでこの結果、衛士の協力は必須《ひっす》ですが遊軍組織の必要性を実感しますね」

「だろう？　次の会合で上申する心算《つもり》だ」

悪意はないのだろう。だが新倉が班員《自身の部下》たちを数で評価した時、知らず拳《こぶし》を強く握りしめた。

だが、不平不満が口を衝《つ》くことはなかった。厳次と新倉は、守備隊の括《くく》りで見るならば、望外といってもいいほどの良心的な防人《さきもり》なのだ。

――それに、兵隊の数で損得勘定するのは守備隊なら当然か。この程度で不満を口にするなら、余所《よそ》の守備隊連中からタコ殴りにされるな。

そう自身に言い聞かせ、姿勢を正して二人の会話が終わるのを待った。

「――そう云《い》や、晶」

「はい」

「お嬢を庇《かば》って、主《ヌシ》の体当たりを受けたそうだな。お手柄だ」

「……ありがとうございます」

ややあって顔を上げた厳次からのお褒めの言葉に、褒められると思ってもいなかった晶は、一拍遅れて頭を下げた。

「それで、どうだった？」

下げた頭の上から、さらに含みを持たせた問い掛けが投げられ、視線を上げるとにやにやした厳次のにやけ顔がそこにあった。

どう、とは？　唐突なそれに思考が疑問符でいっぱいになったが、すぐに答えは浮かんできた。晶が阿僧祇《あそうぎ》たち以外の、それも八家の衛士と仕事をしたのは、これが初である。

厳次は、その感想を問うているのだろう。

「……八家の方が放つ精霊技《せいれいぎ》を初めて見させて戴《いただ》きました。失礼ながら、阿僧祇隊長の精霊技とは威力の根底が違うかと」

そうだろう。格下と評されたにも拘《かかわ》らず、満足そうに厳次は頷《うなず》いて見せた。

上位精霊の基準は、奥伝と呼ばれる精霊技を行使しうる階梯《かいてい》に到達している事のみだ。

上位精霊と一括りにされていても、その内包する精霊力にはかなりの振れ幅があった。

神気を行使するまでに至った神霊《みたま》が、大きな括りでは上位精霊とされているところからもその大雑把さは窺《うかが》える。

「その通りだ。防人となるには中位精霊を宿している事が最低条件となるが、八家の宿す上位精霊は同じ領域に立っていることすら烏滸《おこ》がましく思えるほどの熱量の差が存在する。——憶《おぼ》えておけ、晶。あれが、八家《護国の要》だ」

「……はい」

「さて、と」話が一段落したのを見て、厳次が両の掌《てのひら》を合わせて指を組み合わせる。果断な性格で知られる男が、珍しく歯に衣《きぬ》を着せたような物言いで台詞《せりふ》を宙に浮かせた。「それで、だ。出立前に云った〝話〟の件だ」

「はい」

「晶、神学校に進学する心算《つもり》はないか?」

「……は?」

云われた言葉の内容が、一瞬、理解できなかった。

神学校は、主に神道や陰陽道を修学する中高一貫性の学校である。当然、宿す精霊は中位精霊以上が要求されるため、必然的にその学校に進むものは華族のものと決まってくる。

陰陽術を修めたい晶の望む進路先であったが、主に身元保証の面で諦《あきら》めていた道でもあった。

「で、ですが、俺の身元はどうするんですか?」

「確かに、進学には華族の後見が必要だ。しかしお嬢を助けた功績を無視する訳にいかん。俺が後見になってやる。……良かったな。神学校の学生なら防人になる道が開けるぞ」

「あ……」認められた。望外の言葉に、晶の眦《まなじり》にじわりと涙が浮いた。「ありがとうございます
――!!」

「ただ、条件がある」

頭を下げる晶に、厳次が言葉を続ける。

「お前も知っての通り、守備隊は慢性的に呪符不足に陥っている。お前《晶》が回気符を作成できるから
それだけは問題なく回っているが、そもそも8番隊では余り消費しない呪符でもある。お前を高等神学校に推すのは、新しい呪符の修得を期待しての事だ」

「そうですね、卒業までに撃符《攻撃系統》を最低2種、我々に卸せるようになることが最低条件と思ってください」

「……判《わか》りました、問題はありません。高等神学校への進学を希望します」

これ以上は無い千載一遇の機会、余りにも魅力的な提案に晶は飛びついた。

「判りました。こちらも相応に動く必要があります。後は……」

足りないものは無いか、言葉を探して視線が宙を彷徨《さまよ》う新倉の横から、厳次が後を続けた。

「晶。お前、故郷を出る時、氏子抜けはしているか？」

故郷で『氏子籤祇《うじこせんぎ》』を受けて氏子と受け入れられたものは、終生、その土地に所属していると見《み》做《な》される。

故郷の氏子から文字通りに〝抜け〟て、この縛りを無くすことを氏子抜けと云った。

「……はい。故郷での氏子は、存在していません」

嘘は言っていない。氏子として認められなかった晶は、そもそも、氏子の登録すらされていない。

晶は、自身が抱える問題《精霊を宿していないと》を口にする訳にいかなかったため、都合の悪い事実を口にせず厳次の問い掛けをやり過ごした。

「そうか。なら、後で後見人としての紹介状を渡しておく。早めに『氏子籤祇《うじこせんぎ》』を受けておけ」

——そして、何でもない口調で云い放たれた内容に、今度こそ硬直した。

ＴＩＰＳ：神学校について。

中高一貫の神道や陰陽道の知識を学ぶ学校。

主に、家を継ぐことのできない次男以下が、呪符組合相手に呪符を売れるようにすることで食い扶持《ぶち》を稼ぐための知識を教わるところ。

華族にはなれないが、華族へのコンプレックスは人一倍ある者たちが集められるため、学校内では一概には表現しづらい権力構造が発展していると云われている。

2話　焼塵《しょうじん》に舞うは、竜胆《りんどう》一輪　5

「そうか。なら、後で後見人としての紹介状を渡しておく。早めに『氏子籤祇《うじこせんぎ》』を受けておけ」

「……え？」

何てことは無い口調で放たれた台詞。しかしその内容は、晶《あきら》にとって看過し得ないものだった。

涙で滲《にじ》む視界、磨《す》り潰《つぶ》される心の痛み。何も書かれていない真白い籤紙《くじがみ》の記憶に、心を覆う傷痕《きずあと》が少し哭《な》く。

「な、何で『氏子籤祇《うじこせんぎ》』を受ける必要があるんですか？」

晶の動揺に、知らず口調が僅かに震える。

「何故《なぜ》って……必要だからだが？」

説明の足りない厳次《げんじ》に代わって新倉《にいくら》が口を開き、『氏子籤祇《うじこせんぎ》』が必要な理由を説いて見せた。

「隊長、仕方ありませんよ。本来、そんなに必要な事柄でもないですから。――晶君は魂石《こんせき》を知っていますか？」

「……いえ、寡聞にして知りません」

「子供が宿した精霊を確認する魂染《たまぞめ》という儀式の際に、魂石《こんせき》と呼ばれる石に赤子の魂魄《こんぱく》の輝きを写すんですよ」

「……何でそんな事を？」

「魂石《こんせき》の輝きの有無でそのものの生死を管理するためです。人が死ねば、魂石《こんせき》の輝きが消えるんですよ」

「じゃあ、魂石《こんせき》を砕けば、その人は死ぬってことですか？」

その情報に、晶が顔色を失った。あの一族は、おそらく晶が未《いま》だ生存している事は把握しているのだろう。晶の生存に焦れた雨月天山《父親》なら、魂石《こんせき》に手を出してもおかしくはない。

「さて、それは知りませんが。人別省は如何《いか》なる理由があっても、余人が魂石《こんせき》に干渉する事を赦《ゆる》していません。まあ、そもそも砕けないと聴いていますが」

「砕けない、ですか？」

「伝え聞く限り、魂染《たまぞめ》の影響下にある魂石《こんせき》は、人間《ひと》の手で砕く事は出来ないと聞いています」

ほう。厳次たちに悟られないように、安堵《あんど》の息を吐く。

一先《ひとま》ずの安心は手に入れたが、問題が解決されている訳ではない。

「……その魂石《こんせき》が、どう関わってくるんですか？」

「晶君の魂石《こんせき》は、未だ故郷の人別省に収められています。これを華蓮の人別省に移動させるためには、氏子移りしたという証明が必要なんです」

ぐ。拳を握りしめる。確かにそれなら『氏子籤祇《うじこせんぎ》』が必要になってくるのも頷ける。

「わ、判りました。ですが、氏子として認められなかったらどうすればいいんですか？」

「あぁ。氏子抜けした子供《やっ》は、必ずそれを心配するよな。――だが、安心しろ。土地の相性で受け入れられないってのは聞いたことがあるが、そうなりゃ別の神社で受け直せばいいだけの話だ」

「そ……そうですか。安心しました」

晶の心配を勘違いした巌次が、安心させるようにそう云った。

「ま、氏子移りなんざ滅多にするようなもんじゃないからな、知らなくても無理はないか。――なんだ。まだ心配か？」

「……はい。気後れというか、その……」

「ははっ。まぁ、よく聴く話ではあるな。事の序《つい》でだ。そんなに心配なら、神社も紹介してやろう。そうだな……、1区にある茅之輪《ちのわ》神社に行ってみろ」

「茅之輪《ちのわ》神社、ですか？」

「洲都でも歴史ある神社の一つだ。ここの土地神様は格式も高いが懐の深さでも有名でな、氏子を受け入れないということは想像もつかん」

「華蓮《かれん》五都《いつ》神社《やしろ》の一角ですか。隊長にあそこの伝手《つて》があるとは、知りませんでしたが」

「五都《いつ》神社《やしろ》、ですか？」

聞き慣れない名称に首を傾《かし》げる晶に、新倉が説明を引き継いだ。

「茅之輪《ちのわ》、鐘楼《しょうろう》、神籬《ひもろぎ》、三津鳥居《みつとりい》、玖珂太刀《くがたち》。華蓮と同じほどに長い歴史を誇る五つの神社を指して華蓮五都《いつ》神社《やしろ》と云います。その歴史を背負うわけですから、ここの氏子は他の氏子から一目置かれるんですよ」

「どの神社で氏子になったかってのは、お前が思うより世間じゃ重要視される要素の一つだ。特に茅之輪《ちのわ》神社は奇鳳院《くほういん》の本邸がある鳳山《おおとりやま》に近いから、五都《いつ》神社《やしろ》の中でも別格の扱いを受けている。ここに受け入れられたなら、肩身の狭い神学校で多少の傘代わりになってくれるはずだ」

巌次の心遣いは嬉《うれ》しくはあるが、晶の問題はそこではない。

精霊無しという事実からくる問題が、晶の持つ心配の根底だ。

そして、『氏子籤祇《うじこせんぎ》』の結果は確定しているのだ。

氏子になれないものの扱いがどんなものか、晶は雨月の屋敷で嫌と云《い》うほど理解していた。

――それでも、もう、受けざるを得ない。

ここまでお膳《ぜん》立《だ》てされたら、受けない事には厳次の体面《かお》に泥を塗る事になるだろう。

「……判りました。明日、茅之輪《ちのわ》神社に行ってきます」

「応、そうしろ。人別省《お役所》への申請もあるしな、こういったことは早い方がいい。――日曜まで休みにしてやる、必要な書類なんかを確認しておけ」

「はい」

廿楽《故郷》では氏子になれなくとも、珠門洲《しゅもんしゅう》ではまた違う結果が出るかもしれない。

一縷《いちる》の希望を懸《か》けて、晶はそう頷いた。

◇

「あ、君。身体《からだ》は大丈夫なの？」

山狩りの際に生まれた幾つかの課題についての話し合いを終えて天幕《テント》を出ると、それに気づいた咲《さき》が、それまでの久我諒太《くがりょうた》との会話を強引に断ち切って晶に声を掛けてきた。

近寄る咲の向こうから晶を睨《にら》み付ける諒太の視線が、殺気混じりの物凄《ものすご》いものになっているのは止《や》めて欲しい。

敢《あ》えて諒太を視界から外して、晶は咲に頭を下げた。

「お気遣いありがとうございます、咲お嬢様。おかげさまで命を拾いました」

「気にしなくていいわ。……君ならあのままでも大丈夫だったんだろうし」

少し声を潜めたのは晶に対する配慮なのだろうが、無警戒に顔を近づけるのは止めて欲しい。

傍《はた》から見れば仲良く内緒話に興じているように見えるのだろう、久我諒太の気配が殺意に尖《とが》っていくのを感じ取れた。

「……それだけでなく人別省への登録の件です、お嬢様のおかげで早期登録が認められました」

「私も庇《かば》ってもらったんだし、お礼になったら良かったわ。――胸を張りなさい。君の働きに対する正当な報酬なんだし」

「――は。何だよ、咲。主《ヌシ》とは云え、猪如《ししごと》きに後《おく》れを取ったのか」

何を焦れたのか、諒太が強引に会話に割って入ってきた。

「……ええ。彼のお陰で命拾いしたの」

一瞬、迷惑そうに眉を顰《ひそ》めるが、直《す》ぐにその気配を消して咲は諒太に応《こた》えて見せた。

諒太は晶に対する咲の称賛に不快そうに表情を歪《ゆが》めるが、直ぐに晶に視線を向ける。

「外様《ヨソ》モンが出しゃばるなよ。國天洲《こくてんしゅう》のヤツが洲境を越えて彷徨《うろつ》くなんざ、碌《ろく》な事が起きやしねぇ」

妙な威嚇に気圧《けお》されて、一歩、後退《あとずさ》りかけた。

しかし、僅《わず》かな反抗心でぐっと脚に力を籠《こ》めてその場に踏みとどまる。

「……申し訳ございません。出過ぎた真似《まね》をいたしました」

「出過ぎてないわよ、安心なさい。――それに、もうすぐ外様でもなくなるわ。阿僧祇《あそうぎ》の叔父《おじ》様が後見に入ってくれるそうだから」

「は。あのおっさんが後見に入ったからってどうなるってんだよ。――憶《おぼ》えとけよ、氏子になろうが人別省に登録しようが、手前《テメ》ェは終生、外様《ヨソ》モンだ。譜代《珠門洲の生まれ》モンじゃねェ事は心に刻んどけ」

云《い》いたいだけ威圧を放ち、踵《きびす》を返して諒太は去っていった。

出る言葉もなく立ち尽くす晶に、同じく困惑顔の咲が首を傾《かし》げる。

「ごめんね。久我くんは、その、普段はそれなりに人当たりも柔らかいんだけど。山狩りで少し気が張っていたみたい」

「そう、なんですか。久我様の気分を害してしまったようで申し訳ありません」

最初の印象が印象だけに、諒太の人当たりが良い場面が想像できずに曖昧《あいまい》に頷《うなず》くに留《とど》める。

――それにあれは、気が張っていたというよりも、縄張りに踏み込んだオスを威嚇する飼い犬のような……。

「……あぁ」

納得して、思わず声を上げた。

晶はあまり興味が無かったものの、守備隊の内々でもそう云った会話《コイバナ》はよく交わされたから、そこまで疎《うと》い訳でもない。

掠《かす》め見た咲の視線には、困惑以外の感情が浮かんでいるようには見えない。

「……あの。不躾《ぶしつけ》ですが、お二人は組まれて長いんですか」

「私と久我君？　うん。家格が同じだからよく顔を合わせるけど、絡まれてちょっと苦手なのよ。……あ、これは内緒でお願いね」

──ご愁傷さまとしか云えないが、これは脈無しだろう。

どうやら、諒太の独《ひと》り相撲《ずもう》のようだ。

しかし、上流階級の恋愛は実際のところ純粋な恋愛では成り立っていないことを、かつて八家であり義王院《ぎおういん》と婚約関係にあった晶は知っていた。

当主同士が意気投合しているとなれば、まだ諒太にも勝ちの目は残っているはずだ。

精々、そうなる事を願っておいてやろう。心に余裕が出来れば、こっちの人当たりも少しは丸くなるだろうから──。

じわりと暑さを増す初夏の陽気が妙覚山《みようかくさん》の空気を塗り替える中、人知れず嘆息して、晶は嫌になるくらい青い空を仰ぎ見た。

◇

早朝も明けた頃《ころ》、長屋連中からオ婆《ババ》と呼ばれているハルは、干した大根や茄子《なす》、胡瓜《きゆうり》を長屋の軒先に並べて、腰を落ち着けた。

ハルは視界が閉ざされて長かったためか、それ以外の感覚はかなり鋭敏である。

田圃《たんぼ》に風が渡る音に混じる足音から、晶が不寝番《ねずのばん》を終えて帰ってきたことに気が付いていた。

「──……オ婆、ただいま」

「お帰り、晶坊。……何が有ったたい?」

ここ最近では珍しく歯に物が挟まったかのような口調に、ハルは内心で首を傾げた。

こうまで思考の底に澱《よど》む晶を見るのは、何時《いつ》以来のことだろうか。

「オ婆、少しいいか？」

「構わんよ」

唐突な晶の願いだが、躊躇《ためら》う事も無くハルは承諾をしてみせた。

口にする言葉を探しているのか暫《しばら》く静かな時間が流れ、そうした後に晶は重い口を開いた。

「……人別省への早期登録を提案された」

「……ほう。良かったじゃあないか」

どんな悪い話題かと身構えていたら予想の遥《はる》か上をいく吉報に、ハルは肩透かしを覚えた。

守備隊での晶の年季は16歳だが、それを早めて人別省への登録を可能にするには、目の眩《くら》むような大金と有力者の後見を必要としたはずだ。

私財の保有が認められていない上に、何の伝手《つて》も持っていない晶に用意できるものでは無い。

となると、誰かが後見に入ってくれたとみるべきだ。

「後見は誰《だれ》だい？」

「守備隊の阿僧祇隊長に、後見人になってくれると云われた」

なら、問題は無いだろう。阿僧祇厳次は珠門洲の衛士《えじ》として音に聞こえた武傑であり、平民から人気の高い人情派だ。

そこに信頼を寄せすぎるのは危険だが、練兵一人嵌《は》めるのに小細工をするような人物とも思えない。

「どう考えてもいい話じゃないか。何を悩んでいる？」

「悩んでいる訳じゃないよ。……人別省の登録には、『氏子籤祇《うじこせんぎ》』が必要と云われたから」

「……あぁ。なるほどねぇ」

故郷で『氏子籤祇《うじこせんぎ》』に認められず氏子になれなかったという経緯を、晶が追放された理由として聞いたことが有った。

今回の『氏子籤祇《うじこせんぎ》』でも受け入れられない可能性に、恐怖があるのだろう。

宿った精霊と土地神の相性が悪く氏子に認められないというのは、極稀《まれ》にだが存在はしている。

余程、格式に差が無い限り、土地神との相性の悪さなどそうそうに起こらない上、隣の神社に詣《もう》でれば呆気《あっけ》なく氏子になれたなどざらに聞くためそこまでの問題は起きる事も無い。

だがそれでも、追放された事実は『氏子籤祇《うじこせんぎ》』への恐怖を残しているのだろう。

「怖いのかい？」

「怖い？　……うん。怖い。何よりも、氏子になれなかった時の周りの目が凄く怖い」

それは、晶の本心だった。

晶は期待のされない子であった。いない存在だった。雨月《うげつ》の屋敷の片隅で、息を殺して這《は》い蹲《つくば》って生きてきた。

そうしなければ、息をすることすら赦《ゆる》されない生であった。

――しかし、華蓮では違う。

事情も訊《き》かずに受け入れてくれたものがいる。待遇の似た守備隊の仲間がいる。呪符を売って対価を支払う対等な相手がいる。

その全《すべ》ては、晶がこの社会に組み込まれている実感と安心感を与えてきた。

その全てが壊れ去る可能性を、晶は恐れているのだ。

ハルは、懐を弄《まさぐ》って長煙管を取り出した。

燐寸《マッチ》で火皿に直火で点《とも》し、ぷかり、一息吸い込む。

野菜売りに脂《ヤニ》の臭いは不味《まず》かろうが、無性に吸いたくなったのだ。

「……諭国《ロンダリア》の言葉に、〝幸運の女神は睫《まつげ》の上に宿る〟なんてのがあるそうだ」

猛《たけ》る暑気が長屋前の通りを容赦なく灼《や》くが、陰になっているこの場所は耐えられないほどではない。

「幸運の神さんはそんな不安定なところにしかいないから、すぐに転げ落ちるんだと」

「……」

吸い終わった煙草《たばこ》の燃えさしを、地面に落として草履《ぞうり》の裏で踏み消す。

「躊躇っちゃあいけないよ、晶坊」

結局のところ、晶が欲しいのは背中を押す手なのだろう。

強かろうが、弱かろうが、優しかろうが、厳しかろうが、

「今まさに、坊の睫で幸運の神さんは踊ってくれているんだ。居なくなる前に、微笑《ほほえ》んでもらわんとな」

一歩踏み出すための、力が欲しいだけなのだ。

短いか長いかすらも判《わか》らない静かな時間が流れる。ハルの暗闇《くらやみ》に閉ざされた視界では、晶がどんな表情で立っているのかも判らなかった。

「…………胡瓜、くれよ」

どう結論づけたのかなんてことは訊かなくても判っていた。ただ、声音がやや晴れやかなものになったことだけが、ハルには理解できた。

笊《ざる》に盛った5本のうち、瑞々《みずみず》しく張りのいい1本を掴《つか》む。

「10厘だね」

掌《てのひら》の上に1厘玉が10枚落ちる。

「ちょいとお待ち」

手の中の胡瓜を持っていこうとする晶を制して、小壺《つぼ》に入った麦味噌《みそ》を出してやる。

「ここで喰《く》ってくだろ？　おまけだよ」

「あんがと、オ婆」

短い礼と、晶がぼりぼり音を立てて胡瓜を齧《かじ》る音が聞こえた。

「……どうするか、決めたかい？」

それは、相談の内容か、今日の事か、今後の事か。

わざと曖昧なまま、ハルは晶に問いを返した。

「……今日、これから『氏子籤祇《うじこせんぎ》』を受けてくる。――幸運の神さんがいるうちに、急いで微笑んでもらうよ」

「行っといで」

不寝番明けの今日これからというのは流石《さすが》に性急すぎる気もしたが、せっかくのやる気に水を差す心算《つもり》も無いハルは、頷いて背中を押した。

どのみち、『氏子籤祇《うじこせんぎ》』にはそこまでの時間はかからない。

――結果はどうあれ、早めに『氏子籤祇《うじこせんぎ》』を受けるというのは、悪い選択肢じゃあないかもねぇ。

長屋に戻らず、紹介された神社に向かって歩いていく晶を見送る。

……ハルはもう一度、長煙管《女持ち》に火を点して、ぷかりと一息、煙草を吸った。


TIPS：『氏子籤祇《うじこせんぎ》』について。

ただ人と土地神の間で交わされる一種の契約。

これを交わすと、その土地神の領域にいる限り、ある程度優先的に恩寵《おんちょう》が与えられるようになる。

ただし、その土地に居続ける必要が出てくるため、その土地に縛られて生きていかざるを得なくなる。

下される結果は、氏子、防人《さきもり》、神使《しんし》、巫女《みこ》、衛士の5つ。

それぞれ、自身が宿す精霊の位階によって結果は変化する。

3話　禊《みそ》ぎ給《たま》え我が過去を、祓《はら》い給え我が業を　1

全ての報告を終えてくたくたになった咲《さき》が華蓮《かれん》にある輪堂《りんどう》の別邸に帰宅したのは、朝と云《い》うにはやや遅い時分の頃《ころ》であった。

穢獣《けもの》の瘴気《しょうき》に曝《さら》された咲の隊服は、所々が焼け千切れたり、擦り切れたりしている。

男どもは井戸水で身体《からだ》を拭《ふ》けば済む話であろうが、淑女《おとめ》の咲はそう云うわけにもいかず、着替えることもできなかったのだ。

この姿で正門から帰るのも気まずい思いが有ったので、裏の通用門からこそこそと屋敷に入る。

裏庭に植えられた金木犀《きんもくせい》の間を抜けて、勝手口から屋敷の中に静かに入った。

名瀬領《自領》ほどでは無いとはいえ、慣れた自邸に辿《たど》り着《つ》いたことで一気に緊張が緩む。

「あ〜、ふわぁ〜あ」

ぐっと伸びをすると、妙な充足感と睡魔が一気に咲を襲った。

「んまぁ、お嬢さま！　はしたのうございますよっ‼」

「ふぐぅっ⁉」

突然の横からの叱責に、欠伸《あくび》が喉奥《のど》に引っ込んだ。

声の方を見ると、縁側続きの扉から中年の女性が仁王立ちで睨《にら》み付けている。

馴染《なじ》みであるお手伝いの1人、芝田《しばた》セツ子だ。

「あ、あはは……セツ子さん、ただいま戻りました」

はしたなさは自覚していたため、気まずそうに居住まいを正した。

セツ子は呆《あき》れたように嘆息を1つ。それで気持ちを切り替える。

「ええ、お帰りなさいませ。食事は召し上がりますか？」

「うん。何かある？」

不寝番《ねずのばん》の間は食べる暇が無かったため、食べられるものがあるだけありがたい。

今更ながらの空腹感を覚えて、セツ子に食事を無心した。

「朝餉《あさげ》の残りで宜《よろ》しいですか？　その前に水で身体をお拭きになってくださいな。――それと、旦《だん》那《な》様が昨夜から此方《こちら》に来ておられます」

「お父様が？」

驚いた。輪堂家の当主である輪堂孝三郎《こうざぶろう》は、やや出不精気味の性格で知られている。

現在、対外的な交渉事は長男の輪堂祐之介《ゆうのすけ》に任せきりで、領地から離れた華蓮に出張ってくるなど、咲から見たら余程の椿事《ちんじ》と云えた。

「半年に一度の奇鳳院《くほういん》への参内で、一週間はこちらに詰められると」

「……あぁ。もう、そんな時期かしら」

「身体を拭いたら、旦那様にご挨拶《あいさつ》をして下さいな。……その後で、食事にいたしましょう」

身体を清めたらそのまま寝てしまいそうな程の疲労感があったが仕方ない、眠気は何とか我慢しようと覚悟する。

「――咲」「お父様!?」

中庭を横目に縁側沿いの廊下を歩いていると、居間の方から咲を呼ぶ声が掛けられた。

居間の高座に座る孝三郎の姿が視界に入り、慌てて頭を下げる。

「申し訳ありません。――奥の書斎に居られるとばかり。直《す》ぐに着替えてきます、ご挨拶はその後に……」

「構わん。不寝番《山狩り》の後だろう。着替えたりしたら、気が抜けて思考の精度が落ちる。今のうちに報告を聞こう」

「……はい。失礼します」

眠気に負けかけていたから、父親の提案はありがたい。

居間に膝行《しっこう》で進み、孝三郎の対面に正座で座った。

「大まかな報告は聞いている。山狩りを行ったそうだな。詳しい経緯を聞きたい。最初から申せ」

首肯して、咲は妙覚山《みょうかくさん》についてからの行動を細かく話し出した。

猪が主《ヌシ》と成り、練兵《晶》と協力してこれを撃破する……。

説明が進むにつれて、孝三郎の表情が怪訝《けげん》なものから猜疑《さいぎ》の強いものへと変化していった。

「……待て。咲よ、少し話を盛っとらんか？」

「盛る？　いえ、全《すべ》て正直に話していますが」

「その割に理解できん内容だったが……。まず、一練兵が主《ヌシ》の脚力に勝ったのか？」

「……勝ったと云っても、主《ヌシ》は『緋襲《ひがさね》』に逆らって走っていましたし」

「百歩譲ってその点はいいとしよう。しかし、その者は主《ヌシ》の体当たりを真正面で受けて、耐えきったということになるが？」

「……耐えきれていません。楯《たて》が一瞬で駄目になったし、瘴気に中《あ》てられて倒れましたから」

「咲よ、瘴気に中てられたら、それは当然の帰結だ。だが、体当たりと云うのはぶつかった瞬間《とき》に最も威力を発揮するのだ。そこを凌《しの》ぎきったという事は、体当たりを耐えきった事と同義に見ねばならん」

「あ……」

その後の非常識な光景に気を取られて、その他の地味な非常識さを見逃していた。

「その後は、水界符を使って主《ヌシ》を氷に封じ込めたと」

「は、はい」

「それもおかしい。そもそも、本来の界符の用途とは全く違う使い方をして、そこまでの効果が得られるとは思えん」

「で、ですが、実際に効果は出ていました。――お父様、私は嘘《うそ》偽りを述べている訳ではありません」

「其方《そなた》が、こんな下らんことで偽りを述べているとは思っておらんよ。しかし、界符の正式な使用目的は恒久結界の補助だ。穢獣《けもの》を封じる防御結界を張るために使うなぞ、無駄も良いところだし贅《ぜい》沢《たく》過ぎる使い方だ」

あまり意識はしていなかったが、薄ぼんやりと晶の立ち居振る舞いが脳裏に蘇《よみがえ》る。

今から思い返してみたら、何ともおかしい出来事しか起きていなかった。

――そうだ、瘴気を受け付けない体質、お父様に心当たりを聞こうかしら？

ふと、そんな考えが浮かぶ。しかし――

「どうした？」

「……いえ、何でもありません」

結局、そのことを孝三郎に告げることなく、咲は曖昧《あいまい》に言葉を濁した。

当人《晶》は何とも思っていなそうであったが、どうにも晶の体質は公《おおやけ》にすべきでないと第六感が囁《ささや》いたのだ。

瘴気を受け付けないなんて聞いた事も無い。

そんな無茶をして無事でいられるものなど、それこそ穢《ケガ》レを思わせる人間の成り損ないのようではないか。

「まぁ、その練兵のことは後回しでもいいだろう。――本題に入るとしようか。咲、久我《くが》のご子息の件だ」

やはり、それか。

孝三郎が聞きたかったことは、諒太《りょうた》の事であろうと予測はしていた。

久我と輪堂、その当主たちが抱える喫緊の課題は、奇鳳院《くほういん》次期当主、嗣穂《つぐほ》の伴侶《はんりょ》選考であった。

純粋に人間が至れる華族としてほぼ最高位に当たる八家だが、この八家の中にも厳然と序列と云うのは存在している。序列の判断基準は曖昧だが、最大の一つが歴史である。

華族、貴種としてモノを云う背景が、歴史が持つ重みだからだ。

故に、最も古い歴史を誇る雨月《うげつ》が、揺るがずに序列の一位を名乗っているのだ。

だが、珠門洲《しゅもんしゅう》に属する久我と輪堂の二家は、他と比べて比較的に歴史が浅く発言力が弱い。

八家内部での発言力を補強する手段として、久我は奇鳳院との縁故を狙《ねら》っていた。

「やはり、久我のご子息の態度は改められんかったか」

咲の表情で大まかに悟り、孝三郎はそう零《こぼ》した。

「叔父《おじ》様は、実戦で手痛い失敗を味わわせるのが手っ取り早いって云ってました」

「ふむ……。まぁ、仕込みも含めて明日までに何か考えるか」

孝三郎は腕を組んで思考に沈み始めた。こうなったら、長い時間動くことは無くなる。

咲は短く辞去の礼をして、その場を去った。

咲が床に入ると、明かり取りの窓から入る薄い陽光に、何度か瞼《まぶた》を瞬《しばた》かせる。

脳裏に去来するのは、晶が猪に立ち向かう後ろ姿であった。

穢獣《けもの》に脚力で勝り、強大な体躯《たいく》の突進を受け止めきる。

――防人《さきもり》なら可能だろう。

『現神降《あらがみお》ろし』による身体強化の恩恵さえあれば、久我諒太は勿論《もちろん》のこと、衛士《えじ》であるならば難なく可能だ。

――どうして疑問にも思わなかったのだろう。

『現神降ろし』を使えない筈《はず》の晶が主《ヌシ》の持つ暴力を凌《しの》いだという異常は、どう考えてもおかしかった。

とろり。思考が睡魔に呑《の》まれかける。

――嗚呼《ああ》。おかしいと云えば、もう一つあった。

心地よい泥濘《でいねい》の底に沈む前に、記憶の欠片《かけら》が表層に浮かび上がった。

猪に踏《ふ》み潰《つぶ》されかけた晶から、精霊光が放たれなかったか？

見間違いかもしれない。しかし、刹那《せつな》の狭間《はざま》に視界に捉《とら》えたあの輝き。

――漆黒の輝きを湛《たた》えた精霊光が、晶を守護するように彼の身体を舞っていたような……。

――あれは、あの輝きは……。

その思考を最後に、咲は漸《よう》くの眠りについた。

◇

洲都華蓮の北部、奇鳳院が居城を構える鳳山《おおとりやま》のすそ野は、華族たちが居を構える城下町となっている。

その城下町の直中《ただなか》に、厳次《げんじ》が紹介した茅之輪《ちのわ》神社はあった。

一見して華族と判《わか》る小洒落《こじゃれ》た服装の参拝者たちが行き交う神社の門前町を、晶《あきら》は目立たぬよう参道の道端を歩く。

庶民も多く行き交う華やかな中央の繁華街と違い雑多な雰囲気は無く、どこか空気さえも晶を拒絶するような圧迫感があった。

石畳の参道を抜け、注連縄《しめなわ》のかけられた赤い鳥居をくぐる。

――その瞬間、世界が変わった。

具体的に何が変わったという訳ではない。視界に映る光景は直前までと同じ光景だし、行き交う参拝客に変化がある訳でもない。

ただ、空気、ともいうべきものが変わった。

清浄な空気が、より透徹《とうてつ》し清冽《せいれつ》に。

――神力《ちから》ある神柱《かみ》の座に相応《ふさわ》しい場所であると示すように。

鳥居から本殿に続く参道を歩く。

――ちりん。

涼やかな音色に誘われて視線を向けると、夏の風物詩の風鈴が屋台の桟《さん》に鈴生《すずな》りに架けられていた。

――ちりん。りん、り……。

誘うように、請うように。背中から吹く微風と風鈴の涼音に押されて、晶は本殿脇の社務所へと足を向けた。

「失礼します」

社務所の受付奥で何か書きつけていた巫女《みこ》衣装を着た中年の女性に、恐る恐る声を掛ける。

「……あぁ、ごめんなさい。少し待ってくださいね」

女性は視線だけをちらりと向けて、手早く筆を走らせる。

「お待たせしました。何か御用かしら?」

「……あの、俺、氏子になりに来たんです」

「氏子? あぁ。『氏子籤祇《うじこせんぎ》』を受けに来たのね?」

氏子という言葉に晶が差し出した紹介文を確認しつつ、受付台の下を探し始めた。

「あら、阿僧祇《あそうぎ》殿の紹介なのね? あの腕白、偶《たま》には参拝に来いって伝えてちょうだい。……籤箱《くじばこ》は何処《どこ》へやったかしら?」

社務所の奥に姿を消す女性を見送りながら、ぐるりと神社の周辺に視線を巡らせる。

神社の広さはそこまででも無い、だが、門前町の繁盛ぶりを見るに充分すぎるほどの恩恵はあるのだろう。

神社は本殿に拝殿、社務所に神楽殿と基本の建物しかない質素なものだ。

だがしかし、五都神社《いつやしろ》、そう呼ばれるに相応しく思える重厚な佇《たたず》まいが単純でない歴史を感じさせた。


――ちり……ん、りん、りん。

屋台売りの風鈴の音が、涼やかに耳朶《じだ》を打つ。その度に、肌に感じる暑気が和らいだ。

明らかに、外界と世界を満たす法則が違う。

こんなところまで意識させる事なく人を連れてこれる。権能《ちから》ある神社、聖域とは、此処《ここ》まで違うものなのか。

「いやぁね、年齢《とし》を取ると物忘れが酷《ひど》くなって。……じゃあ、『氏子籤祇《うじこせんぎ》』を執り行いましょうか」

「お願いします」

漸くここまで来た。知れず、ほっと安堵《あんど》の息を漏らして、晶は女性に頭を下げた。


TIPS：茅之輪《ちのわ》神社について。

華蓮五都神社《いつやしろ》の一角。

華蓮五都神社《いつやしろ》の中で最も格式がある神社。

ただ、氏子の受け入れには寛容で、氏子数も最も多いことでも有名。

3話　禊《みそ》ぎ給《たま》え我が過去を、祓《はら》い給え我が業を　2

『氏子籤祇《うじこせんぎ》』とは、その土地を支える土地神との契約の儀式の事だ。

契約そのものは人間の一生に於《お》いてそこまで意識するものではないが、氏子になるという事は、世間に於いて一人の人間と認められる最低条件であると認識されている。

故に氏子として認められなかった晶《あきら》は、生きているだけのモノとしてしか認識されていないのだ。

緊張する。張り詰めた呼吸《いき》で、肺が破裂してしまいそうだった。

「そこまで緊張しなくてもいいわよ。茅之輪《ちのわ》神社の神さまはすごく広く民を受け入れるの、ここ何百年も人を拒む事は無かったと聞いているわ」

晶の緊張を感じ取ったのだろう。目の前の女性が笑いながらそう告げる。

「……そう、ですか」

気楽にかけられる言葉に、緊張から引《ひ》き攣《つ》れた笑いを女性に向ける。

――張り詰めた頬《ほお》の痛みが、とても成功したとは云《い》い難い結果を伝えてきた。

「そう。はい籤箱ね。引いて頂戴《ちょうだい》」

社務所の受付に六角柱の形をした白木の箱が置かれた。

『氏子籤祇《うじこせんぎ》』はその名の通り、神に託宣を求める籤引《くじび》きだ。

大陸の易占が変化して伝わったその儀式は籤占いの体を成しているが、実際に結果を出すのは精

られる。
向く精霊が『防人《さきもり》』、陰陽術に向くものは男性であれば『神使《しんし》』、女性であれば『巫女《みこ》』が振り当て
最も多い下位精霊は『氏子《うじこ》』の結果で固定され、華族が宿す中位から上位の精霊は、主に争いに
『氏子籤祇《うじこせんぎ》』の結果は大きく分けて5つ。
霊であり、神社を治める土地神である。

――そして護国を担う八家や準ずるほどの上位精霊であれば、『衛士《えじ》』の宣が下される。

この結果は拒否や変更が願えるものではない。何しろ判断を下しているものは土地神だ。ただ人が意見できるものではない。

目の前に置かれた白木の籤箱に、晶は我知らず怯懦《ひるみ》を覚えた。

以前に引いた白い籤紙は、晶にとって忌まわしい記憶でしかない。

あの結果の後、雨月の家人たちは露骨に蔑《さげす》みの目を向けてきたからだ。

その光景が、守備隊の仲間たちと重なって見えた。

――もう嫌だ。あんな、思いをするくらいなら、いっそのこと逃げた方がマシなのかもしれない。

後ろ向きな思考の甘美さに、籤箱に伸ばした指先が僅《わず》かに震えた。

「どうしたの？　顔色が悪いけど、大丈夫？」

「……大丈夫です」

気遣う女性を露骨に誤魔化《ごまか》し、白木造りの籤箱を軽く振る。

かさかさと紙がぶつかる乾いた音。その箱は、晶の記憶にあるそれよりもひどく軽く感じられた。

できる限り意識を向けずに、箱を逆さ向けにして大きく振る。

――一回、二回、三回。

そこまで振った時、軽い音と共に二つ折りの紙が受付台の上に落ちた。

その瞬間、突風が吹いた。

鳥居から、拝殿に向けて吹き込む夏の風。

――しゃ、ら、ら、ら、らぁぁぁぁ…………ん。

その突風に煽《あお》られて、風鈴が一斉に鈴鳴った。

涼やかな音の細波《さざなみ》が、世界を塗り替えていく。

――とぷり。音に例えるならそんな感じの感触《あじ》と共に、晶の身体《からだ》は世界の深みに沈んだ。

「……え?」

風鈴の音が、味覚を刺激する。現実ではありえない刺激に、五感が完全に混乱した。

その強烈な違和感に、背後を振り向く。

その先には何も変化のない、だが、人気《ひとけ》が失《う》せて静寂に支配された境内が晶を迎えた。

いったい何が。そう考えようとするが、その瞬間、思考に靄《もや》が懸《か》かったかのように結論が出なくなる。

「――どうされました?」

「……いえ、参拝客が……いなくなったなと」

結論に結びつかない思考をどうにか浮かび上がらせて、それだけを何とか口にした。

「此処は神域に御座います。この地に足を踏み入れるものはおりません」

「そう、ですか」

明らかにおかしい会話だが、疑問が形を結ぶ前に焦点《ピント》が呆《ぼ》けて消えていく。

億劫《おっくう》になる身体と思考の重さに、何とか受付の方へ向き直る。

——……あれ、誰《だれ》だっけ？

白衣《しらぎぬ》に緋袴《ひばかま》、常には着ないはずの千早まで纏《まと》った美しく年若い女性が、感情の見えない美貌《びぼう》で晶をひたと見据えていた。

「此処には私《わたくし》め一人のみにて御座います」

「あの、先刻の女性《ひと》は……？」

「そ、そう、ですか」

どうにかその返しだけをひねり出す。

——何かおかしい。妙なことが起きている。

それは間違いないのだが、無意識のうちに疑問が溶《と》けて消えていく。

「託宣を検《あらた》めて下さいませ」

「え、あ、……はい」

女性の言葉には、抗《あらが》いがたい遵守《じゅんしゅ》の響きが含まれていた。

その声に疑問が瞬時に消えていき、大人しく晶は籤紙を開いた。

——開かれた籤紙は、記憶に焼き付いた通りの真白い表面を晶に見せつけていた。

身体中から力が抜ける。

ここまで必死にやってきて、代わり映えのしない結果に自嘲《じちょう》の笑みが零《こぼ》れた。

「……あの、白紙です」

嘲笑《ちょうしょう》されるのだろうか、侮蔑《ぶべつ》の目で見られるのだろうか。戦々恐々としながらもそう口にする。

「いいえ、そんなはずはありません。託宣は降りていません。——内容の検めを」

「ですから、白紙、だ、と……」

繰り返される確認の促しに、苛立《いらだ》ちを隠せずにそれでも籤紙に目を落とす。

手に在る籤紙は小さく切られた長方形の紙だ。見落としたなど考え辛《づら》いし、確かに白紙であることは確認した。それでも、再度目を落とした先には……。

——短い一文が浮き出ていた。

「……え、あ？　文字？」

呆然《ぼうぜん》と、信じられない光景に思考がぐらぐらと煮え立つ。

心の中で吹き荒れる喜怒哀楽の嵐《あらし》に、現実が滲《にじ》んだ。

——なんで、今さら。

——なんで、あの時は。

「託宣の内容を」

抑揚のない女性の声が、晶の思考から疑問と感情の嵐をさらりと流した。

「……はい」

奇妙なまでに凪《な》いだ思考は、導かれるように籤紙へと視線を落とす。

籤の結果は、『氏子』を始めとした五つしか存在しないはずだが、晶の視線の先には文章が記されていた。

「——『鐘楼《しょうろう》の地にて、奉じる由《よし》』……？」

「華蓮《かれん》の裏鬼門を鎮護する杜《もり》に御座います」

裏鬼門とは、方角にすれば南西に当たる。茅之輪《ちのわ》神社が北端だったから、殆《ほとん》ど反対側と云っていい位置に向かえと云っているのだ。

「……今から、ですか？」

「既に儀式は始まっておりますれば、[redacted]様には選ぶ事は出来ませぬ」

「？　……・…………・……はい」

また奇妙なことを告げられたが、疑問が形を成す端から言葉が霞《かすみ》に消えていく。

もどかしさに焦《じ》れる中、淡々と女性が鳥居を指差した。

「霊道は開かれております。惑うことなく、ただ只管《ひたすら》に歩まれますれば、必然必定、求めの地へと辿《たど》られるでしょう」

消えゆく疑問の代わりに、女性の声がするりと脳に染み渡っていく。

「……判《わか》りました」

「忠告を」

鳥居の外へと踵《きびす》を返した晶の背中に、女性が声を掛ける。

「神域の外は、現世《うつしよ》とは異なる理《ことわり》で動いております。地の遠近を決めるのは、ただ己の心の澱《おり》であることを心得ますよう。――真《ま》っ直《す》ぐに足を進めなさい。……止まるは良し。膝《ひざ》をつくも良し。歩みを終えるは悪《あ》し。横を向くは悪し。後ろに足を向けるは悪し」

淡々と告げられる内容は、真っ直ぐ進む以外の行為を禁じるものであるようだった。

「何があろうと、どうなろうと、足を止めなければ必ずや彼の地に辿りつけるでしょう」

云わんとすることの半分も理解はできなかった。それでも忠告に頭を下げて、謝意を示す。

あとは振り返ることなく鳥居に向かって足を踏み出した。

――しゃ、ぁああ、ぁぁぁああん。

誰《だれ》もいない静寂に支配された境内を抜けるとき、本殿から鳥居に向かって一陣の颶風《ぐふう》が抜けていく。

一斉に鈴鳴る風鈴の音に背中を押されながら、晶は足を止めることなく鳥居の外へと踏み出した。

――後に一人残された女性が、揺れる瞳《ひとみ》をそっと伏せる。

「――ご武運を。貴方《あなた》が挑むは〝禊《みそ》ぎ祓《はら》いの儀〟なれば、これから貴方は心の深さを測り、曝《さら》け出《だ》さねばなりません」

「貴方が挑むは試練でなく、貴方自身の過去への巡礼なれば」

――敵も味方も、きっと貴方自身でしかありえないでしょう……。

◇

鳥居を抜けた瞬間、空気が、否、世界そのものが粘質を帯びたように重くなった。

呼吸は出来るのに、肺が酸素を取り込めない異質な感触。

「……かっ、は・・……」

泥濘《でいねい》の重さの空気を吸い、必死になって吐き出す。

吐き出した呼気が、こぽんと拳《こぶし》大の泡沫《あわ》になって浮かんでいった。

泡沫《あわ》に視線を取られそうになるが、女性の忠告に慌てて視線を前方に固定する。

視界に広がる世界は、鳥居を潜《くぐ》る直前とは様相をがらりと変えていた。

明らかに街並みが違う。先ほどまではそこかしこに見えていた小路《こうじ》への入り口が見当たらず、門前町の軒先を連ねる店が隙間《すきま》なく立ち並んでいる。

本来は数間も行けば表通りが見えていた神社から続く参道の道は、陽《ひ》に照らされてなお石畳の果てが真《ま》っ直《す》ぐ霞《かす》んで消えている。

周りの店は開いているように見えるのに、見える範囲に店番をする丁稚《でっち》小僧の姿は無い。

――否。誰もいない。

色彩鮮やかな初夏の陽光に照らされたその世界は、うすら寒く感じられるほどに人の気配が無かった。

もう疑問を持つ余裕もなかった。

徹夜の疲労もあってか、身体《からだ》は重く意識は曖昧《あいまい》だ。

白紙ではない籤紙《くじがみ》という僥倖《ぎょうこう》にのみ支えられて、晶は精神を何とか維持していた。

身体に纏《まと》わりつく粘ついた世界の重さを押《お》し退《の》けながら、一歩、足を踏み出す。

――・・・！　……・・ぁ……・・・は？

その時、嗤《わら》い声が聴こえた。

快活なものではない。晶の記憶によくある侮蔑や嘲《あざけ》りの濃く入り混じったそれ。

必死に虚勢で糊塗《こと》してきた精神の傷痕《きずあと》が、ぴきり、ぱきりと悲鳴を上げた。

「は、ぁ、ぐう、ぅ、う……」

我知らず、あの日流した涙が頬《ほお》を伝う。

勝手に、跪《ひざまず》きそうになる脚を鼓舞して、涙を呑《の》んで前を向く。

何処《どこ》までも続く直線の石畳。その先に鐘楼の地とやらがあるのだと自身に言い聞かせながら、晶は二歩目を頼りなく踏み出した。


……何処までこの道は続くのだろう？

ぼんやりとどうにも動かない思考の片隅で考える。

夏の猛《たけ》る暑気は晶を容赦なく灼《や》いているのに、何処まで行っても無味乾燥な光景にうすら寒さささえ覚えた。


——は、ははっ？　…は・は・は！　ひぃ、ひぃ、くく、く……。

そして歩き出して以来、絶え間なく耳障りに浴びせかけられる嘲笑に、晶の負った心の傷痕が泡沫《うたかた》に甦《よみがえ》る。

——穢《ケガ》レ擬《もど》き……。

——良くも恥ずかしげもなく生きていられるものだ……。

——御当主様の温情でようやっと生きていられるだけの屑《くず》が……。

それはかつて、雨月の家臣たちから面と向かって云《い》われた言葉の数々。

偶《たま》に道場に呼び出されたと思えば、訓練と称した私刑紛いの乱取り稽古《けいこ》で明らかな憂さ晴らしに叩《たた》き伏《ふ》せられる日々。

何時《いつ》しか晶は、追放の憂き目を見た10歳の姿でとぼとぼと石畳を歩いていた。

——ひ、ひ、ひぃ、くくっ、くくくく……。

……そう云えば、母親の顔はどんなだったろうか？

ふと、場違いなまでの呑気《のんき》な疑問が脳裏を過《よ》ぎる。

雨月天山《うげつてんざん》の正妻。つまり、晶の母親となる雨月早苗《さなえ》は、晶が精霊無しと判明した時点で育児を放棄した。

翌年に颯馬《そうま》を出産すると完全に視界から晶を消し、躊躇《ためら》うことなく放置されていた部屋から晶を蹴《け》りだしたほどである。

——故に、晶は早苗の顔すらあまり憶《おぼ》えていない。

それが、良いことか悪いことか、知ることすらできなかった晶は、おそらく幸運な方であったのだろう。

少しずつ母と云う記憶が剥《は》がれて、涙になって流れる。

その度に少しずつ晶の年齢が若返り、記憶の澱《よど》みが僅《わず》かに尽きた時、晶の視界が不意に光で満たされた。

ＴＩＰＳ：神域について。

有り体に云うなら、神柱の座す領域。

神社とは、神柱と人間が意思を疎通するために建てられた、神域の最表層部、つまりは入り口にあたる。

3話　禊《みそ》ぎ給《たま》え我が過去を、祓《はら》い給え我が業を　3

朦朧《もうろう》とした視界が唐突に拓《ひら》け、何時の間にか茅之輪《ちのわ》神社によく似た社《やしろ》の境内に晶《あきら》は立っていた。

初夏の陽光に照らされた境内も不気味なほどに気配はなく、明るくもうすら寒い静寂に支配されていた。

拝殿の上に掛けられた社名を読む。

「……鐘楼《しょうろう》神社」

到着の確信に背筋を伸ばし、拝殿の隣に建つ社務所に足を向けた。

「……『氏子籤祇《うじこせんぎ》』を受けさせてください」

「承《うけたまわ》っております」

社務所に佇《たたず》んでいた女性は粛々と頷《うなず》き、受付台に六角柱の籤箱を置く。

「どうぞ、お引きください」

促されるままに籤紙を引くと、墨がじわりと滲み一文が浮き出る。

「――『神籬《ひもろぎ》の地にて、奉じる由』……」

がくり。持ち直しかけた気力が萎《な》える。

此処《鐘楼の地》まで至るのが、これほどの苦痛だったのだ。それなのに、この地でも神籬《ひもろぎ》の地に向かえと云われる始末。これからの道のりもただならぬ苦痛が襲うだろうことは、今の晶でも容易に想像がついた。

「――華蓮《かれん》の鬼門を鎮護する杜《もり》にて御座います」

「……はい」

とぼとぼと踵《きびす》を返した晶の背中に、女性の声が届く。

「忠告を。これより先、貴方様は4つの巡礼を経るでしょう。――悩むは是。認めるは是。呑み込むは非。捨てるは非」

頷《うなず》くだけの謝意を返して去っていく晶に、眼差《まなざ》しをそっと伏せて呟《つぶや》いた。

「……ご武運を。貴方様がむすぶは象《しょう》の御統《みすまる》なれば。――貴方様は貴方様であることを捨てねばならないでしょう」

◇

鳥居の外は、やはり何処までも続く一直線の路《みち》であった。

瞳に映る世界が、陽炎《かげろう》のように二重写しに揺らめいて見える。

――これで良かったのだろうか？

引き返したらよかったろうか。そんな後悔が、思考の片隅で弾《はじ》けて消えた。

誰《だれ》もいない静寂の支配する店の前を、徒労感のままとぼとぼと進む。

緩やかに逆行する晶の見た目は、既に7歳ほどの幼さまでになっていた。

かつて見た、颯馬《そうま》の記憶が蘇《よみがえ》る。

屋敷の道場で、内弟子たちと闊達《かったつ》に語り合うその姿。

……陰に落ちていく自身とは対照的な、光溢《あふ》れる一幅の絵画のようで。

一滴、新たな涙が零《こぼ》れる。しかし、唇はどうしようもなく歪《いびつ》に捻《ね》じれて嗤いの形を刻んでいた。

胸が痛くなるような絶望の果てにどうしようもない過去が待っているなんて、悲劇と云うより喜劇に近かった。

颯馬の記憶が、涙となって晶の記憶からぼやけて消えていく。

記憶に蟠《わだかま》る澱《よど》みがさらに減った時、晶の視界が光で満たされた。

◇

光が視界から抜けた後、晶はまた別の神社の境内に立ち尽くしていた。

木立が多く太陽はまだ高いはずのそこは、薄暗く何処か陰気な雰囲気を孕《はら》んでいる。

「――お待ち申し上げていました。[redacted]様」

大きく神籬《ひもろぎ》と掲げられた拝殿の前で、先の女性よりもいっそう若い18歳をやや超えた辺りの年恰《としかっ》好《こう》の女性が首《こうべ》を垂れた。

差し出される籤箱を引き、焼き直しのように一文を読む。

「――『三津鳥居《みつとりい》の地にて、奉じる由』……」

「華蓮の天位《てんのい》を鎮護する杜にて御座います」

もう訊《き》く気にもなれなかったが、構わず女性はそう告げた。

「貴方様は三度《みたび》問われるでしょう。――過去に媚《こ》びるは拒《きょ》。過去に揺蕩《たゆた》うは拒。過去に導かれるは応」

問い返す気力も無い晶は、首肯を返すだけに留《とど》まる。

「ご武運を、貴方様が挑むは至天の階《きざはし》なれば。現世《うつしょ》の栄誉《えいよ》も悔悟《かいご》も、悉《ことごと》くは無意味にて御座います」

「…………え？」

気付けば静寂に支配された境内のみが晶を迎え、そこには問い返す相手がいないことだけを告げてきた。

◇

――ふん。穢レ擬きが、随分と人がましい口を利くではないか。

陽炎に揺らめく石畳をただ無心に歩を刻む中、最も忌まわしい天山《父親》が、記憶の底から侮蔑《ぶべつ》の声を投げかけた。

嘗《かつ》ての晶にとって大人とは雨月天山《うげつてんざん》の事であり、それは恐怖と絶望の代名詞であった。

折檻《せっかん》と侮蔑は日常であり、晶の命脈はあの男の気分次第で浮沈する程度の儚《はかな》い存在だったからだ。

――此処《ここ》まで育ててやった恩を感じているなら自裁を選んで欲しいが、まぁそれは酷と云うものか。しかし、義王院の御前に我らの恥を晒《さら》す前に、貴様を追放する。この時点より、此処に控える颯馬《そうま》が雨月の嫡男となる。総員、異論は無かろうな。

それは、追放の際に面と向かって天山が晶に云い放った言葉である。

何の抗弁も赦《ゆる》さず晶の自我を切り捨てて、天山を始めとした家臣たちは嗤って晶を蔑《さげす》んでいた。

憎いという感情はもはや湧《わ》く事も無い。ただ汚泥のような昏《くら》い感情が、心の壁にこびりついていた。

――天山の記憶が、その感情と共に涙に溶けて消えていく。

その記憶が溶けて消えて、漸《ようや》く気付く。晶は大人が憎いのではない、雨月という一族が憎かっただけなのだ。

――己が無になっていくのを、感じる。

己の掌《てのひら》を何の気なしに見る。無になっていく感覚と共に、掌が、腕が薄く透けていく。

ただ、記憶が弾け消えた時、晶の視界は次の地へ向かう光で満たされた。

◇

「三津鳥居《みつとりい》……」

神社の正面に三つ脚で立つ奇妙な鳥居に、その名は掛けられていた。

見渡すと、賽銭《さいせん》箱の脇《わき》に年の頃《ころ》12歳ばかりの少女が隠れるように座っている事に気付く。

ただ、先刻に見《まみ》えた女性たちと違い、その少女には薄くとも確かに感情が見えた。

「ようこそ、[redacted]。正者がこの地を訪《おとな》うのは初めて。――ううん。『禊《みそ》ぎ祓《はら》いの儀』を執り行った人間なんて、存在できるとも思えなかった」

勢いをつけて、少女は拝殿から境内へと降り立つ。

その所作も、降りる速度も何処《どこ》か水中にいるように揺らめき緩慢な速度。

「──『禊《みそ》ぎ祓《はら》いの儀』……？」

疑問が出ないほどに思考の縛られた晶だが、それでも聞き逃せない言葉が其処《そこ》に有った。

「……違う。俺は、『氏子籤祇《うじこせんぎ》』を受け、に来た……だけ、で」

「同じ」「……え？」

「『氏子籤祇《うじこせんぎ》』も『禊《みそ》ぎ祓《はら》いの儀』も、私たちに神意を問わんがための同じ儀式」

「同……じ？」「ええ」

晶の必死さとは裏腹に、軽く返された言葉に同じならいいかと、ふっと力が抜けた。

「なら、……いいか。──『氏子籤祇《うじこせんぎ》』を受けに来ました」

「承っております」

そして目の前に、何度目かになる籤箱が差し出される。

透けた手は頼りなくともしっかりと。箱を一回、大きく振る。

籤紙の一文は、やはり短かった。

「──『玖珂太刀《くがたち》の地にて、奉じる由』……」

「華蓮に於《お》いて人位《ひとのい》を鎮護する杜よ」

──あぁ、そう。

それが、少女の言葉に対する晶の正直な感想であった。

怒りは沸かない。晶に残っているのは、諦観《あきらめ》と僅《わず》かにあった笑顔の記憶。

それは晶にとって、生きる気力そのものだった。

少女は囁《ささや》くように告げる。今までの女性がそうであったように。

「貴方様は岐路に立たれるでしょう。——現在《いま》を疑うは凶。現在《いま》を希《こいねが》うは吉」

ゆらりと、少女の姿が陽炎《かげろう》に溶けるかのように透けていく。

それでもなお、微笑《ほほえ》みながら少女は告げた。

「ご武運を。貴方様が至るは空《くう》の位。至上の御方が焦がれる人間《ひと》の奇跡なれば。試練の果てに貴方様が求めれば、必ずや——」

——世界は貴方様に応《こた》えるでしょう。

3話　禊《みそ》ぎ給《たま》え我が過去を、祓《はら》い給え我が業を　4

視界から光が抜けると、そこには陽光に照らされた石畳の一本道が続いていた。

それ自体に変化はないが、視界に映る世界は明らかに違う。

陽炎のように揺らめく世界に、歩くものが生まれていた。

姿形は明確に認識できない。靄《もや》としか形容のできない何かが、石畳の上を三々五々歩いている。

無人であったはずの店前で、丁稚《でっち》小僧宜《よろ》しく小柄な靄が箒《ほうき》を掃いているかと思えば、店の硝子《がらす》戸を拭《ふ》いて商品を並べているものも散見できた。

人間とはかけ離れた、否、そもそも生き物とすら思えないような存在が、余りにも人間臭い日常の所作を見せている。

そんな異形のものたちがすれ違う中、晶《あきら》もまたその一員となってそぞろ歩く。

彼らは晶を認識していないのか、晶という異物を気にしたような素振りを見せていない。

やがて開店準備を終えたのだろうか、異形のものたちが店を開けて客の呼び込みを始める。

しかし、威勢のいい仕草とは裏腹に、世界は未《いま》だ静寂に満たされていた。

行き交う大勢のものたちに交じり、晶《異物》は緩やかに流れゆく。

――晶さん、お久しぶりです。

耳が痛くなる静寂の中、泡沫《ほうまつ》のように記憶からその声が蘇った。

何処までも優しく柔らかな、慈愛に満ちたその声。

誰《だれ》の声か。探ることもなく直《す》ぐに相手を思い出す事ができた。

義王院静美《ぎおういんしずみ》。元婚約者であった、晶より一つ上の義王院の姫。

晶を表に出す事を避けていた天山だが、婚約関係にある静美と晶の交流は理由も無く断れない。

精霊無しの露見を怖れた天山は義王院との接触を厳しく制限したが、それでも晶は年に二回の参内を楽しみにしていた。

僅かな間であったが義王院は晶の来訪を歓迎してくれたし、なによりも数日の会議では自由を満喫する事が赦されていたからだ。

義王院の奥座敷で、晶と静美は交流を深めていた。

ただ、静美は遊びの輪に加わる事を滅多にせず、どちらかと云《い》えばくろと呼ばれていた年齢10ばかりの少女が晶に構いたがるのが印象的だったが。

――のう、のう、晶や。外《と》つ国の菓子があるぞ。食べてたもれ。

――おぉ、剣を習い始めたのか、善き、善きぞ。

近況を訊かれ、成長を寿《ことほ》がれ、滅多にない再会を慶《よろこ》びあった。

最後に逢《あ》ったのは何時だったろうか。

そうだ。追放される数ヶ月前か。近況で符術の回生符の書き方を修めた事を報告したのだった。

静美はもとより、くろの慶びが非常に大きかったのが印象的だった。

――そうか、そうか！　その年齢《よわい》で回生符を修めたか！

――すごいのう、晶！　のう、静美。晶の銘《めい》を考えてやらんとなぁ。

――ええ、そうですね。

――銘《めい》って何ですか？

――雅号の事ですよ。陰陽師が名乗る渾名《あだな》のようなものです。

――玄ぞ。玄の一文字は絶対に入れよ！

――はい、そのように。

――晶さんは、何か好きな文字はありますか？　組み合わせられるか、試してみましょう。

少し考える。好きな文字、そんなものは考えたこともなかった。

ただただ、日々を過ごすことに必死であった。

好きな文字というのは判《わか》らなかったけど、だからこそ、晶を象徴する文字というのはこの一文字に他ならなかっただろう。

――〝生〟、です。

玄生。義王院より戴《いただ》いた、命の次くらいに大切な晶という存在の証明。生きるという晶の覚悟が刻まれた、晶だけの雅号《なまえ》。

優しい二人だった。祖母を除けば、晶にとっての心の安らぎそのものと云っても過言ではなかったろう。

――二人は、晶が追放されたことを知って悲しんでくれたろうか？　精霊無しということを知ってしまったろうか？

――義王院を欺いた罰よと、盛大に嗤《わら》ったろうか。

――嗚呼《ああ》それでも、願わくばあの二人にもう一度だけ逢って謝りたかった。

――精霊無しであることを。ずっと黙っていたことを。

それだけが、あの二人に残してきた心残りだった。

だから、この記憶《おもい》は溶けて流れていかないでくれ。

忘れてはいけない大切な後悔なのだから。

記憶をしっかりと握りしめて抱え込む。

その瞬間、何かが決定的に違《たが》えてしまった違和感が晶を襲う。

後悔が心の片隅を過《よ》ぎるが、それでも躊躇《ためら》いなく手放す事はしなかった。

晶の視界が、優しい光で満たされた。

◇

光から抜けた晶の視界に入ってきたのは、巨《おお》きな樟《くすのき》の威容であった。

幹に注連縄《しめなわ》がかけられた樟の神木。それが境内の中央に生えている。

聳《そび》える大樹の脇《わき》で12歳ばかりの少女が幹に背を預けて立っていた。

「……お待ちしておりました。この地にて人位の鎮護を仰せつかりましたものにて御座います」

先の少女に似て、薄くとも感情が見えたが、言葉使いは砕けておらず堅い印象の残る少女だ。

籤箱《くじばこ》を振って、紙片を開く。

「――『茅之輪《ちのわ》の地にて、奉じる由』……!?」

愕然《がくぜん》とその文面を読み上げる。

つまり、元の神社に戻れと云うのか。

その激憤に、抑えきれない絶望が晶の心を圧《へ》し折った。

此処《ここ》まで耐えてきた理由は、『氏子籤祇《うじこせんぎ》』の結果が一番恐れていた白紙の結果では無かったからだ。

晶の絶望が、精神を越えて再び世界を揺らす。

浮き立つ泡沫で石畳が踊り、樟の大樹が木の葉を散らした。

「何で。これじゃ、ただの盥回《たらい》しじゃないか？」

「落ち着いて」

「お、落ち着けるかよ！　俺が何をした？　精霊がいないってだけだろ⁉　なんで、馬鹿にされて、見下されて、蔑まれて、い、意味も無く、追放されて……」

いままで堪えてきた絶望が、堰《せき》を切って口から溢《あふ》れだした。

世界が揺れる圧に耐えかねて、晶を中心とした石畳に罅《ヒビ》が入る。

「ただ、他の奴《やつ》らと同じになりたいだけだ。防人《さきもり》になりたいってだけだ。あんたらに何かした訳じゃない。ただ、氏子として生きていきたいだけだ‼」

「落ち着いて」冷たく乾いた掌《てのひら》が、晶の頬《ほお》に添えられた。

「心を鎮めて、己を見失わないで。――貴方《キミ》を護《まも》るために、本当に数多《あまた》の精霊たち《こども》が禁を犯して貴方の精神を護っているの。彼らの犠牲を無駄にしないで。どうか儀式を終わらせて」

「あ……」

諭す少女の真摯《しんし》な響きに、晶は息を詰まらせて少しだけ我に返った。

取り戻された精神が、強制的に凪《な》ぎの状態へと戻っていく。

「――もう大丈夫。此処は、坐所に最も近い場所。この世界の在りようは、貴方の感情《おもい》で決定されるの」

「……俺は」

「受け入れて。そうすれば、貴方様は至れるでしょう。この先は迷うことなき一つ道。迷わず真《ま》っ直《す》ぐ歩むのです」

真摯《しんし》に。ただ只管《ひたすら》に真摯に、少女は慈愛を以《もっ》て晶を導く言葉を告げる。

「ご武運を。貴方様は至るでしょう、その結末しかありません。――その涯《はて》は、御方々が希《こいねが》う奇跡の結実たればこそ」

愛《いと》おし気に晶の頬を撫《な》でてから、少女は立ち上がって大樹の向こうへ消える。

少女が大樹の向こうに消えた瞬間、境内には誰《だれ》の気配も感じられなくなった。

晶は踵《きびす》を返し、前を向く。

その先に終わりは必ずあるのだと、自分自身に言い聞かせながら。

◇

鳥居を潜《くぐ》ると、その先の世界も随分と様変わりをしている事に気付く。

どこか遠くより祭りの囃子《はやし》に似た笛の音が聴こえてきた。

――笛の音、そして、人の声。

何時《いつ》の間にか、靄のようなものたちが実体を持っている。

祭りで着るような洒落《しゃれ》た小袖《こそで》に飾り細工。

行き交う誰もが、和洋を問わずそれなりの服を着て歩いている。

そして、行き交う誰もが顔を狐《きつね》の面で覆っていた。

石畳の上を、一歩一歩と踏みしめる。

晶が進むたびに、感情を見せない無機質な面から無遠慮な視線が投げかけられた。

先程までは意識すらされていなかったと云うのに、今度は立場が逆転したかのように、晶が気を遣わず、通行人が晶に気を割いている。

――晶や、しゃんとおし。俯《うつむ》いていても何も変わりゃしないよ。

俯きながら歩く晶の記憶の底から、最後に残った記憶が蘇《よみがえ》る。

堪えきれない懐かしさのあまり、涙が乾きかけた頬を再度濡《ぬ》らした。

よく憶《おぼ》えている。

……忘れるものか。

雨月房江《ふさえ》。晶の事を最期まで気に掛けてくれた、祖母の事は。

厳しくも優しい祖母だった。

雨月に於《お》ける当主《天山》と比肩し得る地位、護家の筆頭足る刀自《とじ》の座に、死の直前まで座り続けた女傑である。

晶の育児を完全に放棄した母親に代わって晶を育てた手腕は、称賛の一言に尽きるだろう。

どういう状況になっても晶が絶望せずに生きていけるよう、教育を施してくれた。

穢獣《けもの》扱いしかされなかった晶が人間としての自我と尊厳を守り抜けたのは、祖母の存在を無くしては語れない。

——生きなさい、晶。生きてさえいれば、お前が精霊無しである理由は必ず何時か判る筈《はず》だよ……。

嘗《かつ》て祖母は、そう云って晶が生を食《は》む事を赦《ゆる》してくれたのだ。

だから、晶はこの地に立てているのだ。

3話　禊《みそ》ぎ給《たま》え我が過去を、祓《はら》い給え我が業を　5

——気付けば、鳥居を背に、最初に訪れた茅之輪《ちのわ》神社の境内に立っていた。

茜色《あかねいろ》の夕陽《ゆうひ》は、鬱蒼《うつそう》と林立する樹木に遮られて、境内の中には差し込んできていない。

そのためか、もう夜の闇《やみ》に閉ざされたかのような昏《くら》さが境内を支配していた。

「——お待ち申し上げておりました」

何時の間にか、最初に見た女性が晶《あきら》の前で深々と頭を下げていた。

「産《む》霊《す》びの要たる地を鎮護するものにて御座います」

——唖《ア》、阿《ア》、亜《ア》、吾《ア》、ア……。

最早《もはや》、人間の姿すら忘れた晶にも動じる事は無く、女性は二つ折りの紙片を差し出してきた。

何度も引いた籤紙《くじがみ》だ。

——唖《ア》、ア……？

「■■の■■の至極たる空《くう》の位へと、貴方様は既に至っております。儀式は終わり、貴方様の至る先はこの託宣にて」

——吾《ア》、ア……吾《ア》。

それでも受け取ろうとしない晶の掌に、女性はやや強引に紙片を乗せた。

中に記されているのは、やはり、一文。

——『朱沙《しゅさ》の地にて、言祝《ことほ》ぐ由』

更なる別の地へと行けという指示にがくりと肩が落ちるが、6度も続けば流石《さすが》に慣れた。

「洲《くに》の要たるを鎮護する杜にて御座います」

再度、頭を下げる女性に背を向けて、鳥居から出ようとする。

「——お待ちくださいませ」

その背に、女性の制止する声が投げかけられた。

振り返る晶に、女性は拝殿のさらに奥の空間に手を差し伸べてみせる。

その先には、これまで通ってきたものよりも小さな鳥居が建っていた。

「朱沙の地へと続く霊道にて御座います。此方《こちら》をお使いくださいませ」

ぼんやりと鳥居の奥から橙色《オレンジ》の光が揺らめき、賑《にぎ》やかな人の喧騒《けんそう》が鳥居の向こう側へと誘ってくる。

——唖《ア》、吾《ア》ア、阿《ア》。

鳥居から聴こえる祭りの音に酔ったかのように、靄《もや》の身体《からだ》をふらつかせながら晶は鳥居の向こう側へと歩き出した。

「御祝着に御座います。万象の果てに、貴方様は奇跡と相成りました」

靄の異形《晶であったもの》が鳥居の向こうに消えてゆくまで、女性はただ頭を下げ続けていた。

◇

電気式と灯油式の行灯《ランプ》が揺らめく橙色で夕闇を照らし出す中、祭囃子《まつりばやし》と息づくものの喧騒が一層に石畳の路を煽《あお》り立てている。

その道行を、晶は只管《ひたすら》に無心になって前に進み続けていた。

よたり、よたり。酔漢の千鳥足に似た足取りではあったが、意識が完全に飛んでしまわないよう石畳を必死に睨《にら》みつけながら前に進む。

――歩みを終えるは悪《あ》し。

最初に受けた忠告に従って、疲労と絶望に折れた心を無視して歩く。

街を行き交う狐面の者たちが、すれ違いざまに無遠慮な視線を向けてくるようになった。

檻《おり》に入れられた珍獣の気分を押し隠しながら、突き刺さる視線に気づかぬふりを続ける。

――あと少しで終わる、あと少し、あと少し。

熱病に浮かされたように妄執的に呟《つぶや》きながら、朦朧《もうろう》とした意識のまま先へと進む。

――しかし、一向にその終わりは見えてこない。

どれだけ歩いたろうか。どれだけ時間が過ぎたろうか。

足は棒になったを通り越して感覚は無い、脳は睡魔と疲労で茹《ゆだ》っている。

――この道行が終わって欲しい。その欲求だけで身体が辛うじて進んでいる状態だった。

――亜《ア》……。

そんな危うい均衡にも、やがて終わりは訪れる。

感覚が麻痺《まひ》して、なお進む足がまず崩れ落ちた。

石畳に四《よ》つん這《ば》いになった身体を起こそうと、枯れ果てた気力を振り絞る。が、一向に心と身体が起き上がる気配が無い。

当然だ。精神は、とっくの昔に絶望に折れているのだから。

——亜《ア》……波《ハ》、巴《ハ》。

必死に歩こうと叱咤《しった》してくる魂の叫びが、精神の内側で焦げ付きながら空回りをする。

その無様な努力が自身のことながらあまりに滑稽《こっけい》で、思わず情けない自嘲《じちょう》の嗤《わら》いが零《こぼ》れた。

——歩みを終えるは悪し。

——だから何だっていうんだ。此処まで必死に歩いた。気力も体力も底をついた。少しくらい休んだっていいじゃないか。

言い訳がましい建て前を述べ連ねながら石畳に座り込む晶の身体に、深々《シンシン》と新たな靄が積もってゆく。

日中の熱を未《いま》だに保っている石畳の、灼《や》けるような熱さが晶の身体を煮え立たせるが、今の晶にとってはそれすらも心地《ここち》がいい。

——呑み込むは非。

——俺は、過去を呑み込んだんじゃない。呑み込まされたんだ。

最早、声にもならない声で反論を嘆く。

——過去に揺蕩《たゆた》うは拒。

——別にいいだろ？　故郷《あの頃》の記憶で、笑顔の記憶なんて数えるほども無いんだ。

——もし赦されるのであるなら、ずっと祖母と山を散策した記憶に耽《ふけ》っていたいくらいだ。

嗚呼《ああ》、理解《判っ》している。その記憶は毒だ。

一度、沈んでしまえば二度と浮き上がってこられなくなる、甘すぎるほどに甘美な毒だ。

――現在《いま》を希《こいねが》うは吉。

――こんな苦しい道行を望めと？　何の成果もないまま、ぐるぐると無駄足ばかり踏まされる滑稽な俺の姿を？

ここまでやって来られたのは、氏子になれる希望があったからだ。

結局、氏子になれないままに盥回《たらいまわ》しに引きずり回され、挙句の果ては路《みち》の真ん中で力尽きようとしている。

――迷わず真《ま》っ直《す》ぐ歩むのです。

進んできた。後ろを振り向かず、脇目を振らず。ただ、前だけを見て進んだ。

なのに、未だ歩む路の途上だと云《い》うのか？　努力が足りないと云うのか？

――嗚呼、……疲れた。もう、眠りたい。これが毒であっても構わない、甘美な幻想《ユメ》に永遠に浸っていたい。

深々《シンシン》と、沈々《シンシン》と、際限なく靄が皛の身体に降り積もってゆく。

最早、皛の姿は欠片《かけら》も窺《うかが》えず、ただ、靄の異形《かたまり》が路上に蹲《うずくま》っているようにしか見えなかった。

「皛や」

聞き覚えの無い、しかし、何処《どこ》か懐かしい女性の声が皛に届いた。

「もう、終わりかい？」

――だって……。

「こんなところで巡礼を終えるのかい？」

――疲れたんです。

「疲れたのかい？　なら、仕方ないのかね」

――もう、歩きたくないんです。

――皆、俺のことを穢レ擬《バケモノ》きって云うんだ。

「皆が云ったから、お前は穢《ケガ》レ擬きになるのかい？」

――……違う。

ぴきり。薄い殻が割れる音がした。

「違わないさ。お前は、自分で認めたんだよ」

――…………違う。

ぴきき、ぱき、ぱきり。何時か幻聴《き》いたことのある、だけど向いている先の違う音。

「あぁ。なら、仕方ないのかもね。お前を見る目が、お前を話す口が、――お前自身が穢レと認めたんだからねぇ」

――…………違う。

あの時は、絶望の痛みに心が割れる音だった。

だけど、心を割るものなんてもうありはしない。

「お前は永劫《なが》の時間、そんな道端で耳を塞《ふさ》いで座り込むのがお似合いなのかもねぇ」

――…………違う。

そう、これは、雛《晶》が卵《心》の殻を割る音だ。

晶という一個の存在が、孵化《現実を見る》するための音だ。

「目を瞑《つむ》りな。耳を塞ぎな。そうすりゃあ、心地の良い闇の中で寝ていられる」

「――――――違うっっ」

ぱきん。口元を覆う靄が、軽い音を立てて割れ飛んだ。

その内側から、元の晶の口元が覗《のぞ》いて見えた。

「違う、違う、違う、違う、違うっっ」

全身を覆う靄に細かな罅《ひび》が入り、所々から晶の姿が覗き始める。

「俺を見るな！　俺を嘲笑《あざわら》うな！　俺を否定するな！　俺を憐《あわ》れむな！」

心にこびりついた澱《よど》みが、声となって世界を震わせる。

その度に、晶を覆う靄が割れ飛び続け、心の澱みが消えていった。

何時しか、身体《からだ》に残る靄は無くなり、残るのは目元と頭半分を覆うそれだけになる。

――それは、晶の心の奥底に残った、本当に最後の本音。

晶が押し殺してきた、最後の一息。

「――――――もっと僕をみてよ！」

ぱり、ん、、。最後の靄が晶から剥《は》がれ落ちる。

元の13歳の晶の姿がそこにはあった。

「……見ていましたよ」

「……え？」

何処までも優しく澄んだ声に、晶の視線が上を向いた。

晶の正面に居たのは、藍《あい》染めの華やかな小袖《こそで》に身を包んだ見たこともない女性。

肩まで流れる髪は人のそれとは思えない鮮やかな群青色、周囲のものと同じ狐面から晶を覗《のぞ》く瞳《ひとみ》は髪と同じ色に輝いていた。

——だけど、何だろう。この、旧知の身内に逢《あ》ったような懐かしさは。この女性《ひと》の事は全然知らないのに、まるで長年一緒にいたかのような心を満たす優しさは。

「見ていましたよ、晶。お前が母親の胎《はら》に居た時から、ずっとお前を見ていました。——嗚呼、今でも思い出せる。お前という奇跡が息衝《いきづ》いたと知った時、洲《くに》の子らがどれだけ慶《よろこ》んだか。どれだけ、お前の成長を言祝《ことほ》いだか。どれだけ、あの方が待ち望んでいたか」

——知らない。そんな話、僕は全然知らない。

——僕は、気付いた頃には孤独《ひとり》だった。誰《だれ》も成長を慶んでくれなかった。どんなに努力しても認めてくれなかった。

「いいえ、いいえ、声が届かなかっただけ。正者に届かない声だけど、皆、お前を気に掛けていましたよ。嗚呼、漸《ようや》く耳に届く声で云ってあげられる」

——よく、頑張りましたね。

「あ…………」

女性が告げた言葉に、息が詰まる。

何気ないその一言。その言葉をどれだけ待ち望んだか、どれだけ故郷《廿楽》で切望したか。

「それに、故郷でもお前の成長を慶んでくれたものはいたでしょう」

そうだ。何で忘れていたんだろう。

静美《しずみ》がいた。くろがいた。そして、祖母がいた。

誰も、いなかった訳じゃない。

「そっか。僕は、孤独《ひとり》じゃなかったんだ」

「ええ。お前は孤独《ひとり》じゃありませんよ。今も、昔も、これからも」

――何処かから、幽《かす》かに遠雷のような音が聴こえた。

その音に、女性は僅《わず》かに頤《おとがい》を上げた。

「――もう大丈夫ですね。顔を上げなさい。お前はもう、彼の地に辿り着いている」

云われて周囲を見渡すと、晶は壮麗な神社の拝殿正面に立っている事に気付いた。

拝殿に大きく掲げられた『朱沙』の二文字に、晶は安堵《あんど》を覚える。

――やっと、辿《たど》り着いた。

もう既に、空には星が見えている。

完全に周囲は闇《やみ》に沈んでいるはずなのに、神社の境内は朱金《しゅきん》の輝きで満たされていた。

この輝きは、まるで…………。

――祭壇。

脳裏にそんな言葉が浮かんだ。

輝きに満たされた拝殿に、何よりも澄み渡った神気の気配に、否定よりも先に納得をしてしまう。

「時間ですね。……嗚呼。房江は、能《よ》く晶を育ててくれた」

「お祖母《ばあ》様を……！」

知っているのか。驚く晶に、微笑《ほほえ》みだけを返して女性は立ち上がった。

「ええ。知っていますとも。彼女とは、産まれた時からの付き合いなのですから」

幽かに聴こえるだけだった遠雷が、止《や》まないままに大きく聴こえ始める。

少しずつ、地響きまでも伴いながら晶の身体を揺さぶり始めた。

「何が……⁉」

「この地を知ろしめすお方が、お前の事に気付いたのですよ。此処《ここ》は、あのお方のお膝元《ひざもと》。最期にお前と話したかったから、出来る限りの隠形を挟みましたけど、流石《さすが》にここまで精霊たちが騒げば気付かれます」

「最期って、どう云うことだよ⁉」

神社に満ちる朱金《しゅきん》の輝きが一層に高まり、周囲が段々と輝きに溶け始めた。

「仕方が無いのですよ。お前を護《まも》るためとはいえ、私は禁を犯し過ぎました。神代契約は、我らにとって絶対なのです。仮令《たとい》どんな理由があろうとも、犯したものは消滅を免れません」

女性の身体が、ゆっくりと輝きに溶け始める。その姿に晶の脳裏にその名が浮かんだ。

祖母に宿っていた上位精霊の名前。

「——芙蓉御前《ふようごぜん》？」

驚き、女性の動きが止まる。そして、狐面から覗く瞳が嬉《うれ》し気に潤む。

その指が狐面の縁に掛かって、狐面が取り払われた。

「嗚呼。なんと誇らしいことか。見ていますか、房江？　私たちの育て上げた男《おのこ》が、今、飛び立とうとしていますよ。——晶や、後ろを向いてはいけませんよ。お前は、もう何処にでも行けるのだから」

熔《と》けゆく輝きに呑《の》まれながらも、大輪の笑顔を咲かせた芙蓉御前が、藍色《あいいろ》の双眸《そうぼう》を潤ませながら晶を送り出す。

「――！　――――――っ‼」

最早《もはや》、言葉にはならなかった。

朱金《しゅきん》の輝きが全《すべ》てを呑みつくし、最後に雷に似た轟《とどろ》きが晶の意識を呑み込んだ。

4話　伽藍《がらん》に在りて、少女は微笑《ほほえ》む　1

――りぃん、ちり、、ん。

「う……ん」


どれだけの時間が過ぎたのだろう。

耳に寂しく残る風鈴《すず》の音《ね》に、晶《あきら》の意識はゆっくりと浮上した。

そして気付く。随分と思考が軽い。

疲労や眠気は然程《さほど》に取れていないが、先刻《さっき》まで思考を縛っていた妙な重圧が消えている。

その分、少しは脳の回転が働いているようであった。

瞼《まぶた》を瞬《しばた》かせ、霞《かす》む視界を明瞭《めいりよう》にする。

そうして先《ま》ず視界に飛び込んできたのは、ひと目で新物と判《わか》る藺草《いぐさ》が丁寧に貼られた上物の畳に座り込んでいる自身の膝《ひざ》であった。

ここまで質の良い畳に座るのは、廿楽《つづら》以来であろうか。

新物特有の青枯れた藺草の香りが、久しぶりに鼻腔《びこう》の奥を擽《くすぐ》るさまを楽しむ。

――ちりん、ちり、りりん。

風に踊る風鈴の音に誘われて、左に視線を遣《や》る。

障子など遮るものが一切ない、大きく開けられた広廂《ひろびさし》。転落防止だろうか、座って手が置ける程度の欄干《らんかん》。

――そして、その向こう側に、満天の星が広がっていた。

「星……ぞら？」

呆然《ぼうぜん》と口にしてから違和感に気付く。星を見るにしては、あり得ない程に星明かりが近い。

――あれは、人間の営みの明かり。街の灯《ひ》だ。

何処《どこ》か華蓮《かれん》の街並みを見下ろせる高台にいるのだと、晶は見当が付いた。

「此処は…………」

「――伽藍《がらん》ぞ」

口を衝《つ》いた疑問に応《いら》えが返り、驚いた晶は正面に視線を戻す。

脇息にしな垂れかかるような姿勢で、そこには金色の髪の少女が座っていた。

「万窮大伽藍《ばんきゆうだいがらん》。妾《わらわ》の坐所《ざしょ》ぞ」

――怖気《おぞけ》が立つほどに美しい少女だ。

「だ…………………」

誰だ。その単純な一言すら、喉奥《のど》で凍り付いて出てこない。

美しい。少女の表現はこの一言に尽きるだろう。

年齢《とし》は10《とお》歳を数えたばかりであろう幼い肢体。彼女の身体《からだ》を包むのは、朱《あか》に金糸を縫い込んだ華やかな単衣《ひとえ》であった。

着物を覆うほどに長い金髪は、繊細な絹糸を思わせる光沢を放ち、そして何処までも深い、それでいて明るい複雑な色彩の蒼《あお》の瞳。

肌は間違いなく血の通った健康そうな白、桜色の唇から零《こぼ》れ見える歯は真珠の如《ごと》くで。

気怠そうに頬《ほお》に添えられた指は、白魚を思わせる嫋《たお》やかさ。

その全てが、完璧《かんぺき》な配置で整えられている。

——間違いなく人間じゃない。

先刻《さき》の芙蓉御前《ふようごぜん》の時も思ったが、彼女の場合は確信を持って云《い》える。

西方のものは金の髪に碧い瞳をしていると聴いた事があるが、ここまで鮮やかな色彩の完成された美貌《びぼう》は、人間の赦《ゆる》される領域とは思えなかった。

加えて、少女の瞳だ。虹彩《こうさい》に当たる部分は蒼い炎の揺らめき一色に染まっており、瞳孔《どうこう》に当たる部分が一切見えない。人間が持ち得る瞳ではない。

その双眸《そうぼう》が、愉《たの》し気に細められる。

「はねずぞ」

「え…………？」

「妾の名じゃ。——朱華《はねず》。正者に於《お》いては其方《そなた》のみが口にすることを赦される、妾の名前じゃ。憶《おぼ》えてたもれ」

くふ。朱華は器用に喉で笑った。ともすれば、莫迦《ばか》にされていると思われそうな笑い方なのに、良く似合っているからか嫌味は全く感じない。

「それで？」

「え、そ、それでって？」

「其方の名前は？　妾の名前だけ与えるのでは、余りにも不公平であろう？」

「あ、晶、です」

年下ではあろうが、立場は圧倒的に相手が高い事は容易に想像がついた。そのため、付け焼き刃とは云え、自然、口調は敬語のそれとなる。

「あきら。晶、ふ、ふふ」

何が可笑《おか》しいのか、晶の名を何度も口遊《くちずさ》んで愉し気に笑う。

「五行を巡り、漸く生まれる恵みの結晶を名に抱《いだ》くかや。空の位に至るに相応《ふさわ》しい名前よな」

一頻《ひとしき》り晶の名前を口遊《くちずさ》んでから、朱華はひたと晶を見据えた。

とはいえ、視線には厳しいものは一切なく、愉しそうな優しそうなそれであったが。

「噂《うわさ》好きの雀どもが囀《さえず》っておったから何かと思えば、禊《みそ》ぎ祓《はら》いの儀を通って空の位に至ったものがおるとはな。流石に妾も予想はせなんだわ」

「空の位?」

空の位。此処に至るまでの道行きで何度か耳にした言葉を再び聞く。

これまでは疑問に思う余裕すら与えられなかったが、今はその縛りが消えている。

「空の位は空の位ぞ。かんなのみくらたる者たちが至る、正者の奇跡じゃ」

「?・?・?・?」

かんなのみくら。また知らない言葉が出てきた。

無知ゆえの戸惑いが顔に出ていたのだろう。朱華の愉し気な表情に、困惑の色が混ざる。

「かんなのみくらは神無《かんな》の御坐《みくら》ぞ。知らんのか?　そも晶や。其方、何処の家の者じゃ?　妾が知らんのじゃ、久我《くが》や輪堂《りんどう》ではないことは瞭然《りようぜん》じゃが」

久我と輪堂の名が出たので家と云うのが八家を指すことは理解できたが、晶が追放されている身である以上、雨月《うげつ》の名を口にする事は赦されない。

「俺は孤児です。八家とは関係が無いし、親もいません」

「御坐《みくら》は八家より産まれる。例外はないはずじゃが……、嘘《うそ》を云うてるようではないのう」

晶が口にしたことが嘘ではないと判るのか、朱華は困惑したかのように首をひねった。

しかし、戸惑いの視線が混じっていたのは、僅かな時間だった。

沈黙も然程に無いまま、朱華の表情に華やかな笑顔が戻った。

「——まぁ良いわ。妾が万窮大伽藍に、神無《かんな》の御坐《みくら》の訪《おとな》いがあった。今はそれだけで善い」

「……はぁ」

朱華からの追及が無くなり、晶は安堵《あんど》のような肩透かしのような気の抜けた息を吐いた。

実際、分からないことだらけではあるが、精霊無しである事がばれて直《す》ぐさまここを叩《たた》き出されるよりかはよいといえる。

「それよりも、酷《ひど》い顔色《かお》じゃの。……具合でも悪いのかや?」

「疲れただけです。山狩りで昨夜から一睡もしてないし、何も食っていないから」

おまけに『氏子籤祇《うじこせんぎ》』を受けに来ただけなのに、一日中、訳も分からずに延々と歩き回る羽目になったのだ。

思考を縛る重圧が消えたとはいえ、疲労は晶の意識を吹き飛ばさんばかりに大きくなっていた。

「なるほどの、腹に何か納めたら眠りそうな顔色じゃの。じゃが、そのままでは妾と話す事もままなるまい。——呑みやれ」

「え？」

す。朱華の繊手《せんしゅ》が持ち上がり、晶の膝元を指す。

膝元に、透明な液体がなみなみと満たされた丹塗《にぬ》りの盃《さかずき》が何時《いつ》の間にか置かれていた。

見た分には水に見えるが、立ち昇る芳香が表現できないほどに素晴らしい。

酒ではないだろうが果実に似た複雑な甘い香りが、晶の喉の渇きを猛烈に刺激した。

「……これは？」

「水ぞ」

「……こんな甘い匂《にお》いをして、水はないでしょう」

「偽りは舌に乗せておらぬ。それは、おち水じゃ。――さ、呑みやれ」

盃からの芳香は素晴らしいが、知識にないものを口に含むのには躊躇《ためら》いが残る。

「何じゃ、口にするのは怖いかや？　なら、妾が毒見してやろうのう」

朱華の手元にも携えられた丹塗りの盃を口に付け、躊躇う事なく少女が確かに液体を嚥下《えんか》した。

盃の中身を全《すべ》て干した朱華の口元が、挑発するように弧を描く。

「ほうら、大丈夫であったろ？」

その口元から、朱金に輝く粒子が風に乗って細く棚引いた。

粒子と共に立ち昇る芳醇《ほうじゅん》な香りと朱華の笑みに、ええいままよ、と盃に口を付ける。

とろりと僅《わず》かに粘性を帯びた液体が、舌の上を伝っていく。

――甘い。

甘露、とはこのことを指すのだろう。ごくごく僅かな酸味と舌を刺す刺激。何より桃に似ているが、晶の記憶にあるそれよりも圧倒的な甘さが晶を夢中にさせる。

至上の、と云っても過言ではない芳醇な美味に、晶の盃はたちまちに干された。

甘露な液体が喉を伝い、臓腑《ぞうふ》に染み渡ってゆく。

「これは……」

「毒ぞ」

いったい何の薬かと思わず口にした晶に、朱華がそう答えを返す。

その言葉に思わず咳《せ》き込んだ晶に、ころころと朱華は笑って見せた。

「戯《たわむ》れじゃ。変若水《おちみず》は、ただ人には一滴《ひとしずく》でも猛毒にはなるがのう。妾たちや其方にとっては万障を打ち祓《はら》う霊薬じゃ、思うがさまに呑《の》むが好い」

言葉に嘘はなさそうだ。毒と聞いて強張《こわば》った身体《からだ》が、安堵で弛緩《しかん》した。

朱華の言葉を証明するように、疲労が心地《ここち》良い熱に洗い流されてゆく。

そして暫《しばら》くの後に晶の身体に残るのは、うつらと寄せては返る細波《さざなみ》のような睡魔のみとなった。

「喉は潤ったかの?」

「はい。……助かりました」

「善い。其方の望みを満たす事こそが、妾たちの慶びじゃ」

くふ。喉を鳴らして少女は微笑《ほほえ》んでから、やや真剣みを帯びた視線で晶を見据えた。

「――それで? 晶の用件は何じゃ?」

その問いかけに、晶の思考が夢見心地から現実へと引き戻される。

そうだ。晶はここに休みに来た訳でも、甘露を呑みに来た訳でもない、氏子になりに来たのだ。

「……氏子になりたいんです。『氏子籤祇《うじこせんぎ》』を受けさせてください」

「……無理じゃ」

晶の願いに、朱華は眉根《まゆね》を寄せてそう答えた。

朱華が悪い訳ではない、真摯《しんし》に答えてくれたのも分かっている。それでも、ここまで苦労して得た返答が今までと変わらないものであった事に、晶の頭に血が上る。

「何故《なぜ》、ですか？　俺が孤児だからですか？　精霊無しだからですか？　穢レ擬《バケモノ》きだからですか？」

視界が、思考が、涙で滲《にじ》む。両手の爪を畳に立てて、表面をがりりと掻《か》き毟《むし》った。

――何故、自分が存在しているのか、答えが欲しかった。ただの安寧たる生活すらも赦されない、精霊のいない自身の生まれそのものが呪わしかった。

防人《さきもり》になるという野望すら、もうどうでも良くなっていた。

華蓮の民として、ごくごく平凡にあの長屋で生を食《は》む。

そんな惨めな営みすら、晶には夢想の領域なのか。

「俺は氏子になりたい！　華蓮《かれん》の民として、片隅でもいいから生きていたい！　――それが、そんな事を願うのが、そんなに罪か⁉」

――ちりん、りぃん、りりん。

風鈴の音が晶の感情を攫《さら》う僅《わず》かな静寂の後に、朱華が口を開いた。

「――罪ではない。晶の願いは、悉《ことごと》く是と応《こた》えよう、決して妾の意思は変わらぬ。其方が孤児だからではない。約束しよう、其方は穢レ擬《バケモノ》きにはならぬ」

朱華は、ただ真摯に晶を見据える。

「其方が氏子になれぬ理由は単純じゃ。――其方は産まれた時分より神無《かんな》の御坐《みくら》じゃ。氏子は他のものになれぬ。防人《さきもり》も、神使も、巫女《みこ》も、衛士《えじ》も、その原則は絶対に変わらぬ」

「だけど、俺は『氏子籤祇《うじこせんぎ》』で白紙しか出したことはないぞ？」

そうだ。最初から決まっているというのなら、何故、神無《かんな》の御坐《みくら》という結果が引けないのか。

「『氏子籤祇《うじこせんぎ》』は、ただ人と土地神が契りを交わす儀式じゃ。当然その範疇《はんちゆう》に収まる結果しか出てこん。――三宮に与えられる神子《みこ》、四院に与えられる巫《かんなぎ》、これらは神の器により近い称号となる。そして、其方の持つ神無《かんな》の御坐《みくら》もここに入る」

朱華は、手にした盃を傾けて変若水《おちみず》を口に含む。

吐息に混じる朱金の粒子をまるで煙草《たばこ》のように燻《くゆ》らせて、甘い香りで空間を満たした。

「『氏子籤祇《うじこせんぎ》』は其方たちの儀式ではない。それが答えじゃ。そも、氏子は最下の称号ぞ。神無《かんな》の御坐《みくら》であるならば、気に病む意味も必要もないはずじゃ」

理由ならある。駄々っ子のように首を横に振る。神無《かんな》の御坐《みくら》とやらが何かというのは、晶にとって興味の外であった。

ただ、無能だと嗤《わら》われたくは無かった。

ここで生きていて良いのだと受け入れてほしかった。

――その全てが、故郷《甘楽》では赦《ゆる》されなかったからだ。

「――しょうがないのう」

困ったような嬉《うれ》しいようなそんな響きを口調に混ぜて、ぽつりと朱華は応えた。

「其方《そなた》を氏子にしてやろう」

「……え？」

唐突に得られたその言葉に、晶の反応が遅れる。何よりも欲しかったその言葉が与えられた瞬間が唐突すぎて、何とも実感が湧《わ》いてこないのだ。

「何じゃ？　其方の願い通り氏子にしてやろうというのじゃぞ、嬉《うれ》しくないのかや？」

「い、いえ。嬉しいし有難いです」

だけど、どうやって。晶が続けようとした言葉を察していたのだろう、済まなそうな表情で朱華が言葉を紡いだ。

「済まぬが、いかに妾《わらわ》でも其方を本当に氏子にしてやることはできぬ。妾にできるのは、『氏子籤《うじこせん》祇《ぎ》』の結果を氏子として出してやることだけじゃ」

それでも良いか、と念を押されて、一も二も無く晶は頷《うなず》いた。

「あ、」そう。長年の願い《奇跡》は、いま、かなったのだ。

「――あり、が…………」

言葉にならなかった。溢《あふ》れるような歓喜に喉《のど》を詰まらせ、晶はただ涙で膝《ひざ》を濡《ぬ》らし続けた。

「……さて。この後、朱沙《しゅさ》の地にて『氏子籤祇《うじこせんぎ》』を受けるが良い。さすれば問題なく、其方は氏子の結果を引けるであろう」

「はい。……え？　それだけ、ですか？」

「然《しか》り。他の地では無理、という訳ではないがのう。朱沙の地は我が直轄ゆえの、妾も干渉しやすいのじゃ」

場所が問題なのだろうか？　とりあえず良く分からないままに晶は頷いた。

「良し。では、対価の話じゃ」

朱華の言葉に、晶は真っ青になった。見るからに上位の少女に、下位が労を強いたのだ。返礼の意味だけを取ったとしても、相当な金子を要するのは想像に難くない。

「そうじゃのう。……次の土曜からで良い。毎週、妾の伽藍《がらん》に遊びに来てくりゃれ」

「……え？」

どんな大枚を要求されるのか、戦々恐々としていた晶の肩がすとんと落ちた。

「何じゃ、不満かや。じゃが、これは譲れんぞ。神無《かんな》の御坐《みくら》との逢瀬《おうせ》、それは妾たちにとって何よりの対価である。それとも、妾の労に対して対価が高すぎると申すかや？」

「い、いえ」慌てて両手を振って否定する。

「お、俺は練兵なんで、不寝番《ねずのばん》が被《かぶ》ったら、どうしようかと思っただけです」

「案ずるな。その程度、如何《いか》にとでもなろう」

良く判《わか》らない権力の行使を間近で見せつけられて、晶は絶句した。

「此処《ここ》には、どうやって来れば……」

「朱沙の地に案内《あない》を寄越《よこ》す」

それじゃあ……。と、言葉を探す晶に、朱華はさらに眉根を寄せる。

「何を不満に思っておるか良く判らんが、対価が高すぎると申すなら云《い》いやれ。――其方はいま、何が欲しいのじゃ？」

高すぎるとかではなく、価値の基準が判らないのだ。

状況が判らないままに、何かとんでもないことが決められている気がする。

「どうした？　其方の訪《おとな》いに相応《ふさわ》しい願いを口にすれば良い」

「……ね、願いはもう叶《かな》いました。氏子になる、それだけです」

「それは違うのう。其方は、一呼吸分だけ考えた。つまり、望みは満たされていないという事じゃ」

「――――――――っ!!」

図星を指され、息を詰まらせる。願いを訊《き》かれ、とっさに思い浮かんだものがあったからだ。

「――口にしやれ。其方の願い、その全《すべ》てを妾が叶えてやろう」

僅かに躊躇ってから決意する。氏子になれるのであるなら、他はどうだって良い。

「俺の親が、人別省から俺の魂石《こんせき》を奪い取る可能性がある。その前に、華蓮の人別省に俺の魂石を移したい」

「うむ、認めよう。其方の魂石を、迅速に華蓮の人別省に移す」

「俺は練兵だ。だから、死にたくない」

「約束しよう。珠門洲《しゅもんしゅう》に其方がつま先でも身を置く限り、洲《くに》の全ては其方に合力するであろう」

「――力が欲しい。理不尽を撥《は》ね除《の》ける、何よりも強い力が」

「与えよう。其方が手にするは、他の追随を赦さぬ剛力じゃ。――故に」

不意に、朱華の声が耳元で囁《ささや》くように届く。

「対価をくりゃれ。妾は其方を満たそう。その代り、其方は妾を満たすのじゃ。――其方の寵愛《ちょうあい》こそが妾の慶びなれば」

朱華の嫋《しな》やかな指先が、晶の胸を、とん、と突《つ》く。

然程《さほど》に力を籠《こ》めていないはずなのに、晶は然《さ》したる抵抗も出来ずに後ろに押し倒された。

背中から畳に倒れる晶の上に、朱華の身体《からだ》が覆い被さる。

晶の身体に幼い少女の肢体が絡み、晶の眼前に朱華の顔《かんばせ》が迫った。

衣服に焚《た》き染められているのであろう伽羅《きやら》の香りに、晶の思考がくらつく。

色艶《いろつや》が薄い年齢であるはずの少女の瞳《ひとみ》が、確かな情欲に潤んでいた。

「嗚呼《ああ》、初《う》いのう、愛《う》いのう。本当《ほん》に神無《かんな》の御坐《みくら》じゃ。妾の前に現れてくれるとは、なんたる僥倖《ぎようこう》か」

晶は身を捩《よじ》ろうとするが、身体は全くと云ってもいいほどに動かない。

「……ちょ、待っ」

「待たぬ。妾は充分に待った。久方ぶりの神無《かんな》の御坐《みくら》、妾のものぞ」

そう云い放ち、有無を言わさずに晶と顔を重ねる。

――――パチンッ。

「――――っっっ⁉」

小さく何かが爆《は》ぜる音が響き、弾《はじ》かれるように朱華の身体が晶から離れた。

「……え？」

遅れて、晶も気付く。己の身体を護《まも》るように、漆黒に輝く粒子が周囲を舞っている。

「――……水気《すいき》」

朱華がそう零《こぼ》してから、晶を見返す。

「晶や。其方、くろのお手付きかや⁉」

「く、黒のお手付き?」

黒とは何か? 晶の周りを舞うこの粒子の事か? 思い当たる節の無い晶は、混乱して朱華に訊き返した。

「然《しか》り、くろじゃ。これは確かにくろの水気《すいき》。晶、くろに逢《あ》った事があるじゃろう?」

「……あぁ」黒、否、くろの事か。漸《ようや》く思い出す。

義王院《ぎおういん》の屋敷で静美《しずみ》と共に迎えてくれた、あの少女の事か。

「……はい。昔、逢った事があります」

優しい2人との、楽しみだった半年に一度の逢瀬。懐かしい記憶に自然、口元が綻《ほころ》ぶ。

「くろが晶を見出《みいだ》していた? いや、しかしそれでは、其方は何故《なぜ》、此処にいる?」

「お、俺は故郷から追放されたから……」

「違う。くろが其方を手放す事は決してない」

「い、いや、でも」

混乱で口籠《くごも》る晶をよそに、朱華はぶつぶつと呟《つぶや》く。

「國天洲《こくてんしゅう》でお家騒動でもあったか? いや、それでも……」

朱華は暫《しばら》く思考の中に沈むが、出ない結論を無理やり出すことを諦《あきら》めたようだった。

悪戯《いたずら》を思いついた童女《わらべ》のように、くすくすと見た目相応の笑い声を上げる。

「ふふ、まぁ良い。経緯《いきさつ》は判らぬが、妾の元に神無《かんな》の御坐《みくら》が巡ってきたのは紛れもない事実。妾にとって重要なのはそこだけじゃ」

倒れたままの晶に圧《の》し掛かり、再度、晶に顔を近づける。

漆黒の粒子が輝きを強めて抵抗の様子を見せるが、朱華が両手で晶の頬《ほお》を包むと、溶けるように輝きが消えていった。

「大方、くろは、黒曜殿で惚《ほう》けているのじゃろうなぁ。――妾に晶が奪われたと知った時の、あの粗忽《そこつ》ものの顔が見物じゃ」

それまで晶の内側に在った莫大な何かが突然失われ、途端に圧し掛かってきた重圧が晶の意識を刈り取っていく。

「――晶や、憶《おぼ》えておきやれ。其方を満たしたのは、紛れもなく妾じゃ。対価を楽しみにしておるぞ。」

失われた何かの代わりに、晶の身体に別の何かが満たされてゆく。

――それは、今まで存在していたものと似て非なる何か。

朱華が、愉《たの》し気に笑いながら、晶に向かって何かを告げてくる。

――朱金の輝きを放つ…………。

晶の意識は、泥濘《でいねい》のごとき睡魔の細波《さざなみ》に攫《さら》われて沈んでいく。

それを最後に、晶の記憶は途切れた。


TIPS：変若水《おちみず》について。

一口呑《の》めば病が癒えて、二口呑めば老いが止まり、三口呑めば若返る。

その正体は、強力な癒《いや》しの効果を含んだ純粋な神気の液体。

当然、ただ人の手で扱えるものでは無く、正者がこれを口にすることは死を意味する。

4話　伽藍《がらん》に在りて、少女は微笑《ほほえ》む　2

――ふと、胸騒ぎがした。

潮騒《しおさい》のような虫の知らせに、少女の意識が深い眠りの淵《ふち》から浮かび上がる。

窓越しの外はまだ暗く、東の空が白んでいる様子も無い。

「……ん」

寝台から降りて、卓上の置時計を見た。

……5時。

少女の朝は早い方であるが、それでもこの時間は早すぎる。

央洲《おうしゅう》の天領学院《てんりょう》から帰ったばかりの疲れと、埋《うず》み火《び》に似た睡魔の残り香が寝台へと少女を誘《いざな》い続けているが、相反する胸騒ぎがそれを許してはくれなかった。

勘、第六感とでもいうべきものの警告を無視してはいけないことを、彼女は経験から知っている。

特に少女のそれは、予言ともいうべき精度を誇っているため、尚更《なおさら》であった。

とは云え、悪意や呪詛《じゅそ》の感じもしない。慌てる事は無いと落ち着いて、渡来物の鏡台を覗《のぞ》く。

肩をやや超えるほどの長髪と長い睫《まつげ》に彩られた瞳、次いで血色の良い唇。

12年間慣れ親しんだ自分の顔で健康状態を確認してから、寝間着代わりの白襦袢《じゅばん》の奥襟を締め直す。

お気に入りの桜染めの上着《かさね》を肩から羽織ってから、慣れ親しんだ自室を出た。

少女の自邸となるこの屋敷は、鳳山《おおとりやま》の中腹でも高い位置に建てられている。

高台特有の初夏とは思えない夜気の肌寒さが、廊下に出た少女の産毛を総毛立たせた。

「——姫《ひい》さま。何かございましたか？」

少女が起きてくる物音を聞いたのだろう。宿直《とのい》の番についていた側役《そばやく》の少女が2人、詰めていた隣室から慌てて出てきた。

「……胸騒ぎがして目が覚めたの。大丈夫よ、悪い感じはしないわ」

安心させるために、少女はくすりと笑ってみせる。

勘が並外れている少女の言葉と笑みに、2人は安堵《あんど》から緊張を緩めた。

「気を緩めては駄目よ。奈津《なつ》、念のために警戒は続けて」

「はい」

「和音《かずね》、あかさまの元に参内します、供回りをお願い」

「畏《かしこ》まりました。身を清められますか？」

「急ぎではないとは思うけど、胸騒ぎが消えないの。あかさまの元に参じるのに余分な手間を取る訳にはいかないわ」

もう片方の少女、名張《なばり》和音の進言を、少女は首を振って却下する。

そして、慌てて追従する和音すら待たずに、はしたなく見えないぎりぎりの足運びで透渡殿《吹抜けの渡り廊下》を歩き始めた。

遠く東の空が白み始める明け初めの中に透渡殿《すきわたどの》を渡り切り、釣殿《つりどの》へと入る。

「和音、入り口はお願い」

「はい。……姫《ひい》さま、お気をつけてください」

釣殿の建物としての規模は、外観だけ見れば四阿《あずまや》程度の大きさしかない。

しかし内側に足を踏み入れた少女の眼前には、どこまでも続く長い廊下が広がっていた。

等間隔に据え付けられたろうそくの揺らめく灯《あか》りが照らすだけの果ての見えない廊下を、ただ只管《ひたすら》に歩調を変えずに歩む。

神域は、物理法則とは別の法則が支配している。距離や時間はあまり意味を持っていないのだ。

少女は、この神域の主との邂逅《かいこう》に確信が持てるまでの僅《わず》かな時間、黙々と歩き、

――気付けば、少女の目の前に豪奢《ごうしゃ》な蒔絵《まきえ》の襖《ふすま》が立ちはだかっていた。

目的の場所。少女は息を整えて、襖を開けた。

途端、穏やかな朝の微風が、少女の髪を宙に攫《さら》う。

瞳を眇《すが》めた少女の鼻腔《びこう》を、変若水《おちみず》の残り香が僅かに擽《くすぐ》った。

――誰《だれ》ぞ、土地神の訪いでもあったの？

つらつらとそう考えながらも、万窮大伽藍《ばんきゅうだいがらん》の中央に、伽藍の主、朱華《はねず》の姿を認めて、ほっと取《と》り敢《あ》えずの安堵の息を吐《つ》く。

「あかさま、おはよう御座います」

如何《いか》に少女の位階が高かろうとも、朱華という名前を口にすることはおいそれと出来ない。故に朱華を呼ぶ際には、ただあかさまとだけ呼んでいた。

「嗣穂《つぐほ》かや。――今日は随分と早いのう」

「胸騒ぎが致しまして、目が覚めました。——ご来客でしたか？」

朱華の口調がどことなく華やいでいることに安堵しながら、嗣穂と呼ばれた少女はちらりと周囲に視線を走らせる。

「んむ、あれじゃ」

朱華の指先が朱盆に張られた水の表面を走る。僅かに水面《みなも》が小波を立て、その奥から滲《にじ》み出《で》るようにここではないどこかの風景が映し出された。

遠見法、千里通とも呼ばれる遠地を覗き見《み》る術の一つだ。

水面の向こう側で、大の字になって眠る嗣穂と同い年辺りの少年の姿。

穏やかに寝息を立てるその姿からは野心も見えず、己の血統に下世話な欲を向ける男たちよりかは好感が持てた。

——随分と見目のいい少年だ。

間違いなく華族、それも上位の貴種の出であることがその見目の良さから窺《うかが》い知《し》れる。

——だけど、随分とみすぼらしい着物ね。

嗣穂は、内心で首を傾《かし》げた。

少年は下町の子と比較しても違和感を覚えないほどの、すり切れた絣模様《かすりもよう》の小袖《こそで》を着流しで着ているのだ。どうにも顔立ちと服装が不釣り合いにすぎて、違和感が強い。

そこまで考えてから、ある事実に気づいて背筋が総毛立った。

朱華は、この少年を万窮大《ばんきゅうだい》伽藍《がらん》に客人として招いたといったのだ。

彼が何者であろうと、ただ人であることは間違いがない。それなのに上位の神柱である朱華がわざわざ神域たる伽藍に招き入れるなど、ただ事とは思えない。

「あか《い》さま、彼は………」

「名は晶《あきら》じゃ。憶《おぼ》えておきやれ」

何者か。嗣穂の誰何《すいか》に、朱華は端的にそう返した。

「晶さん、ですか」大急ぎで華族の顔を思い浮かべる。しかし華蓮だけに限ったとしても、華族の数はそれなりだ。珠門洲《しゅもんしゅう》の頂点に座す少女とても容易に思い出す事は出来ない。

「昨夜、雀どもが騒いでおっての。朱沙《しゅさ》の地を見てみたら、『禊《みそ》ぎ祓《はら》いの儀』を修めた晶がおったのじゃ」

「みっっ————！！？？？」

重ねて続けられた朱華の言葉に、流石《さすが》に二の句が継げなかった。

『禊《みそ》ぎ祓《はら》いの儀』とは、人の器を強引に昇華させて神の器に限りなく近づける大儀式の事だ。

神の器に近づけるためには、その者が経験してきた歴史が邪魔になる。儀式の過程でそれを強制的に削《そ》ぎ落とす事になるため、正者が無事で在れる事は難しいとされているのだ。

しかし、嗣穂が絶句した理由はそこではない。『禊《みそ》ぎ祓《はら》いの儀』を行うには、対象者になるための前提条件がなければならないのだ。

——神無《かんな》の御坐《みくら》。ただ人から産まれる正真正銘の奇跡。

神無《かんな》の御坐《みくら》をそんな賭《か》けに投じる。それがこの儀式を行う条件なのだ。

「神無《かんな》の御坐《みくら》!?　彼は神無《かんな》の御坐《みくら》なのですか！！？？？」

「然り、妾《わらわ》も目を疑ったわ。されど見たものは事実、急ぎ伽藍へと招聘《しょうへい》した」

「神無《かんな》の御坐《みくら》。…………それも、空の位に至った⁉」

理解できないその事実に、暫《しば》しの絶句が強いられる。

「器は完成しておるが、真に至ってはおらん。何ぞ心残りがあったか、性根は未《いま》だただ人のままじゃ」

「――ああ。それで、ですか」

朱華の言葉に、嗣穂は大きく得心した。

伝承に聴く空の位にしては、随分と人間臭さが残っていると思ったのだ。

しかし不完全だとしても、間違いなく晶の価値は計り知れないほどに高いのだが。

次に気になったのは、晶の家系はどこなのだろうという事だった。

「彼の親元は？　久我《くが》、それとも輪堂《りんどう》ですか？」

口にしつつ、その可能性は低いな、と嗣穂《つぐほ》は思い直した。

珠門洲で神無《かんな》の御坐《みくら》が産まれたのであるならば、まず間違いなく朱華が見逃す訳はないからだ。

それに久我家の当主、久我法理《ほうり》は危機感を覚えるほどに功名心が高い。それ故に、神無《かんな》の御坐《みくら》を手中に収めたのであるならば、自身の発言力を高めるための蠢動《しゅんどう》を始めるはずだ。

逆に、輪堂家の当主、輪堂孝三郎《こうざぶろう》は功名心が呆《あき》れるほどに低く、厄介事から逃れるために進んで朱華の元へと送り出すことだろう。

「何処《どこ》ぞかは、終《つい》ぞ云《い》わなんだ。――訊《き》く気もなかったしのう」

「それは、……何故《なぜ》、で御座いましょうか？」

「――啼《な》いておったからじゃ」

「え？」

「群れから逸《はぐ》れた仔狼《ころう》のように、精一杯に可愛《かわい》らしい牙《きば》を剥《む》き出して、のう。――氏子になりたい、死にたくない、力が欲しい、となあ」

朱華の頬《ほお》に朱が差して、瞳《ひとみ》が情欲に潤む。

何処までも愛おしい宝物を眺めるように、朱盆越しの晶を見つめた。

「……氏子？　氏子になりたいと、神無《かんな》の御坐《みくら》が願ったのですか⁉」

「然り。奇妙な話であろう？　……流石に無理な願いじゃからなぁ、見た目のみ氏子と誤魔化《ごまか》す事で納得させたがの」

それは当然であろう。仮に出来たとしても、朱華がそれを行う事は決して無い。

「故に嗣穂よ、お願いじゃ。晶の氏子を過怠《かたい》無く認めよ。表面を誤魔化しただけゆえの、後に問題が起きるかも知れん」

「畏まりました。この後にでも行いましょう。――それで最初の疑問ですが、彼の親元は何処なのでしょう？」

久我でも輪堂でもない。ならば他洲の出身なのであろうが、他洲の神柱であっても朱華同様に神《かん》無《な》の御坐《みくら》を見落とす真似《まね》などする訳が無い。

「……残りは六家、晶さんの親元を推測しておかなければなりません」

「晶は終ぞ答えなかったが、どの洲かは判《わか》る。――國天洲《こくてんしゅう》が晶の出身じゃ」

「國天洲‼　…………それはどうして判ったのですか？」

「晶はく、ろ、のお手付きじゃったからな。」

「く、ろさまの⁉　あかさま！　くろさまのものを横取りしたのですか！」

嗣穂の台詞《せりふ》に悲鳴が混じるようになる。しかし、こればかりは彼女を責められないだろう。朱華の行動は、國天洲の神柱を間違いなく激怒させるからだ。

國天洲に知られた場合、冗談でも可能性でもなく、晶の所在を巡って間違いなく高天原《たかまがはら》を二分する内乱が起きる。

「横取りした訳ではない」痛いところを突《つ》かれて、僅かに朱華の口が尖《とが》った。

「晶が望んだのじゃ。華蓮の片隅で、氏子として生きていきたいとな。――妾たちは、神無《かんな》の御坐《みくら》の願いを断らん。それは妾たちの欲求そのものであるからな」

「それは知っています。知っていましたが、それでも……」

理解は出来るが、納得は出来ない。どうして厄介事が、処理できないままに積み上がってゆくのか。僅かに恨みがましい視線を眠る晶にぶつけ、ふと何年か前に聞いた与太話を思い出した。

「……3年ほど前に八家の会合後の宴席で、雨月の当主が輪堂の当主相手にぼやいていたそうです。――曰《いわ》く、雨月の嫡男はとんだ無能で、教育するにもほとほと手を焼いていると」

「よく聞く話じゃの」

「しかし翌年の会合で、雨月の当主は上機嫌で己の息子を自慢していたとか。どちらも深酒に酔いを任せていたらしく、声音は真に迫っていたと」

随分と情けない理由だが、恐らくはこれが正解なのだろう。そう嗣穂は推測した。

「雨月《うげつ》は一人息子のはずですが、本当は2人いたのでは？　無能の長男《晶》よりも有能な次男《颯馬》を嫡男の座に宛《あて》がうのは、割と良く聴く醜聞の一つです。」

「面白いが無理があるのう。そも、神無《かんな》の御坐《みくら》を排除する理由にすらならんぞ」

「今年、天領学院に入学した雨月颯馬《そうま》は天才と誉れ高い神霊《みたま》遣い。巷《ちまた》では、北辺の至宝と謳《うた》われているとか」

「有能であるのは認めよう。じゃが、それは所詮《しょせん》、有能どまりじゃ。神無《かんな》の御坐《みくら》とは、比べる事が憐《あわ》れなほどじゃぞ?」

そう。神無《かんな》の御坐《みくら》の重みを知っていたら、そんな愚挙には走らないはずだ。

――つまり、

「……雨月は、神無《かんな》の御坐《みくら》に関する事項を失伝しているのでは?」

「有り得んじゃろ。神無《かんな》の御坐《みくら》は、八家と妾たちの間に交わされた約定。これを蔑《ないがし》ろにすることは、八家である事を放棄すると同義――」

「はい。ですが、神無《かんな》の御坐《みくら》が最後に顕れてから、もう400年です。400年前の内乱で、神無《かんな》の御坐《みくら》に関する事柄の一切は、八家当主の口伝のみと決められました。あかさま。定命のものたるただ人にとって、400年は余りにも永いです。失われてはいけないとはいえ、口伝の一つ。何かの拍子に失うことは充分に考えられます」

「万一のための書物はあるはずじゃが?」

「確かにありますが、國天洲はこれまで神無《かんな》の御坐《みくら》を出したことがありません。神無《かんな》の御坐《みくら》に関する圧倒的な経験不足は間違いなくあるでしょう」

「……なるほどのう。口伝を失う余地は充分にある訳じゃな」

「はい。それに確か、義王院《ぎおういん》は雨月の嫡男が産まれる前に婚約関係を望んだと。理由が神無《かんな》の御坐《みくら》であるならば、義王院の勇み足も理解できます。……雨月の暴走はこの推測で理屈がつけられますが、義王院が沈黙を保っている理由が分かりません。少なくともくろさまは晶さんを諦《あきら》めないはずなのに、國天洲の水脈が荒れてないですし」

「……それなら、凡《おおよ》その想像は付く。くろの奴《やつ》は、つい先ほどまで晶の追放に気付いていなかったのじゃろう」

黒曜殿の改修で手一杯じゃろうからなぁ。朱華は、晶の寝姿を眺めながらそう呟《つぶや》いた。

「……かつての伽藍《がらん》は、炎が岩肌を舐《な》めるだけの磐座《いわくら》であった。何故ならば、妾にとってそれがもっとも快適な環境だからじゃ。じゃが、男女《めおと》が睦《むつ》み合うに相応《ふさわ》しい環境とは云えぬ。故に、神無《かんな》の御坐《みくら》が初めて伽藍を訪れると決まった際に、妾は現在の伽藍の姿へと改修したのじゃ。伽藍の改修に一年は掛けたのを憶《おぼ》えておる、色に浮かれておるくろの事じゃ、その数倍は掛けるであろうさ」

「浮かれて、でございますか？」

「あやつにとって初めての、待望の神無《かんな》の御坐《みくら》ぞ？　高天原の興《おこ》りより数えて4千年、如何《いか》な妾たちとて、色艶《いろつや》を拗《こじ》らせるわ」

「はあ…………」

色艶とは縁遠い生であった嗣穂は、朱華の言葉に生返事を返すだけに止めた。

確信するための裏付けは必要だが、晶が華蓮にいる理由の推測が正しいならば、何かの謀略に巻き込まれている可能性は低いだろう。

何しろ、相手が神無《かんな》の御坐《みくら》だ。何らかの謀略に使うために他洲へと渡らせるなどという、愚にもつかないような行動を普通の八家の人間が取る訳がない。

運が良いのか悪いのか、よく今まで義王院に事の次第が発覚しなかったものだ。

変な形で嗣穂は雨月の隠蔽《いんぺい》に感心した。

少なくとも、今の今まで義王院は雨月のしでかした失態に気付いていなかったのだろう。それが雨月の隠蔽工作が高かったゆえか、義王院が神無《かんな》の御坐《みくら》を刺激しないように配慮した結果かはさておいて、だ。

しかし何がどうあれ、晶の追放が義王院にバレるのはそう遠くない未来のはずだ。

晶の不在と義王院への隠蔽。くろは当然のこと、義王院の激怒も想像に難くなかった。

――まぁ、雨月のことはどうでもいいわ。

それは、嗣穂の偽らざる本音。至極あっさりと、嗣穂は雨月に見切りをつけた。

当たり前だ。雨月は國天洲にあり、処遇の決定は義王院の預かりである。嗣穂は珠門洲の華族に口出しできるが、雨月に関して口出しする権利は無い。

それに、三宮四院に連なることを許されているとは云え、八家は所詮、替えの利くただ人の集まりだ。どれだけ忠誠を示そうとも、分を弁《わきま》えない行動には首のすげ替えを辞さないのは三宮四院の為政者としての基本の姿勢である。

問題なのは晶であった。

400年ぶりの神無《かんな》の御坐《みくら》、しかも空の位に至っているのだ。

朱華は晶を手放す気などないだろう。

そして、それは晶を手放した気すらないくろとても同様だ。

両者共に譲歩することなく相対するだろうし、その先に有るのは國天洲と珠門洲を巻き込んだ文字通りの潰《つぶ》し合いだろう。

——何としてでも回避せねばならない。

朱華に悟られぬよう決心した時、自身の掌《てのひら》の中に突然の重みが生まれた。

掌を開いて困惑する。そこに在ったのは、魂染をおこなったであろうぼんやりと光る魂石《こんせき》だったからだ。

「あの、あかさま。まさか、これは……」

「晶の魂石じゃ。疾《と》く、人別省に収めてたもれ」

——やっぱり。

思わず額に指をあてて、天を仰ぐ。

晶の魂石は國天洲の人別省にあるはずだ。つまりこの魂石は本来、晶のものではない。

晶と魂石の繋《つな》がりを強引に断ち切り、別の魂石に魂染めを施したのだろう。およそ人に可能な御業ではない。

「……あかさま。ただ人には、ただ人の規範が存在します。正式に人一人をでっち上げるためには、時間も人手も足りません」

加えて云《い》うなら、人別省は高天原中央の直轄組織だ。不可能とまでは云わないが、管理されている魂石にいきなり新たな魂石一つを差し込むのは権限無視の横紙破りも甚だしい。

氏子認定なら嗣穂の権限でどうとでもなるが、人別省に手出しするのはかなり無理があると云えた。

「分かっておる」一応、無理を願っている自覚はあるのか、朱華は唇を少しだけ尖らせて拗《す》ねた様子をみせる。「じゃが、晶の願いの一つが、華蓮に住むことなのじゃ。妾にとっても益のある提案、蹴《け》ってやるなど到底出来ぬ」

――分かっていた事だが、やはり朱華も一歩も引かない。

……正直、ここまでとは思っていなかったが。

無理は押し通せる。しかし、問題はその後だ。

晶の存在をいつまでも隠しておけないし、晶が神無《自分自身》の御坐について完全に無知な点も問題だ。

「……承知いたしました。人別省に魂石を収めるのは多少時間をいただきますが、氏子に関しては今日中に」

「うむ。委細、良しなに頼むぞ。そうじゃ。骨を折ってくれた嗣穂に褒美をやろうのう。――神託を下す」

「‼　――謹んで、お受けいたします」

驚くも、努めて冷静に嗣穂は頭を下げた。

神託は、ただの占術、予言の類ではない。

良《あ》きにしろ悪しきにしろ、必ず起こる事象が告げられる。

この手の未来視に存在する不確実性は無く、その上で、結果如何《いかん》に干渉して未来を変えることができるのだ。

「本日の亥の刻《22時》に、夜行が華蓮に攻め入る」

「夜行、……百鬼夜行ですか！」

百鬼夜行。それは滞った瘴気《しょうき》が氾濫《はんらん》することで起きる、何らかの怪異や妖魔《ようま》を首魁《しゅかい》とした穢《ケガ》レの暴走だ。

数十年に1度、発生するかしないかの非常に強大な暴走で、過去の記録では何度か都を半焼させたこともあるといわれていた。

「うむ。華蓮を貫く舘波見川《たてばみがわ》を遡上《そじょう》する、赤酸漿《あかかがち》の怨嗟《えんさ》が視《み》える。——であるならば、首魁はなにか、想像はつこう」

「舘波見川、……あの怪異《かい》ですね」

思い当たる節はある、朱華の言葉に嗣穂は首肯した。

「神託、確かに承りました。準備がございますので、御前《おんまえ》これで失礼させていただきます。少々忙しくなりますので夜参は遅れる由、受け入れてくださいませ」

「あぁ、そうじゃ。晶は練兵と云っておったな。晶の属する守備隊を、舘波見川の中流に配せよ。晶の活躍を見たいでのう」

「——畏《かしこ》まりました」

今まで見たこともないような華やぐ微笑みを向ける朱華に、珠門洲の頂点を支配する少女、奇鳳《くほう》院《いん》嗣穂は苦笑を一つ見せて頭を下げた。

4話　伽藍《がらん》に在りて、少女は微笑《ほほえ》む　3

瞼《まぶた》の向こうから朝を知らせる陽光《ひ》の痛みに、晶《あきら》の意識は薄ぼんやりとした微睡《まどろみ》の淵《ふち》からゆっくりと浮上した。

「っつつ……」

燦々《さんさん》と差し込む陽《ひ》の光と目覚め特有の霞《かす》む視界の中、随分と長く石畳に寝転がっていたのだろう、後頭部を苛《さいな》む鈍痛に苦鳴を呻《うめ》く。

一頻《ひとしき》り頭を抱えた後に鮮明になった視界で周囲を見渡すと、晶の寝転がっている場所はどこか境内の石畳の上であった。

ぐるりと視界を巡らせて気付く。奥の本殿に掲げられた朱沙の二文字。

「あ……」

朱華《はねず》から告げられた朱沙《しゅさ》の地。

その場所に辿《たど》り着《つ》いていたことを、晶はようやく理解した。

かさり。

逆さになった籤箱《くじばこ》から、白い籤紙が受付台に落ちる。

受付に立っていた老婆がその紙を抓《つま》んで広げると、白地《しらじ》の上に『氏子』の二文字が素っ気なく浮き出ているのが見て取れた。

「……氏子だね」

「はい」

思わず口から漏れる猜疑《さいぎ》の呻きに、空惚《そらとぼ》けているのか目の前の少年が首肯を返す。

尽きぬ疑問から逃げ出したくなる衝動を抑えつつ、出てしまった結果は仕方あるまいと、老婆はこれ以上考え込むことを放棄した。

朱沙神社は、代々、その土地に生まれた者しか受け入れない閉じた神社である。

血縁以外の氏子が生まれた過去など無く、前代未聞の氏子の誕生をどう周囲に説明したものか。朝から厄介な問題を持ち込んでくれた目の前の少年を一睨《にら》みする。

だが、どうしようもない。

氏子の結果は絶対だ。已の奉じる神柱《かみ》が認めた以上、一介の巫女《みこ》でしかない老婆には形式上の受け入れを認める道しか残っていない。

もう知らん。投げ槍《なやり》に、受け入れる意思を首肯で返してやる。

手続きを終えて飄々《ひょうひょう》と去っていく少年の背中に嘆息一つ、苦々し気に見遣《みや》ってから老婆は已の仕事へと戻っていった。


TIPS：閉じた神社について。

通常の『氏子籤祇《うじこせんぎ》』では氏子を認められない特殊な神社。

格式の高い神社であることが多く、ここで氏子となったものも矜持《プライド》が人一倍高い。

ここの氏子は閉塞《へいそく》的な集団となるため、閉じたとはそれを揶揄《やゆ》したものも意味している。

4話　伽藍《がらん》に在りて、少女は微笑《ほほえ》む　4

奇鳳院《くほういん》の膝元《ひざもと》となる1区を守護する守備隊の隊長にして、全守備隊の総隊長を務める万朶鹿之丞《ばんだかのすけ》が自身の仕事場となる守備隊本部へと顔を出したのは、朝も遅い10時頃の事であった。

万朶の年齢《とし》の頃《ころ》は60後半。白鬚《しろひげ》を蓄えたその姿は一見好々爺《こうこうや》ながらも、年齢に見合わぬ活力に漲《みなぎ》っているのが見て取れた。

しかし、何時もは笑みを絶やさぬはずのその表情は、本部に顔を出した時には苦虫《にがむし》を噛《か》み潰したような苛立《いらだ》ちに染まったものであった。

理由はひどく俗なもので、阿僧祇厳次《あそうぎげんじ》が率いる8番隊が行った山狩りの成功が正式に確認されたからだ。おかげで昨晩の洲議員との会合では、称賛半分嫌味半分の会話に辟易《へきえき》させられたのだ。

しかし本部内部を掻《か》き混ぜる慌ただしい喧騒《けんそう》に迎えられ、苛立ちを余所《よそ》に万朶は呆気《あっけ》にとられた。

「……なんだ、これは？」

「――おはようございます」

「巳波《みわ》くん、随分と騒がしいな、一体どうした？」

「耳を借ります。――……、…………、……」

声を潜めて伝えられた内容に、万朶の目が大きく見開かれた。

「失礼いたします。――ようこそおいで下さいました、嗣穂《つぐほ》さま」

「……ええ。久しぶりね、万朶」

「央洲《おうしゅう》より帰着されている事は耳にしていましたが、ご挨拶《あいさつ》が遅れて申し訳ありません」

巳波からの耳打ちを半ば打ち切った万朶が2階にある隊長室の扉を開けると、来客用のソファに腰を下ろした奇鳳院嗣穂が書類に目を通している姿が視界に飛び込んできた。

嗣穂の向かいのソファに座ろうと脇《わき》を通る際、卓上に置かれた書類にちらりと目を走らせる。

現在、守備隊に所属している隊員の名簿だ。

——名簿？　一体、誰《だれ》を探している？

内心で首を傾《かし》げるが、万朶は好奇心を抑えて嗣穂を静かに待つことにした。

「——ここにあるのは、最新の名簿かしら？」

「はい。卯月《4月》までの、と云う但し書きは付きますが」

実際のところ、入れ替わりの激しい守備隊の名簿や人数はかなりまちまちである。

正確な人数や名前の載った名簿は各守備隊にしか存在しないため、ここにある名簿の精度は正直、推して知るべし程度のものでしかない。

名簿が何冊か卓上に積みあがり、沈黙を破った嗣穂に万朶は勢い込んだ。

そう。と、気の無い応《いら》えを返して、嗣穂は3区の名簿を手に取る。

「誰かをお探しでしたなら、名前を教えてくだされば、こちらで対応いたしますが？」

やはり、誰かを探しているらしいと確信して、万朶は前のめり気味にそう提案した。

奇鳳院嗣穂が直々に探す相手、それが何であれ価値が存在するのは間違いが無い。

身柄を嗣穂より先んじて押さえることに成功すれば、立ち回り次第では万朶の洲政における発言力はかなりの高さとなるかもしれない。

もしかすると、万朶が密《ひそ》かに狙《ねら》っている洲議員の席が狙えるのかもしれない。

政治への捕らぬ狸《たぬき》の皮算用に胸を躍らせるが、そんな万朶を嗣穂の冴《さえ》とした鋭い双眸《そうぼう》が睨《にら》み付けた。

「――万朶。其方《そなた》が洲の政治に興味を示しているのは知っています。それを咎《とが》めるつもりは無いですが、この件に関して手出しは無用です。良いですね」

胸中にある思惑を正確に言い当てられ、たかだか12年しか生きていない少女の眼差《まなざ》しに、万朶の老いたとはいえ壮健な身体《からだ》がぐっと怯《ひる》む。

「……は、差し出口でしたな。とは云え、この万朶、そのような大事は全く以《もっ》て思惑にございません。ただ、嗣穂さまのお手を煩わせること無きよう考えたのみにございますれば」

図星を抜け抜けと口八丁で誤魔化《ごまか》し、万朶はそれでも情報を得ることに固執した。

永くその地位に甘んじているが、万朶にとって守備隊の総隊長の席は腰掛け程度の価値しかない。

上位精霊を宿してはいるが実力としては平凡の域を出ない万朶が総隊長の席に座れたのは、上位華族としての血筋とそれに忖度《そんたく》を受けた政治力学の結果でしかないからだ。

その事実を強く自覚していた万朶は、守備隊を統括する身でありながら洲議会に食い込むことを狙っていた。

――しかし、

「――万朶」

嗣穂の睨む視線が強くなる。

「私は、手出しは無用と云ったぞ」

「…………は、承知いたしました」

嗣穂の視線に気圧《けお》され、表面上は何事もなかったように、しかし、背中に冷や汗を掻《か》きながら万朶は首肯して引き下がった。

嗣穂はそれ以上何も云う事は無く、暫《しば》しの間、名簿を捲《めく》る紙の音のみが部屋に響く。

「……阿僧祇厳次、どこかで聴いた名前ね」

ややあって、名簿の片隅に指を置いて、記憶を探るように嗣穂は眉根《まゆね》を寄せた。

「8番隊の隊長ですな。3年前の天覧試合で準位に残る事で名を上げた男です」

何かと反りの合わない厳次の話題に、万朶は努めて平静を装いながらも内心で苦り切った唸《うな》り声を上げた。

上位精霊を宿し剣の腕に長《た》けた厳次はその人柄でも周囲からの声望が高く、政治で総隊長になった万朶とは守備隊の内部でも何かにつけて比較される間柄だからだ。

守備隊の評価は相対力学に依存している。対立している厳次の評価が上がれば、万朶の評価が下がるのだ。

「……あぁ、そうか。天覧試合のものね、思い出したわ」

しかし、万朶の緊張は杞憂《きゆう》に終わった。

気の無い返事を残して、嗣穂の視線は名簿に戻ったからだ。

そうして暫《しばら》く部屋に沈黙が下りた後、3区の名簿まで目を通し終えた嗣穂の視線が万朶に戻る。

「――残りの名簿は少し借りるわ。今日の本題を伝えます」

「——は？」

本題？　これが目的《名簿》じゃないのか？

呆気にとられる万朶は、告げられた神託の内容に驚嘆した。

「百鬼夜行が舘波見川《たてばみがわ》を遡上《そじょう》して襲撃する⁉　何故《なぜ》それを早く教えて頂けないのですか‼」

悠長に名簿を眺めるよりも先に、守備隊に指示を出すのが先だろう。憤慨して苦言を呈する万朶を、嗣穂の冷めた視線が迎え撃った。

「……既に、其方の秘書に取るべき指示も含めて、一通りは伝えています。今の話は、其方に向けた2度目の説明です」

「…………………」

苦言の心算《つもり》が藪蛇《やぶへび》になったと悟り、万朶は沈黙を守らざるを得なくなった。

「重役出勤《大幅な遅刻》を今更にどうこう云いませんが、政治ごっこに現《うつつ》を抜かして守備隊総隊長の席を冷やしているなら、其方の長たる資質を考え直す必要がありますね」

「は。申し訳ありません……」

連日の遅刻の原因についても把握されていると理解して、万朶の顔色が悪くなる。

触れれば斬れるような絶対的な上位者の宣下《せんげ》に、万朶の頭がなす術《すべ》なく垂れる。

縮こまった万朶を余所目に、手早く名簿を手に抱えて嗣穂が立ち上がる。

「お送りは……」

「不要です。其方は、百鬼夜行に備えて準備を進めなさい。舘波見川を遡上する相手ならば、十中八九、沓名ヶ原《くつながはら》の怪異でしょう。11番隊に沓名ヶ原の監視をさせて、下流に9と10番隊を配備。主力番隊以外は洲都に散らばろうとする穢獣《けもの》の討滅、2番隊は上流で怪異を食い止めなさい。確か輪《りん》堂《どう》の当主が華蓮《かれん》に来ていたはずです、私の名前で協力の勅旨を出しましょう」

「畏《かしこ》まりました」

「1番隊は、舘波見川の上流手前に配備。最終的に到達した群れは、怪異ごと輪堂の神器で一掃しなさい」

「上流にまで引き込んでしまえば、怪異が目的とする鳳山《おおとりやま》まで後が無くなりますぞ。下流に配するよう一言命じていただければ、華蓮以前で殲滅《せんめつ》することも可能ですが？」

「過去の教訓を学んでいないのですか？　上流で迎撃するのは百鬼夜行の行動幅を制限するためです。それ以前に怪異を潰《つぶ》せば、瘴気《しょうき》に釣られた化生や穢獣《けもの》どもが広範囲に散らばって華蓮に侵入するでしょう。それを赦《ゆる》せば、守備隊の許容数を超えた穢《ケガ》レが華蓮を焼く。――最初に華蓮を焼いた失敗を、2度に亘《わた》って赦すほど私は優しくありません」

本来指示を出すべき立場の万朶を差し置いて、嗣穂は次々に指示を出した。

苦く思った万朶の異論が向けられるが、一顧だにせず一蹴《いっしゅう》されてしまう。

嗣穂の立場は万朶のさらに上位に立っているのだ、万朶の意見はそもそも考慮されはしない。

鋭い視線が万朶を射抜き、知らず老躯《ろうく》の咽喉《のど》が鳴った。

舘波見川は全長10里《約40キロメートル》、幅半里《2キロメートル》に渡っている。これだけの規模が有れば百鬼夜行の本流を牽《けん》制《せい》しつつ陣形を一直線に制限することが出来るだろう。

しかし輪堂家が所有する神器の特性を考えれば、夜行の陣形が最も制限される上流手前が確かに最善だ。

「中流域には配置されないのですか？」

中流域の河川敷は幅４半里《1キロメートル》と非常に広い。戦場として適しているのに、話題に上っていない。

加えて３区を流れる川の中流域は、華蓮の都市機能が集中する繁華街のすぐそばである。

洲議会や銀行。それに呪符組合など、繁華街には万朶が顔を売っておきたい歴々が軒を連ねて看板を掲げているのだ。

万朶としても自身の失態を埋め合わせる機会、自身の思惑に沿うように手駒を配置したいが。

「……もし、よろしければ１番隊の……」

「そうね」万朶を遮り、今更に気付いた風を装う。

「８番隊を中流の河川敷に。阿僧祇の差配がどの程度か見ておきたいわ。それ以外は、其方の采配《さいはい》で好きに組みなさい」

「……は、畏まりました」

思惑を遮られ万朶は口籠《ごも》ったが、自身が弱くしてしまった立場は何をしても言い訳にしかならない。

首を垂れる万朶に一瞥《いちべつ》も無く部屋を去る嗣穂の気配が階下へと完全に消えてから漸《よう》く、苦々し気に万朶はぼそりと口の中でのみ呟《つぶや》いた。

「ち、立場だけの小娘が……」

圧倒的に上位のものに面と向かって文句も云《い》えず、完全に相手の気配が消えた頃《ころ》を見計らって呟くだけの抗弁は、傍目《はため》から見ると随分に情けないものである。

結局、万朶の手元に残ったのは失態で下がった評価の結果だけであり、万朶の望むものは残らなかった。

――しかし、ものは考えようか。

これは、良い機会なのではないだろうか。その思考に万朶の口元が嗜虐《しぎゃく》に歪《ゆが》む。

舘波見川の中流に配置が決定しているのは、厳次率いる8番隊のみである。

そしてそれ以外の配置は、万朶の采配に委ねられている事実。

――この百鬼夜行を機に、合法的に阿僧祇を排除するのもいいかもしれん。

その歪んだ発想に有頂天になった万朶は、嗣穂が決定したこと以外の采配を万朶に赦《己》したその意味に気付くことは無かった。

嗣穂はこう思っていたのだ。

――結局、どう采配しようとも結果が変わらないのだから好きにしろ、と。

◇

一晩の眠りに睡魔も治まった咲《さき》は衛士《えじ》候補としての報告のため、1区にある守備隊本部へと足を運んでいた。

扉を開けると、走り回る職員たちの騒《ざわ》めきが咲を出迎える。

どう考えても普通とは違う喧騒に呑《の》まれて、報告の余裕を待つために壁へ背を預けた。

――と、

「あれ、咲じゃない」

「澄子《きよこ》？」

聞きなれた挨拶に視線だけをその方向に向けると、同じく衛士候補として研修に来ている浅利《あさり》澄子が小さく手を振っている姿が目に留まる。

領も近く、幼い頃から気心の知れた同性の友人に、咲の困惑も安堵《あんど》に和らいだ。

「咲も報告？」

「ええ。昨日《きのう》の山狩りを」

「山狩り？　流石《さすが》は八家の衛士候補様、後方に下がらせようとした万朶様の面目が丸潰《まるつぶ》れね」

「……あれは向こうが悪いでしょ。私に対して役立たず扱いしてくれたんだから」

衛士候補の研修先を決めるための会議で暴言を吐かれたのは、つい昨日の事だ。

咲が8番隊を希望したときの万朶の表情には、少し胸が空《す》いたが。

「――それで、何を持っているの？」

「これ？　えへへ～、良いでしょ。当代スタァ特集！　やっぱり華蓮って都会よね、2週間も早く手に入っちゃった」

「堂々と持ち歩かない！　学院の寮長に見つかったら、親を呼ばれるだけじゃ済まないんだから」

手提《てさ》げ鞄《かばん》から頭を覗《のぞ》かせていた雑誌を取り出して、澄子は自慢気に咲へと見せびらかした。

表紙に写っているのは、最近人気のある銀幕スタァの肖像。

貴重な写像をふんだんに載せたそれは、地方であるならば2週間は入手の遅れを覚悟しなければいけない貴重品だ。

……さらに咲が指摘する通り、学院の規則に則《のっと》れば戦犯ものの御禁制品であったりする。

「もぅ。真面目《まじめ》だなぁ。そんなこと云うなら、見せないよ」

「駄目よ、検閲です」

隠そうとする澄子の仕草に先手を打って、咲は雑誌を抜き取った。

パラパラと音を立てて、捲られる頁《ページ》が色鮮やかに躍って過ぎる。

「う～ん。好みの俳優が居ないなぁ」

「咲の好みって、一昔前の方ばっかりじゃない。現在《いま》の流行《はや》りは、雨月颯馬《うげつそうま》さまみたいな人よ」

雑誌に載っているのは、基本的に線の細さが目立つ優男だ。

咲の好みは、もう少し色気が落ち着いた風情の男性である。

しっくりとこない雑誌の俳優《スタァ》たちに、唇を尖《とが》らせて見切りをつけた。

「颯馬くんね～。格好いいとは思うけど、あそこまで完璧《かんぺき》だったら胡散臭《うさんくさ》くない？」

「スタァが銀幕の外に出る訳じゃなし、観《み》ている分には充分よ。私には縁のない世界、結婚には地に足がついた方が良いわ」

「結婚かぁ。ねぇ、私たちの学年にお相手が決まりそうな人っていたっけ？」

「それこそ颯馬さまが有名よね。義王院《ぎおういん》の伴侶《はんりょ》って、行きつくところまで行っている気がするけど」

生まれた時から結婚相手が決まっているというのはどんな気分なのだろう。学院でも遠目に見る雨月颯馬と義王院静美《しずみ》が並び立つ光景を幻視した。

婚約関係にあるというのに会話を交わす光景も少なく、仲睦《なかむつ》まじい様子すら窺《うかが》わせない2人の姿に、自分の将来を重ね合わせてみる。

ああいう風になるのが理想なのか？　どうにも、自身が思い描いた理想とは外れているような気がした。

頁も捲り終え、興味の失《う》せた雑誌を澄子に押し返す。

「――ねぇ、阿僧祇さまの隊に配属されたんでしょ？　お元気にされておられた？」

「叔父《おじ》さま？　気病《きやみ》に罹《かか》る姿も想像つかないくらいに元気だったわ」

「そ、そう。ねぇ、お食事を作って持って行ったら、ご迷惑にならないかしら？」

「どうだろ、結婚もしてないみたいだったけど。って、澄子の好みも分かんないよね。叔父さまは人気があるけど、そっち方面は岩男の朴念仁だよ」

流行《はや》りは別腹と云い切る澄子の好みは、実のところもう少し体躯《たいく》のしっかりとした男性だ。

……因《ちな》みに初恋は、咲の守り役であった阿僧祇厳次であったりする。

「結婚相手に軽佻浮薄《モボ》なんて信用できないわ。それこそ、颯馬さまなんて典型じゃ……、あ」

言い返そうとする澄子の視線が明後日《あさって》を向き、紡ぐ言葉を遮って澄まし顔で壁に背を預けた。

澄子に次いで、向こうから小走りで駆け寄る男性の姿に咲も気付く。

「失礼ですが、輪堂家の咲さまでございますか？」

「え。は、はい。私です」

慌てて応じる咲に対して、巳波《巳波》は明白《あからさま》に安堵の表情を浮かべた。

「ご連絡がついて本当に良かった。至急、輪堂家の御当主さまへお取次ぎを。――百鬼夜行が華蓮を襲います。ついては、御当主さまに助力をお願いしたくありますと……」

百鬼夜行。その深刻な響きに、咲の瞳《ひとみ》が不安に見開かれた。

◇

「坊主！　気ぃつけろやぁっ‼」

びくり。反射的に身体《からだ》が竦《すく》む。

突然、浴びせられた怒鳴り声に、我に返った晶《あきら》は慌てて周囲を見渡した。

気風《きっぷ》のいい声と共に男が大八車を曳《ひ》きながら、後ろから晶を追い越して人ごみの中に消えてゆく。

何百という人の流れが作り出す日々の営み、蒸気自動車と路面電車《トラム》が行き交う大通りに晶は立っていた。

どうやら、浮ついた気分に呆《ほう》けたまま、流されるようにして先程までいた1区から、繁華街のある華蓮中心へと流されてきたようだった。

ここにいる意味もなく長屋《うち》に帰るかと踵《きびす》を返した時、きゅるりと腹の虫が鳴いた。

……思えば、昨日の朝に食った胡瓜《きゅうり》が、最後に口にしたものか。

一日何も食べていない事実を自覚した途端、猛烈に空《す》きっ腹が食い物を無心してきた。

空腹に負けて周囲を見渡すと、暖簾《のれん》を掛けているうどん屋が目に留まる。

少し悩む。生まれてこの方、晶は食事処《どころ》に入った事が無かった。

――だが、それでも、

未《いま》だにどこか浮ついた心持ちと食い物を要求する腹に、自然と足が目についたうどん屋に向かう。

――今日くらいは、こんな贅沢《ぜいたく》もいいんじゃないかな。

「――ぃいらっしゃいませぇぇぇっ‼」

意を決して暖簾を潜《くぐ》ると、威勢のいい店主の声にわずかに身が竦《すく》む。

周りを見渡すと、幾人かの客がうどんを啜《すす》っている姿が見えた。

「うどん一つ、ください」

席に腰を下ろす前に、どきどきしながらも店主の親父《おやじ》に注文を通す。

「素《す》かい？　狐《きつね》かい？」

「？？」

初めて聞く言葉に戸惑うと、察したのか店主が油揚げをつけるかと訊《き》きなおす。

「油揚げ入りで」

「あいよ。３銭だ」

店主に要求された金額を支払う。

思ったよりも安かった事に、安堵の息が漏れる。

「お待ちっ‼」

目の前に置かれた丼ぶりの咽《むせ》るほどの湯気の向こうに、晶が思っていた以上の量のうどんが見えた。

ごくり。思わず喉《のど》が鳴る。

――そういえば、子供の時分には腹いっぱいうどんを食ってみたいと夢想していたな。

未だ尚《なお》、年齢《よわい》13を数える、紛れもない子供であることを横に置いて、場違いな感慨深さに囚《とら》われた。

その夢想の残滓《ざんし》を振り払い、箸《はし》を掴《つか》んで丼の底から汁とうどんをかき混ぜる。

そして、雨月《うげつ》の屋敷で祖母と一緒に食事をしていた時のように、行儀などを一切考えずに熱いままのそれを一気に啜《すす》った。

鰹節《かつおぶし》の出汁《だし》から香る風味と薄口醬油《しょうゆ》の塩味《えんみ》が口腔内《口の中》を満たし、うどんが啜った時の勢いのままに跳ねまわる。

「あ、あふっ――」

たまらず咽かけるが、気合で口にしたうどんを呑み込むと、夏の暑さに負けない熱の塊が食道を通って胃腑《ふ》の底に溜《た》まるのを感じた。

ほ、ほ。太く短い息を繰り返し、腹の底を灼《や》く熱を外に逃す。

考えてみれば、一日どころか二日ぶりのまともな食べ物に、身体中が喝采《かっさい》を上げた。

うどんの次に、油揚げの端っこに噛《かじ》り付く。

甘辛く煮られた油揚げが、僅《わず》かに香る山椒《さんしょう》の香味と共に喉を滑り落ちていく。

――あの頃《ころ》のうどんとは、やっぱ違うな。

祖母が打ってくれたうどんは固さがまちまちだったし、麺《めん》の中にだまが入っていることなどざらにあった。

うどんに限らず、麺打ちは体力の要る作業だ。

当然、うどん打ちの職人は男が多くなるし、女性の、それも老いた身で打ったうどんであるならば、不出来なうどんというのも仕方のないことであったろう。

――旨《うま》いうどんだ。

――けど、

――あの時食ったうどんの方が、ずっと美味《うま》い。

滅多に口にできない御馳走《ごちそう》だったたし、どんなに不出来であったとしても、祖母が打ってくれたうどんが、晶にとっての帰りたい故郷のような味であったのだから。

――晶が氏子になった時も、打ってやろうねぇ。

記憶の底に残っていた、祖母のその時が待ち遠しそうな呟《つぶや》く声。不意の郷愁に目頭がじんと熱くなる。

うどん汁の表面に、一つ二つ波紋が広がった。

涸《か》れ切ったと思っていた涙が、新たに晶の頬《ほお》を伝っている。

「お、おい。大丈夫かい？」

異変を案じる店主に問題ないと頭《かぶり》を振り、晶は声を押し殺して泣き続けた。

――涙が涸れるまでの暫《しば》しの間、記憶の傍らで祖母が満足そうに微笑《ほほえ》んだ気配がした。

閑話　蝕《むしば》む夜に、瘴々《しょうしょう》と蛇が哭《な》く

華蓮《かれん》の南方には、沓名ヶ原《くつながはら》と呼ばれる広大な湿原が広がっている。

舘波見川《たてばみがわ》が貫くそこは約800町《8平方キロメートル》と華蓮の3分の1に及ぶほどの広さを誇っているが、湿地であるがゆえに一見では分からない沼地が多く、広大であっても地盤の緩さから永く人間を拒み続けてきた一種の魔境であった。

夏の湿原だ。蛙や虫の鳴き声が耳鳴りを憶《おぼ》えるほどに五月蠅《うるさ》く、人を恐れる気配もなく賑《にぎ》やかに生を謳歌《おうか》している。

この地を哨戒《しょうかい》し、生じる穢《ケガ》レの討滅を任じられている11番隊のものたちは、背の高い雑草をがさがさと掻《か》き分《わ》けながら、そんな夏の湿原の深くに散らばって浸透していた。

——なんだって、いきなりこんな…………

11番隊の末席に座る練兵の一人、佐久治《さくじ》は、内心の不平不満を押し殺しながら、自身が所属する分隊の殿《しんがり》に張り付いていた。

佐久治の不満も当然であろう。

大規模哨戒の任が聞かされたのは当日の昼であり、夕刻からの哨戒に間に合うように急ピッチで準備が進められたからだ。

だが、不運なのは自分一人の話ではなく、華蓮に所属する全《すべ》ての守備隊が全体動員を余儀なくされているると聞いているから、辛うじてそんな境遇に耐えることができていた。

「――佐久治、不満か？」

しかし内心で抱えているだけのつもりだった不満も、分隊長にはお見通しだったようだ。

「はい。あ、い、いいえ。そんなことはありません」

思わず本音で答えてしまい慌てて取り繕ったが、手遅れではあったろう。

本来ならば叱責ものの失態ではあったが、分隊長は特に何も云《い》うことはなく苦笑だけを口元に浮かべた。

「まあ、気持ちは分からんでもないが、今日は堪えておけ。全体動員は、奇鳳院《くほういん》から百鬼夜行が起きると神託が下ったからだ。大規模な穢《ケガ》レの侵攻に、一人のほほんと休暇が取れる訳もあるまい」

「――ですが、百鬼夜行は本当に起きるのですか？　ここ最近は瘴気《しょうき》が非常に薄く穏やかな状態でしたし、百鬼夜行など正直云って信じられません」

「信じられんだろうが、神託の内容は絶対だ。心しておけ、百鬼夜行はもうすぐ起きる」

「……起きるんでも、沓名ヶ原《こ こ》ではないとか。確か神託の内容では、百鬼夜行は舘波見川を遡《さかのぼ》って侵攻するんでしたよね？　沓名ヶ原《こ こ》の下流は大丈夫なんですか？」

「なんだ、佐久治。お前、沓名ヶ原の名前の由来を知らんのか？」

佐久治は、自分の疑問に逆に問い返されて、少し焦った。

周囲の先輩たちも、仕方のないヤツという呆《あき》れの混じった視線で佐久治を見てくるに至り、よくわからないものの随分と世間知らずな質問をしたのだと気付いた。

「……すんません。名前の由来なんて、気にした事も無かったんで」

「あぁ、いいさ。これはどっちかというと先達《俺たち》の失態だ」

そうだろ、副長。そう同意を求められて、隊の中ほどを歩いている副長は笑って頷《うなず》いた。

「そっすね。普通なら気にするような事じゃあ無いっすから。俺たちにしたって、入隊してから夏の怪談話の定番として聞いた位だ」

そんなもんか。そう独白するように応《こた》えてから、隊長は佐久治に視線を向けた。

「良い機会だ、頭の片隅に置いておけ。——舘波見川を遡上《そじょう》する百鬼夜行は、その昔から一つしかない。沓名ヶ原の怪異を主《ヌシ》とする百鬼夜行のみだ」

昔から、ここら辺りでは定番の怪談ネタだ。その前置きから話は始まった。

諸外国との交易が唯一赦《ゆる》されている珠門洲は、交易による豊かさの反面で派閥争いが盛んであり、どこの家が沈んでどこの家が浮き上がったのが日常に起きていた。

そんな中、一つの華族が望むべく立っていた最高峰の地位から、どん底に転落した。

——その華族で在れなければ、ひとでは無し。

そう嘯《うそぶ》くほどの盛況を誇る一族であったが、たった一つの政争の敗北から全てを喪《うしな》って、一族郎党が華蓮より追い落とされた。

——後の噂《うわさ》に聴くに、
内争に持ち込もうとするも、恨みを買い過ぎていた一族に合力するものも少なく、逆に啄《ついば》まれるように貯《た》め込んでいた財貨を蚕食されたとか。

その華族の当主であった男は散々に追われ、流れ着いた沓名ヶ原の深部で世の全てを呪《のろ》いながら死んだとか。

そ、こ、ま、では、よくある不幸話の一つに過ぎない。

その華族は敗《ま》けて、浮き上がれないほどに沈んだ。それだけのことである。

――それだけで終わる、筈《はず》だった。

その直後から異変は起きた。沓名ヶ原から強大な怪異が生じ、舘波見川を遡って侵攻を始めたのだ。

その脅威は計り知れず、討滅に一昼夜、華蓮の半分が灰燼《かいじん》に帰《き》したとか。

そして怪異が厄介な理由が、完全な討滅は事実上不可能であるという点だろう。

討滅したところで土地に瘴気が充分に溜《た》まれば、怪異は再び発生して再び災厄をまき散らすのだ。

沓名ヶ原の怪異が受肉する間隔は100年ほど、確かに発生してもおかしくない時期ではあった。

湿地特有のぬかるんでぶよついた地面を、葦《あし》などの草を踏みつけて足場にして、強引に先に進む。

歩く速度は遅々として、終わりの見えない警戒行動の疲労が全員の神経を逆なでし続けた。

「佐久治。お前ェ《メ》は入隊して半年だったな。これまでに、穢レはどんだけ見てきた？」

副長の言葉に、佐久治は記憶を探る。

たった半年程度の記憶だ。すぐに答えは出た。

「……大概は小物の虫っす。大物は大百足《おおむかで》と化け蛙《がえる》が一度だけっすね」

そんなもんか。そう頷いて、副長は佐久治の目を見る。

「沓名ヶ原で遭遇する穢レは、お前ェ《メ》が云ったそいつらで大体全部だ。だが、おかしいと思わねぇか？　沼や湿原の化け物っつったら、もっと有名な奴《やつ》がいるだろ」

「え？」

訊き返そうとしてから、佐久治の脳裏に天啓のようにその答えが降ってきた。

確かにおかしい。

大百足や化け蛙がいるのだ。なら、そいつらを餌にする大物がいるはずだ。

蛙を喰《く》らう化け物で、すぐに思いつく奴は一つ。

「全隊、止まれ‼」

それを口にしようとした時、隊長が鋭く制止の合図を出した。

全員が隊長を中心に纏《まと》まり、周囲の警戒を素早く行う。

「――どうしました？」

「やられたな、静《しず》かだ」

副長の短い問いかけに、隊長がそう返した。

静か？　潮騒《しおさい》のように耳を苛《さいな》む夏虫の声は、どちらかと云えば煩《うるさ》いほど――。

そこまで考えてから、ようやく全員が理解する。確かに静かだ。

もっと直接的な耳鳴りが強く、虫の鳴き声が消えている。

「総員、警戒！」

もう遅いだろうが、隊長の指示に全員が身構えた。

周囲を見渡す。

いつもなら月の明かりでそれなりに見渡せるはずなのに、周囲は墨を垂らしたかのように暗い。

「佐久治、照明筒用意。――だが、合図があるまで絶対に鳴らすな」

「隊長、撤退を……」

「遅かった。もう、こっちに気付いてやがる」

隊長は防人《さきもり》では無いものの、長く守備隊を務め上げた叩《たた》き上げだ。

今までを生き延びた自負を支え続けた勘所は、何よりも信頼している。

その勘を騙《だま》し切るほどの相手、軽く見積もることは出来なかった。

「総員、撃符の準備」

大規模哨戒に当たって、常よりも多く支給された撃符《攻撃用呪符》を一枚、懐からいつでも出せるように抓《つま》み出す。

「撃つなよ。絶対に向こうを刺激するな」

「隊長、これからどうすれば」

「総員、姿勢維持のまま後退。奴が姿を見せた瞬間に、鼻面目掛けて撃符を叩き込《こ》む」

「「はいっ‼」」

「佐久治。俺たちが撃符を叩き込んだ瞬間、後ろを向いて逃げ出せ。周囲が開けたら、後の事は考えずに照明筒を打ち上げて走れ」

「は、はいっ‼」

ざ、ざ、ざ。酷《ひど》くなる耳鳴りに混ざって、何か巨大なものが草を掻き分けて迫る音がする。

音は、全周から響いてきたが、隊が向いている正面からは聴こえてこない。

周囲から湧《わ》き上がるように、無数の青白い鬼火が立ち昇る。

そして、隊の正面には、赫《あか》い鬼火が二つ。ゆらり、ゆらりと立ち昇った。

――伝承に曰《いわ》く、

鬼火の幽《かす》かな明かりに照らされて、白い鱗《うろこ》を纏《まと》った巨躯《きょく》が分隊の周囲を悠然と横切る。

──其《そ》の眼《め》、鬼灯《あかかがち》の如《ごと》くして、
生臭い瘴気混じりの息が、毒牙《どくが》の隙間《すきま》から吐き出される。

──白濁凶面にて、毒炎の主。

赫い鬼火でできた双眸《そうぼう》が、暗闇《くらやみ》から分隊を睨《にら》み付け。

──其《そ》は、

「撃符、放てぇっ！！！」

撃符に籠《こ》められた炎の塊が、姿を見せた怪異の鼻面に叩き込まれる。

──邪邪邪弱《ジャジャジャジャ》‼

隊のものからすれば強力な攻撃であったが、そんなもので怪異が倒れる訳が無い。

ちっぽけな生き物《ただ人》の可哀《かわい》らしい抵抗を無抵抗で受けて、無傷の姿で嘲笑《あざわら》う。

「佐久治、走れぇぇぇっっ‼」

しかし、そんなことは隊長も承知の上であった。

次の撃符を用意しながら、喉《のど》も嗄《か》れよとそう叫ぶ。

その言葉よりも早く、佐久治は後方に向けて既に走り出していた。

「二撃目ぇっ、はなっっ………」

──邪邪《ジャジャ》！　邪破爬爬《ジャハハハ》‼

怪異は、撃符を2度受けるような寛容さを見せなかった。

ただ人の無駄な抵抗を嘲笑いながら、高濃度の瘴気を含んだ毒の炎を分隊に吐きつける。

骨すら蝕《むしば》む強烈な瘴気を浴びて、撃符を再び放つ余裕も無く隊員たちは毒の炎の中に熔《と》けて消えた。

「はぁっ、はあっ！　あぁ、畜生、畜生っ‼」

辛うじてその炎から逃れた佐久治は、走りながら懐から照明筒を取り出した。

考えるよりも、手を動かして足を動かして、その場から少しでも早く遠くに逃げたかったからだ。

照明筒の蓋《ふた》を開けて、導線代わりに塗布された赤燐《せきりん》を擦る。

筒口を上に高く掲げると、ほどなく赤い信号弾が打ち上げられた。

最上級の緊急事態を意味する色。これで、沓名ヶ原全域に散っていた守備隊に、怪異の発生は伝わったはずだ。

――弩《ド》オォォォオンンッッッ‼

後は逃げればいい。そう思った佐久治の背後を、衝撃と爆炎が舐《な》めた。

耐えきれず地面に前のめりに這《は》いつくばった佐久治の背後の暗がりから、悠然と怪異が姿を現す。

「あ、あ、ぁ……‼」

恐怖と苦痛でままならない身体《からだ》で藻掻《もが》きながら、ようやっと後ろを見上げた佐久治を、本来は表情が浮かばないはずの怪異の面相が、遥《はる》か上から見下しながら嗜虐《しぎゃく》に染まって嘲笑う。

「あ、あぁ……、く、くちなわ‼」

思わず口にしたその言葉を最期に、佐久治もまた、吐きつけられた毒炎の中に熔け崩れていった。

――邪弱《ジャジャ》！　破爬爬《ハハハ》！！！

蛇《くちなわ》の、否、大蛇《おろち》の姿を得て、現世への受肉の喜びを禍々《まがまが》しく怪異が嗤《わら》う。

――嗚呼《ああ》、其は、悪堕《あくだ》の王なれば。
蕭々《しょうしょう》と、怪異が啼《な》く。
生まれ落ちた憎悪のままに、現世全《すべ》てを怨嗟《えんさ》の渦に巻き込みながら。
瘴々《シヨウシヨウ》と、大蛇が哭《な》く。
赤黒い瘴気の輝きのみに祝福されながら。
沓名ヶ原《こここ》に、白鱗と赫い鬼火の双眸《そうぼう》を持つ大蛇の怪異が怨嗟と共に受肉した。

ＴＩＰＳ：深部について。
常に高濃度の瘴気が溜まり続けている瘴気の沼。
穢獣《けもの》が生きていけないほどの濃度の瘴気がある。
化生の生息帯であり、怪異の発生点でもある。
実際はそこまで珍しいものではなく、山間部の合間によく存在している。

5話　憎悪の濁流、抗《あらが》うは人の覚悟　1

夕刻のまだ明るい内に、晶《あきら》が自身の所属する8番守備隊の屯所に足を踏み入れると、予想もしていない喧騒《けんそう》に出くわして、晶は思わず面食らった表情を浮かべた。

見てわかる範囲だけでも練兵は疎《おろ》か、正規の隊員が所属する全分隊が駆り出されている。

明らかにただ事じゃない。戸惑いながら屯所の中を見渡すと、副長の勘助《カン》が緊張の面持ちで晶に近寄ってきた。

「班長、漸《ようや》く来てくれたか」

「漸くって……、いつも通りだろ？」

遅れたのかと不安になったが、壁に掛けられた時計《とけい》はいつもと同じか早いくらいの時間を指している。

「それよりこの騒ぎは？」

「……緊急招集《キンシユウ》だよ。8番隊《ウチら》だけじゃない、全守備隊に動員が掛かっている」

「理由は？」

「判《わか》んね。取り敢《あ》えず上も混乱してるっぽい」

「──阿僧祇《あそうぎ》隊長は？」

「本部からの連絡係と会ってる」

親指で指された先を見ると、応接室の磨《す》りガラスに電灯の明かりが灯《とも》っている。

『何だとっ‼』

その時、阿僧祇厳次《げんじ》の胴間声《どうまごえ》が、恫喝《どうかつ》混じりに磨りガラスを揺らした。

『それは総隊長の判断なのか⁉　話にならん、こっちの負担を何だと思っている‼』

『私はただの連絡係です。苦情は後程、総隊長にお願いいたします』

『そんな時間があるか！　大体……』

激昂《げきこう》は一時の間で、直《す》ぐに音量は落とされる。

「…………何か、ヤベぇ事になっているな」

「……だな。何が起こっているんだか」

その時、ガチャリと音を立てて、応接室の扉が開いた。

奥でまだ話し合う厳次を余所目《よそめ》に、副長の新倉信《にいくらしん》が疲れた様子で屯所に立つ全員を見渡した。

「…………時間がありません。取り敢えず、現在状況を伝えます。——終わり次第、準備に掛かってください」

「……あの、一体何が」

「——今夜、百鬼夜行が発生します。舘波見川《たてばみがわ》を遡《さかのぼ》って華蓮《かれん》に到達するのが亥の刻《22時》、今より2刻半《5時間》後となります」

ざわり。そこに居る全員に緊張が走る。

瘴気《しょうき》が氾濫《はんらん》する事で起きる百鬼夜行。それは百年に一度、起きるか分からないような災厄だが、過去には華蓮の半分を焼き尽くしたこともあり、その地に生きるものには恐怖の代名詞として伝承に伝わっていた。

「出し惜しみをする訳にはいきません。各員に回生符《回復系統》2枚、火撃符5枚を支給します。分隊、及び練兵班の代表は取りこぼしの無いよう、各員分の申告に来てください」

通常支給される数のほぼ倍だ。

阿僧祇厳次と新倉信が、如何《いか》にこの事態を重く見ているのかが言葉の端々から見えてくる。

「……俺たちの担当区画はどの辺りになるんでしょうか？」

訊《き》いておかなければならない必要事項に関して、熟練の正規隊員の一人が食い下がった。

「……先日、折よく我々は、妙覚山の山狩りを成功させました」

流石《さすが》に答える必要を感じたのか、眉間《みけん》にしわを寄せながら新倉が口を開く。

「妙覚山の穢《ケガ》レを大きく減らしましたから、南葉根《なばね》山脈から夜行に釣られる輩《やから》はかなり少なくなるはずです。――本部はこの功を高く評価したらしく、舘波見川中流の防衛を任せると」

新倉の言葉の意味を理解したとたん、抗議混じりのざわめきが一層高まった。

舘波見川の中流域は、河川敷だけでも4半里《1キロメートル》とかなりの広さがある。8番隊だけで、その全域の防衛は不可能なはずだ。

「……あの、中流の防衛を8番隊《俺たちだけ》で担《にな》え、と聴こえたのですが」

まさか、や、そんなはずはあるまい、といった希望的観測が多分に混じった問い返し。しかし新倉は非情に応《こた》えた。

「その通りです」

「そんな⁉　いくら何でも無茶です‼」

「無茶は百も承知です。ですが周辺の穢レ共を、夜行に合流させる訳にはいきません。少なくとも、華蓮の防衛を目的とした布陣としては順当なものです」

至極もっともな、分隊の隊長が上げた抗議を、新倉は表情を変えずに切って捨てた。

「現在、上流に詰めている隊をもう少し下に下げてもらうよう、隊長に交渉いただいています」

隊員たちの喧騒は、止《や》む気配が無くどちらかといえば大きくなってゆく。

慰めにも似た新倉の台詞《せりふ》は、それでも隊員たちの心に些少《さしょう》なりとも救いにはなりはしなかった。

今の時代、電話は開発されていたもののようやく普及が始まったばかりだ。主要とされている守備隊への線が辛うじて通っている程度であり、晶たちの8番隊には通っておらず、厳次が総隊長に話をつけるためには本部へと出向く必要がある。

百鬼夜行の到達まで後2刻半と限界が迫る中、のんびりと本部へ出向く猶予などある訳が無い事は、晶たちをしても自明の理であった。

生死が懸《か》かっているのだ。隊員たちの文句は当然であったが、

「――時間がありません、配備の詳細は後で通達します。各員、準備に取り掛かってください」

新倉は、それでもなお表情を変えずにそう云《い》い切った。

「……とんでもない事になったたな」

肩を並べて歩きながら、勘助《かんすけ》がぼそりと呟《つぶや》いた。

「……あぁ。百鬼夜行かよ。よりにもよって、俺たちの時に起きなくてもいいだろうに」

「同感だよ。――班の振り分けはどうする？」

「所属3年を境として、熟練と新入りの2班に分けろ。熟練班は舘波見川の守備を、新入りは下流

域から焼き出された奴《やつ》らを避難所まで誘導させる。どうせ、新入りが百鬼夜行に当たっても足を引っ張られるくらいがオチだ。なら、誘導役に充てて脇《わき》に寄せてやろう。――悪いが、振り分けの塩《あん》梅《ばい》は任せる。代わりと云っちゃ何だが、新入り班の引率を頼む」

晶は、付き合いの長い勘助に、少しでも安全なところに行くように暗に告げる。

直ぐにその意図は理解できたのか、勘助は表情を強張《こわば》らせた。

「昨日《きのう》さ、――『氏子籤祇《うじこせんぎ》』を受けてきた」

勘助の顔色を窺《うかが》ってしまいそうになるから、努めて前方から視線を動かさず、脚が刻む歩調を緩めず、晶は端的にそう告げた。

勘助が息を呑《の》む。晶の年季が明けるまでは、まだ3年残っているはずだ。

「なんで」

「回気符が作れたから」

呪符が作れる晶は、練兵たちからかなり妬《ねた》まれていた。

勘助が関わったことはないが、かなりのやっかみを公然と受けていたことも知っている。

それでも、晶は努力していた。

呪符を作れるという立ち位置を無視しても、3年で頭角を現して練兵を率いる班長に抜擢《ばってき》されたくらいには。

「…………守備隊を辞めんのか？」

「いいや。――俺さ、防人《さきもり》になるわ」

驚きに、勘助の歩調が崩れて止まった。

年季が明けて人別省への登録が叶《かな》ったものは、守備隊を抜けるのが常套《じようとう》である。

正規兵を飛び越えて見做《みな》し防人を目指す晶の考えは、勘助にとって正気を疑えるほどには突飛な発想であった。

「晶。それは…………」

「勘助《カン》たちが理解できないのは覚悟している。……けどさ、俺は嬉《うれ》しかったんだ」

故郷では精霊も能力も、臨む資格すらないと嗤《わら》われる毎日であった。

片隅であっても、呼吸一つに周囲を窺《うかが》う必要のない生活。守備隊では仲間がいて、一緒に笑って助け合って。

廿楽《つづら》では幻想でも浸ることの赦《ゆる》されなかった生活。それをくれた華蓮という洲都への感謝。

……だからこそ、

「俺は華蓮を護《まも》るよ。オ婆《ババ》も、お前たちもひっくるめて。――俺はもう、防人だからな」

だから気にするな、心置きなく安全なところに逃げておけ。そう言外に告げてくる晶に震える息を吐き出して整えてから、努めて平坦《へいたん》な口調を心掛けながら勘助は口を開いた。

「――俺さ、お前が羨《うらや》ましかったんだ。俺は、身一つで故郷から追い出された。俺の故郷は穢レが少なかったから、守備隊はいつも人が溢《あふ》れてたしさ。優先されんのは華族の連中筋ばかりだし、華蓮に着いたら練兵は使い捨て同然の扱いだし」

判ってる。内心で晶も頷《うなず》いた。

昨日までは理解する余裕すらなかったが、氏子になれた今なら判る。

精霊がいない。家族から疎まれている。その事実以外は、どう言葉を飾ろうとも他の練兵たちより遥《はる》かに恵まれていたのだ。

「――だからさ、俺は、年季明けまで死ぬ気はないからな。有り難く俺は安全な警備に回らせてもらう」

勘助の憎まれ口めいたその言葉に、晶は少しだけ救われた。

歪《いびつ》に嗤って、そうしろ、と呟いてやる。

何だか遺言みたいだな。そんな感情から、軽口を装って晶は言葉を続けた。

「云っとくが、俺も死ぬ気は無《ね》ぇよ。本部だって阿僧祇隊長の戦力と穢レの数を減らす事が本音だろうし、たいしてこちらに期待はしてないさ」

「阿僧祇隊長と総隊長の不仲って本当だったのか」

「噂《うわさ》だったけど、現況から考えるに事実だったんじゃね？　上層部の人間関係《いざこざ》に巻き込まれるなんて、とんだ迷惑だ」

――貴様を生かしているのは、偏《ひとえ》に我らが義王院《ぎおういん》への忠誠と心得よ。

……思えば天山《父親》を始めとした、雨月《うげつ》の一族だってそうであった。

義王院への忠誠を楯《たて》にする事で、晶の行いを殊更に悪《あ》しきものと断じる向きが強かった。

それは、一種の防衛反応だったのかもしれない。

精霊がいない晶を不必要に蔑《さげす》む事で、自身が正常であると証明したかったのだろう。

――巻き込まれたこちらとしては、堪《たま》ったものでもなかったが。

昨日すっかりと捨てたはずのどろどろとした薄暗い感情を腹の奥底に覚えて、晶は自然と足を速めた。

◇

輪堂孝三郎《りんどうこうざぶろう》の付き添いとして1番隊に赴いていた咲《さき》は、状況と概要を聞いた後、その足で8番隊の屯所に向かった。

8番隊の屯所では隊員たちの喧騒《けんそう》に出迎えられ、気圧《けお》され気味に壁際に寄る。

自身の地位がどうであろうと、咲は8番隊に一時的に腰を下ろしているだけだ。

現状で口出しするのは、衛士《えじ》候補としての領分を越えている。

そして新倉が姿を見せて現在状況が伝わると、それまでの喧騒が上意下達を旨とする守備隊には似つかわしくない怒号混じりのそれになっていた。

気持ちは分かる。口に出さないものの、咲は内心で彼らにこっそりと同意した。

荒事に慣れている武家の娘とは云え、百鬼夜行は初めての経験である。

八家として協力を要請された輪堂孝三郎は武家頂点の当主であるとばかりの落ち着きを見せていたが、咲は内心で緊張を押し殺すだけで必死であった。

「よう、咲」

同じく壁際に寄っていた久我諒太《くがりょうた》が、何時《いつ》ものように馴《な》れ馴れしく近寄る。

「久我君、状況は理解している?」

組んだのはここ最近であるが、家格と年齢が同じこともあってか、咲と諒太は顔を合わせてからの付き合いは長い。

そのためか、諒太の性格の癖を熟知している一人が咲であった。

神童と呼ばれるだけはあって諒太の実力は確かであるものの、穢レの脅威や状況を軽く見る癖がある。

掛けてきた声の調子から、その癖が表面に出ている事を感じ取り、咲は少し声を尖《とが》らせた。

「当然だろ？　沓名《くつな》ヶ原《がはら》の怪異が百年ぶりに受肉したってな。ったく、多少でっかい穢レの群れ程度に、小者どもがぎゃあぎゃあとうるせぇんだよ。要は、ちっとばかり強い穢レが一匹と、主《ヌシ》狩りの功が獲《と》り放題って事じゃねぇか」

やはり。諒太の言葉に、抱いていた危機感がさらに強くなる。

「百鬼夜行はただの群れじゃないわ、怪異《上位の穢レ》に引き摺《ず》られた瘴気の濁流。久我君は、主《ヌシ》を狩った事があるの？」

「何度もな。楽勝だったよ」

「怪異は？」

「そっちは片手の指が余る程度だが」

サバを読んでなければ、3か4度程度か。

「なら分かるでしょ？　そんなのが大群で華蓮に侵入《はい》ってくるの、間違いなく8番隊だけでは抑えきれないし、足並みをそろえておかなければ、衛士だって命を落としかねないわ。……本音だったら、正規兵だって随伴させずに防人だけで夜行に当たりたいくらいよ」

第8守備隊の人数は、練兵を総動員しても60名弱。上流を目指して膨れきった夜行の群れを抑えるのには、どう考えても頭数が届いていない。

不満はあるが中流域には都市機能が集中している繁華街がある。洲都の平民と明日の生活を護るためには、正規兵は疎《おろ》か練兵の全滅も覚悟のうえで動員を命じなければいけないのだ。守備隊の隊長として立つ。咲の目的のためには、この判断に理解を示さなければならなかった。

「怪異は何度か狩ったことがあるって云《い》ったろ。問題ねぇよ」

問題はある。咲は、内心でため息と共にそう反論した。

しかし、当の本人が、その問題を理解する気が無いのが最大の問題なのだ。

「──お嬢の云う通りだ、百鬼夜行を侮るな」

何と説得したものかと口を開き、その背後から厳しい声が飛ぶ。

いつの間にか、厳次が咲の後ろに立っていたのだ。

「叔父《おじ》様！」

厳次は返事の代わりに咲の頭を撫《な》でてから、代わって諒太に厳しい視線を向けた。

「久我の坊主。怪異を狩ったことがあるといったな。狩ったのは何の怪異だ？」

「……凶猛熊と般若狐《はんにゃぎつね》っす」

流石に、守備隊を率いる厳次の威風には一歩譲らざるを得ないのか、やや勢いを無くしつつも、明瞭《めいりょう》に答えて見せる。

「ほぉ、長谷部領《久我の領地》では名の通った、中堅どころの怪異か。そいつらを単独で下したんなら、確かに凄《すご》い」

「…………………………」

厳次は、一旦《いったん》は諒太を持ち上げて見せた。

しかし、諒太がこっそりと拳《こぶし》を握り締めたのを、咲は見逃さなかった。

なるほど、サバを読んでいたのは、狩った数ではなく狩った時の人数だった訳か。

中堅どころの怪異を単独で狩ったこともない半人前が大言壮語を吐くな。厳次は諒太に対してそう暗に告げたのだ。

「怪異である以上、在野の穢獣《けもの》よりも強大だが、はっきり云ってそれ止まりだ。本当に脅威となる怪異はな、人間が核となったそれの事を指す」

「叔父様、人間が核になった場合、何がそんなに脅威になるの？」

それらの知識が足りていないのは咲も同様に、純粋な疑問を厳次へとぶつけた。

「群れて戦術を組み、呪術《じゆじゆつ》まで操る知恵が回るようになる。しかも無尽蔵と云ってもいいほどに、体力は限界知らずだ。――今から我々が相手をする沓名ヶ原の怪異も、人間が核となったもっとも厄介な部類に入る怪異だ」

いつしか三々五々、隊員たちが集まりだしている。

そんな彼らにも言い聞かせるように、厳次は声を張り上げた。

「いいか。無駄に一歩を踏み出すな。陣形からはみ出た瞬間、奴らにとってそいつはただの蹴《け》り飛ばすだけの小石に過ぎなくなる。舘波見川にも近づくな。余計な刺激さえ無けりゃ、怪異はよそ見せずに上流を目指すはずだ」

「「「はいっ‼」」」

声を揃《そろ》える自身の部下たちを、満足そうに見渡す。

「叔父さま、良いの？　本部からの指示を無視しているんじゃ……」

「気にするな、俺たちに下った指示は中流域の警備に過ぎん。周辺に散らばろうとした穢《ケガ》レを相手にするのも、立派な警備の一つだぞ」

実際にはもう少し8番守備隊の負担を目的とした指示が出ているが、万朶《ばんだ》の意向が充分に含まれていると分かるそれを額面通りに履行する意思は、厳次には無い。

それに今回の指示が万朶からの直判であることは、連絡員から言質を取った。

百鬼夜行に対する恣意的《しいてき》な過ちを書面にも残しているのだ。大過なくこの一件を凌《しの》げば、万朶は厳次の口を塞《ふさ》ぎ続けるためにも厳次の要望を聞き続けなければならなくなる。

万朶が見せてくれた隙は、そのまま自分の目的を最短で叶えられる可能性となる。厳次であっても、この機会を逃す心算《つもり》は無い。

もしも厳次の借りを踏み倒そうなどという腹積もりなら、その時は警邏《けいら》隊に入った友人の力を借りてでも万朶の排除を辞さない覚悟はあった。

自分の本心は覆い隠し、厳次は一層に声を張り上げる。

「百鬼夜行からはぐれた穢レどもを削ることだけに、お嬢たちは集中すればいい。――久我の坊主も分かったな」

「……承知しました」

声音がやや不満そうなのが不安だが、それでも得られた応諾の返事。こっそりと目線だけを下げて、咲は厳次に感謝を示す。

――それに厳次が頷きを返し、

「信号弾、確認!!」

物見櫓《やぐら》に上っていた隊員の報告が、伝声管から伝わってきた。

「色と順番っ‼」

「緊急《アカ》、11番隊《オレンジ》、接敵《ミドリ》‼」

「中流に到達するまで2刻《4時間》ってところか。——総員、準備を終えたら、炊き出しの握り飯を食って配置につけ‼」

「「はいっ！！！」」

5話　憎悪の濁流、抗《あらが》うは人の覚悟　2

大急ぎで準備を整えて晶《あきら》たちが迎撃の手はずを終えたのは、告げられた百鬼夜行の到来まで、後1刻《2時間》を切った時だった。

「……静かっすね」

突貫で決められた配置についた晶の傍《そば》で、勘助《かんすけ》に代わって繰り上がりで副班長の位置に就いた少年が、ぼそりとそう呟《つぶや》いた。

百鬼夜行に備えて、住民が家屋の奥に閉じこもっているせいだろう。

常は、生活の喧騒《けんそう》で人の熱が感じられる時間帯のはずだが、晶たちの眼前に広がるのは不気味なまでの静けさと先の見えない暗闇《くらやみ》だけである。

「……ああ。だが、気を抜くなよ。南の空が赤い。直《じき》に、騒がしくなる」

とうの昔に太陽《ひ》が落ちたはずの向こう側が、暗褐色の輝きで満たされている。

余りにも濃密な瘴気《しょうき》が凝っているために、ここまで遠くであってもそれと判別できるほどの明るさになっているのだ。

「――あれ？　君……」

無理矢理にでも身体《からだ》を揺らすように動かして緊張を解《ほぐ》していると、背後から声がかけられる。

人当たりの好い笑顔を浮かべた咲《さき》と対照的に不機嫌そうな諒太《りょうた》の二人組が、後方から近寄ってくるのが見えた。

「やっぱり。山狩りの時の人だよね？」

「はい。輪堂《りんどう》のお嬢さま、先日はお世話になりました」

諒太の視線が険しいものになっていったため、晶は軽く会釈するに止《とど》める。

しかし、諒太の放つ雰囲気を気にも留めずに、暗がりの中、咲は晶の顔を舐《な》めるように見詰めた。

「…………あの、お嬢さま？」

常であるならば、はしたないと云われそうな咲の行動に、晶の口調に焦りが混じる。

……というか、諒太の視線が凄《すさ》まじいものになっているので、早く止《や》めて欲しい。

「あ、ごめんなさい！　……でも、うぅん。ねぇ、何かあった？」

周囲の戸惑いとお互いの吐息が産毛を揺らしたことに、頬《ほお》に朱を差して弾《はじ》かれるように距離をとる。

はしたなさは自覚しているのか、晶から顔を背けて熱の帯びた頬を冷ました。

そうまでしてもまだ気残りがあるのか、ちらりちらりと肩越しに晶に視線を向けて疑問を口にする。

とは云え、彼女の問いに心当たりすらない晶は、内心で首を傾《かし》げるしかなかった。

そんな晶の様子にも、彼女の真摯《しんし》な視線に揺らぎはない。

とりあえずは、姿勢を正して答える。

「……いえ、特には何も。強いて挙げるなら、氏子になったくらいですが」

「ううん。そうじゃなくて、なんだか雰囲気が変わった感じがするんだけど。……あ、でも、氏子になれたんだ。おめでとう」

「ありがとうございます。——偏《ひとえ》に、お嬢さまのおかげと思っております」

実際のところはどこまで効いたのかは知らないが、咲の一言が大きな後押しになったのは事実だ。

素直に感謝の意思を込めて、頭を下げる。

「うん、役に立ったのなら良かった。——ねぇ、晶くん」「おいっ」

目線を晶に合わせようとするにつれ、咲と晶の頬が近づく。

長い付き合いであるはずの諒太ですら許された事の無い2人の距離に、焦れた諒太が強引に割って入った。

「何よ」

「咲！　外様《ヨソ》モンに気を許し過ぎだぞ。——おい弁《わきま》えろ、平民風情。咲に近づくな！」

精霊力で強化されているのか、尋常でない膂力《りょりょく》で埋まりかけていた2人の間が再び開く。

「ちょっと、痛いわよ。——邪魔してごめんなさい。私たちは向こうに陣を敷いているわ、対処できない穢レだったらこっちに流して。……痛いっ。分かったわよ、行くから！」

そのまま咲の手を取り、諒太は足早に通りの向こうへと去っていった。

衛士《えじ》という言葉からは想像しづらい2人の姿が見えなくなり、終始、圧倒されっ放しだった晶は解放感から大きく息を吐いた。

◇

瘴気が見えない圧力となって、こちらに吹いてくる。

「――久我くん。中範囲の精霊技、どれだけ使える？」

開戦の時刻が迫ってくる中、咲は諒太に向かって口を開いた。

戦闘に入る前に、咲には気にかかっている事がそれだった。

咲たちが配置されたのは、河川敷に沿って建てられている住宅街の大通り。

幅は10間《18メートル》強、大の大人が数人で大立ち回りするのに物足りない幅を、一般的な杉板の塀が囲むようにして立ち並んでいた。

もっと上流の区画なら耐火性の望める漆喰《しっくい》壁なのだが、この程度の板壁なら火が燃え移るとすぐにでも燃え広がるだろう。

こんな街中で火行の精霊技を行使するなど、本来だったら懲罰ものの失態である。

しかし、咲たちにそれ以外の有効な攻撃手段が無いため、特例として許可が下りていた。

まあ、それも当然であろう。

何しろ、咲の精霊《エズカ媛》は火行である上、支給された撃符も全《すべ》て火撃符だからだ。

さらに問題なのが、火行の精霊技がもつ特性であった。

門閥流派の一角である奇鳳院《くほういん》流は、火行の精霊技で本領を発揮できるよう特化されている。

瞬間的な出力に優れる反面、持続力に欠ける火行の攻撃は一対一を想定した技が多く、中規模以上の範囲攻撃は数が少ない。

事実、咲の修得している範囲攻撃は、使い辛《づら》いものも含めて4つしか無いのだ。

「俺が使える範囲攻撃は5つ、状況に応じて使ってくしかねぇな」

咲より1つ多い程度。諒太の性格からして、一対一の大物食いを中心に戦術を立ててきた結果だろう。

「私は4つだけど、内2つは範囲制御ができないから使えないと思って。──久我くんは火事を起こす可能性が低いから、時機を合わせたら中規模以下の精霊技を行使《つか》って」

「何だ。周囲《まわり》の火事を気にしてんのか？　どうせ抗う力も無い平民の群れだろ、気にせず使えよ」

「馬鹿を云《い》わないで。こんな街中で火に巻かれてどうすんの？　百鬼夜行の真《ま》っ只中《ただなか》じゃ消火も覚《おぼ》束《つか》ないでしょ、延焼なんかしたら目も当てられないわ」

「…………ち」

咲の鋭い視線から逃れるように、腕組みをして目を逸《そ》らす。

「隊長はいいよな、川の近くに陣取ってさ。あれじゃ、穢レも狩り放題だろ」

「怪異を刺激したらとんでもないことになるって説明は受けたでしょ、叔父様《おじ》は百鬼夜行が余分に川から溢《あふ》れないようにあそこにいるの」

「どうだかな、それに上流に詰めている奴らも頼りになるのかよ？」

「1番隊《1番隊》には、衛士が何人も待機してたでしょ。それに今なら、輪堂家の当主《お父様》も詰めている。これだけの布陣を用意して、怪異が討滅出来ないなんて考えられない」

やはり、怪異を狩ることを諦《あきら》めきれていなかったか。

思わず零《こぼ》れたのだろう諒太の本音に、咲が棘《とげ》の混じった反論を返した。

「輪堂家の当主って、あれだろ？　臆病《おくびょう》者とか、日和見主義とかの噂《うわさ》を聞くぜ？」

どこか小馬鹿にしたような諒太の口ぶりは、周囲の陰口を鵜呑《うの》みにしたからだろう。

そういった陰口を叩《たた》かれている事は知っていたが、諒太の口から出ると、実子である咲の内心にカチンとくるものがあった。

「お父様は確かに慎重論者だけども、実力は確かよ。それに、お父様がいるということは、輪堂家の神器もあるという事よ。あれの神域特性を解放すれば、川を遡《さかのぼ》って一直線に並んだ百鬼夜行なら一撃で灼《や》き尽くせる」

咲の気分を損ねたことを感じたのだろう。

それ以上、輪堂孝三郎《咲の父親》を論《あげつら》おうとはせず、勢いを無くして肩を竦《すく》めるに止めた。

それに、咲の指摘は正しい。

上位の有力な武家諸侯の当主の証《あかし》として与えられる神器は、精霊器の上位互換のような認識で捉《とら》えられているが、その実態は神柱が手ずから編み上げて鍛え上げた神意の結晶だ。

特に、封じられている神意を解放することで発現する様々な効力は神域特性と呼ばれ、ただ人の身で一時的な権能の再現すら可能とする驚異的な能力も有していた。

武家の頂点に立つ八家の神器ともなれば、その威力は推して知るべしと云える。

「輪堂の神器っていうと、確か名前は……」

「八塩折之延金《やしおりののべがね》。私も直接は無いけど、遠目で一度だけ見たことがある。かなり大きな穢獣《けもの》の群れを一撃で消し飛ばしていた。使用は限定されるけど、今回の状況にはぴったりの神器よ」

ふん。諒太は鼻を一つ鳴らして黙り込む。

口の減らない相手の口数を削った事で、咲は下らない満足を満たして前方に向き直った。

そのまま、暫《しば》しの沈黙が二人の間に流れる。

「…………なあ」

だが、沈黙も長くは続かず、諒太が口を開いて沈黙を破った。

「何？」

「……あーゆー奴が好みなのか？」

「はい？」

流石《さすが》に突然の話題転換についていけず、咲は調子外れな声で首を傾《かし》げた。

いきなり何を云い出すのかと、胡乱《うろん》な視線を向けると、諒太は顎《あご》をしゃくるようにして5間《9メートル》向こうの通りに立つ晶を指し示した。

「晶くん？　何で？」

「随分と仲が良さそうだったろ。以前《まえ》から知り合いだったのか？」

「会ったのは一昨日《おととい》が初めてだけど？　そもそも私、叔父様の守備隊にお邪魔するのも初めてだし。

――って云うか、何でこんなこと訊《き》くの？」

咲は、華族、そして武家の娘としての教育を受けてきている。

当然に上流階級の娘に恋愛の自由など無いことは、基礎知識として知っていた。

とは云え、年頃の娘という事に変わりは無い。

他人の恋愛相談《恋バナ》は、学院での盛り上がる話題の不動の一位であるし、咲自身も友人と何度となくこの話題で盛り上がったクチだ。

――しかし、

「お、お前のためを思って忠告してやるが、あれは止めとけ。平民だし、外様《ヨソ》モンだぞ。仮にも八家の末裔《すえ》なら、一族の名声を貶《おとし》めるような真似《まね》はすんな」

「久我くんこそ、何を云ってるの？　晶くんは、昨日《きのう》会った時から何か違って見えたから、少し気になってただけだけど。なんだったんだろ、雰囲気かなぁ。随分と表情が柔らかくなったみたいだし、氏子になれたのが良かったのかも」

「雰囲気？　お前こそ何云ってんだよ。前と同じ、愛想の無《ね》ぇ仏頂面だったろ」

「そう、なんだけどね……」

中々に丁度いい表現も無かったのか、咲は首を傾げながらも言葉を探すが、結局は適当な表現も見当たらず口の中で言葉が躍るだけに留《とど》まった。

咲の様子に勢いづいたのか、諒太はさらに踏み込もうと口を開きかけ……

——正面の暗がりを睨《にら》みつけた。

「咲」

「——うん、来てるね」

ちらりと咲は周囲に視線を巡らせ、通り向こうで楯《たて》を構える晶の姿に、自分でも判《わか》らない安堵《あんど》を覚えた。

その時、前方から吹き付ける風が、独特の腐敗臭を運んできた。

風そのものが腐り堕《お》ちる異臭。

先日《さき》の山狩りとは比べ物にならない、濃密な瘴気の臭い。

——そして、地を揺らすほどの、穢《ケガ》レ共が行軍する気配。

「——総員、準備」

隊員たちが、緊張の面持ちで撃符を眼前に掲げる。

咲自身も精霊力を高めて、己が精霊器である薙刀《なぎなた》に注ぎ込んでゆく。

慣れ親しんだ自身の精霊光が、瘴気《しょうき》に抗《あらが》うように視界を薄く菫色《すみれいろ》に染め上げた。

そして、待つ。

――穢《敵》レの姿は、未《いま》だ闇《やみ》の向こう。

待つ。

――されど、隠しきれぬ地の揺れが、穢レ共の規模を伝えてきた。

待つ。

――薄皮一枚隔てた闇の向こうは、憤怒と悪意の濁流と化しているのだろう。

待つ。

「――…………っは」

緊張の果てに誰かが息を吐いた時、赤黒い闇の向こうから、更に昏《くら》い瘴気の塊が怒濤《どとう》の勢いで雪崩《なだ》れ込んできた。

ざっと見、瘴気に塗れた狗《いぬ》や鹿で構成された穢獣《けもの》の群れ。

しかし、それを思考に浮かべる暇は無かった。

――想定以上に百鬼夜行の速度《あし》が速い。

「――――放てぇぇぇっっ！！！」

咲の号声に解き放たれた火撃符が、火の粉を撒《ま》き散《ち》らしながら業火と変じて夜行へと殺到した。

――――苦《ク》、悽《ル》、屡《ル》、悪乎《ヲオ》ォォォオンンッツッ‼

狗の穢獣《けもの》が、炎に巻かれて苦悶《くもん》の啼《な》き声を上げる。

啼き声が上がったのは僅《わず》かな間、業火は見る間に穢獣《けもの》共を消し炭へと変えた。

狗の穢獣《けもの》は足が速いだけの小物に過ぎないが、それでも群れ単位で焼き払えたのは大きい。

「久我くん‼」

狗の姿をした肉の壁が消し炭になり果てたことを見て取って、咲は諒太に合図を送った。

撃符では焼き祓《はら》えなかった鹿の穢獣《けもの》が、狗の消し炭を踏み越えてこちらへと殺到する。

その押し寄せる奔走の圧を物ともせず、大きく一歩、諒太が前に足を踏み出した。

鍛錬に磨き抜かれた体躯《たいく》を包むのは、黄檗《きはだ》の輝きを宿した独特の精霊光。

それらが細かく弾《はじ》けるたびに、彼の猛《たけ》る心情を表したかのような紫電の輝きが周囲に奔《はし》った。

性格は兎《と》も角《かく》、諒太が神童と謳《うた》われているのは伊達《だて》ではない。

五行のうち最も希少で強力な土行の上位精霊を、己が身に宿しているからだ。

土気の精霊はほぼ例外なく強力な精霊だが、更に八家が宿しうる上位精霊ともなれば云わずもがなの能力を秘めていると断言できる。

諒太が、己が精霊器である刀を大上段に構えた。

高く掲げられた白銀の刀身を萌黄《もえぎ》の精霊光が包み込み、縛り付けるかのように極太の雷光が十重二十重にその表面を奔り回る。

月宮《つきのみや》流《りゅう》精霊技、中伝——

「——陣中《じんちゅう》秋麗《あきうら》‼」

振り下ろされた刀身を起点にして、紫電が扇状に地面を這《は》い回った。

直後、敷かれた雷光の網に鹿の穢獣《けもの》が飛び込む。

網に掛かった鹿の頭数は二十は下らない。

その全《すべ》てを、鹿の直下、足元から突き上げられる雷の槍《いかづちやり》が串刺《くしざ》しにした。

——喬《キヨ》、虚《キヨ》、凶《キヨ》ッッッ‼

しかし、たかが二十程度を足止めしただけで相手の速度が変わりはしない、さらに後から続く鹿の穢獣《けもの》が、串刺しになった鹿の脇《わき》をすり抜けて諒太に迫ろうとする。

——それを待っていた。

ニイ。諒太の唇が嗜虐《しぎやく》に歪《ゆが》んだ。

月宮流《つきのみやりゆう》精霊技、連技《つらねわざ》——

「——鳴子渡《なるこわた》しっ！！！」

——破《バ》ヅンッッ！！！

刹那《せつな》、突き上げられた雷槍の間に新たな紫電が奔《はし》り抜け、脇をすり抜けようとした鹿の穢獣《けもの》を悉《ことごと》く灼《や》き尽くす。

大気を裂け割る雷の熱量が、避けえない衝撃波となって大路を圧迫した。

民家を護《まも》る板壁が、その圧に耐えきれず大きく捲《まく》れて土台ごと宙を舞う。

——あいつッッッ！

余計な被害を出すな、と釘《くぎ》を刺した直後にこれか！

無駄に派手な精霊技を繰り出した諒太に内心で歯噛《はが》みする。それでも諒太の前へと咲は足を踏み出した。

視線の向こうで、脚の遅い猪が迫り来ようと猛っている。

狗や鹿よりも大きな体躯が群れ迫る浪《なみ》が持つ圧力。

しかし、それを意に介することなく薙刀《焼尽雛》を構えて、前傾姿勢から一息に最大速度で加速する。

――犠《ギ》ィッ!?

現神降《あらがみお》ろしで強化された身体能力任せに、数間はあった間合いを咲は瞬時に詰めた。迫る先頭の鼻面に、遅滞なく切っ先を突き込み、怯む余裕も与えずに精霊技を叩き込む。

奇鳳院流《くほういんりゅう》精霊技、中伝――

「――百《も》舌《ず》貫《ぬ》きっっっ!!!」

薙刀の切っ先が朱に染まり、炎の螺旋《らせん》が猪を貫いてその先、3間《5メートル》ほどの間合いに火閃《かせん》を徹《とお》す。

5匹程度の猪を団子刺しにして、さらに一歩。精霊力を注ぎ込みながら足を踏み出した。

奇鳳院流《くほういんりゅう》精霊技、連技《つらねわざ》――

「――細波短冊《さざなみたんざく》!!」

瞬時に、生まれていた火閃が横に広がり、炎の刃《やいば》を造り出す。

――犠《ギ》ィッ亜《ア》ァ!!?

「うぁぁあっ!?!?」

「しまったっ!」

咲に付いていた正規兵の一人が猪の牙《きば》に太腿《ふともも》を貫かれて、そのまま撥《は》ね飛《と》ばされた。

受け身がとれていない、しかも眼前には穢獣《けもの》の群れ。このままでは確実に踏《ふ》み潰《つぶ》されて死ぬ。

放り出された位置が咲よりも遠く、届かない手に判断が遅れかけた。

——その時、

「邪魔だ、退《ど》けぇっ」

防御の姿勢も取れない男の襟首を引《ひ》っ掴《つか》み、現神降ろしの力任せに諒太が男を後方に投げ出した。

楯班が護《まも》る防護柵《ぼうごさく》の向こうに、男の姿が消える。

「……何だよ？　目障りだから後方に投げ捨てただけだ」

「——ううん、別に」

返す刃で猪の首を落とす諒太から返る素っ気ない応《こた》えに、咲は苦笑を堪《こら》えた。

偶《たま》に見せる諒太の気遣いがこれだから、苦手であるものの嫌悪するほどにもいかないのだ。

焼かれながら絶命する苦痛に叫ぶ穢獣《けもの》を尻目《しりめ》に、群れの間合いから一気に逃れて楯《たて》班が造る防護柵の奥へと戻る。

幸いなことに濃い瘴気で強化されている節は見受けられていても、数の多さに追いついていないのか強化の上限も高が知れていた。

——これなら、この場所は抑えきれる。

そう、少しだけ希望を持った時、轟音《ごうおん》と地響きに似た揺れが大路を揺らした。

「なっっ⁉」

何が⁉　そう叫ぶことも出来ずに轟音が響いた方向に視線を向けて、家だった大量の木材が宙を舞うさまを見て、今度こそ言葉を失う。

木材の破片と共に莫大《ばくだい》な土煙が舞い上がり、その向こうに赤銅の肌と、それを盛り上げる強靭《きようじん》な筋肉が見えた。

幾つかの家を挟んですら見て取れる巨大な体躯。

大別して表現するなら、人間の姿に最も近いだろう其れは、咲をして初めて見るものの、最も有名な化け物の一体。

「大鬼《オニ》‼」

――餓亜《ガア》ァァアッツッ‼

口腔《くち》に収まりきらぬほどに乱雑に生えた乱杭歯《らんぐいば》の隙間《すきま》から雄叫《おたけ》びを吠《ほ》え猛りながら、その大妖は、舘波見川《たてばみがわ》向けて脚を踏み出してきた。


ＴＩＰＳ：神器について。

神性を得た存在から与えられる器物の総称。

精霊器と同一視されがちだが、器物といっても厳密には物質ではなく本質的には霊質に近い。

その正体は、神性が司《つかさど》る本質を言霊と神気で形にしたもの。極小の神域といっても過言ではない。

5話　憎悪の濁流、抗《あらが》うは人の覚悟　3

「……ふん、思ったほどじゃあ無かったな」

迫る穢獣《けもの》の群れを、舘波見川《たてばみがわ》の方に流れるように適当にあしらいながら、阿僧祇厳次《あそうぎげんじ》は呟《つぶや》いた。

穢《ケガ》レとしての量は確かに無尽とも思えるほどに莫大ではあるが、狗を中心とした群れの層はそこまで厚いものでは無い。

流れてくる瘴気の濃度が異常に高いのが気にかかるが、それでも危機感を必要以上に煽《あお》る事は無かった。

己の精霊器たる脇差《わきざし》を油断なく構えて、小路の奥から走り出てきた狗の一群の頭上を、その見た目にそぐわぬ軽やかな動きで一息に飛び越す。

――婁《ル》、屡《ル》、悪《ヲ》ォ！？！！？？

ごくごく自然な所作から滑らかに地を蹴《け》る。

静かな跳躍は、群れの先頭を走る狗の意識の死角を突《つ》いたらしく、厳次の姿を見失ったらしい狗が戸惑った様子で吠えた。

音も無く狗の群れの背後を取った厳次は、跳躍ですらそよとも乱れない構えから、素振りをするかのように下から上に切り上げる。

奇鳳院《くほういんりゅう》流精霊技、初伝――

「――鳩衝《きゅうしょう》」

切り上げる剣先に沿って放たれた衝撃波のうねる奔流が狗《いぬ》の背後を襲い、足元を浚《さら》うように一群を一纏《まと》めに舘波見川の川縁《かわべり》へと押し流した。

残心からの納刀。

ひどく静かな精霊技であった。

精霊技を放つ瞬間でさえ、凪《な》いだ湖面のごとく揺るがぬ精霊力が、無駄に精霊光を見せることさえ許さなかったのだ。

武骨一辺倒然とした阿僧祇厳次の見た目にそぐわぬ、清冽《せいれつ》とした技の冴《さ》え。

諒太《りょうた》が見せる苛烈《かれつ》さも、咲《さき》が垣間《かいま》見《み》せる華やかさも無い。

ただ、一振りの刃の閃《ひらめ》き。

何処《どこ》までも自然体の放つ精霊技、それが何よりも怖ろしい。

これが、珠門《しゅもん》洲《しゅう》十本の指に入ると謳われた、阿僧祇厳次の実力であった。

「お疲れ様です。隊長」

「新倉《にいくら》か。――お前、隠形が下手《へた》だったろ。あまり、川には近づくなよ」

小路の暗がりから姿を現した副長の新倉信《しん》に、さほど驚きもせず納刀からの構えを崩さず厳次は応じた。

「下手と云《い》っても、隊長ほどではないという意味ですよ？　並みの穢レに後れは取りません」

「その程度だから云ってるんだ。あれを見ろ。……隠形は高めておけよ」

電信柱と板壁の間にある暗がりに身を潜めながら、舘波見川の方に向けて顎《あご》をしゃくって見せた。

──ず、ずず、、ず、、

砂地で頭陀袋《ずだぶくろ》を引きずるかのような音が、河川敷の方から響く。

厳次に倣って板壁の隙間から川を覗《のぞ》き見《み》た新倉は、視線の先にある光景に思わず息を呑《の》んだ。

そこに居たのは、事前に説明を受けた通りの白い鱗《うろこ》の巨大な大蛇であった。

元来、神聖と謳《うた》われる白蛇であるが、目の前のこれは醜悪の一言に尽きた。

鎌首を擡《もた》げたその高さだけでも2間《4メートル》に渡り、野晒《のざら》しのしゃれこうべを思わせる白い鱗は、引き連れた無数の青白い鬼火に照らし出されて、染み一つないはずの輝きもどこか濁って見えた。

両眼《りょうめ》はそもそもない。

かわりに双眸《そうぼう》に収まっているのは、赫《あか》い鬼火であった。

──邪《ジャ》、弱《ジャ》、
蕭々《しょうしょう》と、瘴々《シヨウシヨウ》と、河川敷を進みながら大蛇が怨嗟《えんさ》を啼《な》き上げる。

見ているだけで吐き気を催すような、白蛇の大怪異。

呆然《ぼうぜん》と、あまりの姿に我を忘れた新倉を、ちろり、と大蛇が睨《ね》め上げた。

視線は無い、そもそも、視線を生むための眼球が無いはずだ。

それでも、眼球の代わりに眼窩《がんか》に灯《とも》る赫い鬼火が、確かに新倉を捉えたのだ。

「──っっつつ！！？？」

息を呑んで、相手を刺激しないように厳次と同じ暗がりに潜む。

大蛇は、視線を向けただけで興味が失《う》せたのか、侵攻の速度を緩めることなく悠然と河川敷を遡《さかのぼ》っていった。

——破《ハ》、爬爬《ハハ》、破《ハ》、

隠れるだけで何もできない無象どもを嘲り嗤《あざけわら》う声を残しながら、大蛇の気配が遠のいていく。

それを確認してから、全身の力を弛緩《しかん》させるように抜いていった。

「……見逃してもらえたようです」

「興味がないんだろう。余計な刺激さえ与えなければ、奴《やつ》は舘波見川から離れることは無い。だが、これ以上は近づくなよ。蛇の怪異は、感覚が鋭いことで有名だ。蛇の姿を模している以上、奴の嗅《きゅう》覚《かく》は間違いなく鋭い」

「——思い知りました。こうなってくると、隊員たちを川から離したことは間違いではなかったようですね」

「あぁ、坊主《久我》とお嬢もな。特に坊主の精霊技は派手だ。無駄に興味を惹《ひ》かせるような真似《まね》をせずにすんだ」

「川を遡る奴らを無視して、逸《そ》れた穢レのみを討つ、ですか。今のところは、上首尾で事は進んでいますね。山狩り程度の負担で済むから我々としては助かりますが、その分、上流に詰めている衛《え》士《じ》の方々の負担が増えるのでは？」

被害が少なくなることは歓迎できるが、事がすべて終わった後に万朶《ばんだ》総隊長の突き上げが激しくなるのが目に見えて予想できる。

間違いなく、総隊長の狙《ねら》いは阿僧祇に絞られているのだから、総隊長やその周りを固める上層部の目にこの作戦は阿僧祇の怠慢と写るはずだ。

「気にするな。先ほどお嬢から、輪堂《りんどう》の御当主が上流に詰めたと聴いた。輪堂の神器を行使すれば、川に沿って一直線に並んだ百鬼夜行など良い的程度に過ぎなくなる」

「八塩折之延金《やしおりののべがね》、ですか。噂《うわさ》には聞きますが、そこまでの威力なのですか？」

「有名な特性だからな。八塩折之延金《やしおりののべがね》の神域特性は、一撃を八倍にするというものだ」

「……は？」

「因果も条理も無視して、八倍だ。おかげで手加減も効かんと愚痴を聴かされたことがある」

「それはまた、とんでもない」

「全くだ。だが、今回の状況なら好都合だ。俺たちは、あの大蛇を川より外に出さない事だけに専念すればいい」

「判《わか》りました」

「――さて、もうひと働きするか。新倉、周囲の穢獣《けもの》どもを川に誘導するぞ」

「了か…………っ！？？」

――慟《ド》ゥンッッッツ！！！

新倉の首肯に被《かぶ》さるように、轟音が住宅街の向こう側から響く。

驚いて振り向く二人の視界に、半壊した家だったものが宙を舞う姿が映った。

大量に巻き上がる木材の破片と粉塵《ふんじん》の向こう側で、赤銅の肌とそれを盛り上げる強靭な筋肉が支える巨躯《きょく》が垣間見える。

「大鬼《オニ》、だと⁉」

予想もしなかった大物の出現に、厳次が呆然《ぼうぜん》と呻《うめ》く。

大鬼は、山間部の最深部たる瘴気溜《しょうきだ》まりに棲《す》む化生の種類《なか》でも、最も有名な種族の一角だ。

呪術《じゅじゅつ》、妖術《ようじゅつ》の類を繰るものは少ないが、1間半《3メートル》に及ぶ巨躯に、それを支える堅牢《けんろう》な骨と強靭《きょうじん》な筋肉。そして、精霊技に対する高い抵抗を持つ肌。

その見た目に見合う重量と筋肉から弾《はじ》き出される膂力《りょりょく》は、相対するものにとって砦《とりで》が迫りくるかのような錯覚さえ与える絶対的な脅威である。

「一体、何処から」

新倉の疑問も無理はなかった。

幻や幽霊などではないのだ、いきなり現れるなど、それこそあり得ない。

――だが、それよりも、

「そんなのは後だ！」

厳次が怒号でその疑問を封殺した。

大蛇の気配が、侵攻の歩みを止めたのだ。

このまま大鬼が暴れる気配に惹かれて、大蛇が河川敷から外れたらそれこそ目も当てられない被害が出る。

「新倉！　穢獣《けもの》は主《ヌシ》だろうがもう捨て置け！　集められるだけの守備隊を引き連れて、大鬼を川まで誘導しろっ‼」

「隊長は⁉」

厳次は、掌中にある精霊器を握り直した。

大蛇が、大鬼の方に完全に興味を向けている。

選択肢は、もう無かった。

自身の精霊力を余すことなく、一段階、高める。

ぼやり。灰青《はいあお》の輝きが、手首と刀身を覆った。

わざと精霊光を目立たせて、大蛇に対する誘蛾灯《ゆうがとう》の代わりにするのだ。

「大蛇を川に釘付《くぎづ》けにする。その間に、何とか大鬼を川に引きずり込め。そうすれば奴が街に注意を払う理由がなくなる」

「了解しました‼　――お気をつけて」

大蛇に対する疑似餌《囮》となる。

死地に向かうという巌次が見せた覚悟を悟り、新倉はただ承諾のみを以《もっ》て返答とした。

「――お前もな」

大鬼へと駆けて行く新倉の背に、巌次の呟《つぶや》きが届いたかどうか。

死地に向かうのは、お互い様だ。

沓名《くつな》ヶ原《がはら》の怪異に及ばなくとも、中位の穢レの中でも大鬼は上位の穢レに迫るほどに強大な化生である。

そんなものを川まで釣り出さねばならない新倉も、巌次と同じく命を賭《か》ける事には変わりはないのだから。

現神《あらがみ》降《お》ろしを行使して、河川敷に一気に飛び出す。

大蛇は、河川敷より、川の中ほどに佇《たたず》んでいた。

華蓮《かれん》の水事情を多く引き受ける舘波見川《たてばみがわ》と、その両岸に渡る河川敷も相応以上に広く、多少、派手に暴れた程度では住宅街に被害が出る事は無いだろう。

そう目算をつけて、精霊器《脇差》を構えた。

大蛇は未《いま》だ、動こうとはせずに大鬼の方ばかりを見ている。

時間を稼ぎたい厳次《こちら》としても、動かないならば敢《あ》えて仕掛ける必要は無い。

――厳次には気付いているのだろうが、敢えて注意を払う必要も無いと思っているのか、ちらとも視線を向ける事は無く、
それを幸いとばかりに厳次も、じり、じり、と派手な動きを控えて、にじり寄るように構えを崩さずに大蛇に近づいていった。

呼吸ごと肺腑《はいふ》を腐らせそうなほど濃密な瘴気を、精霊力を賦活させることで防ぎながら、長大な大蛇の攻撃圏のぎりぎり外側に自身の身体《からだ》を置く。

――ここからは、純粋な我慢比べだ。

大蛇が大鬼に痺《しび》れを切らして動き出すのが先か、厳次の精霊力が尽きて倒れるのが先か。

最も効果的な瞬間に、先制の一撃を叩《たた》き込《こ》む。

それだけに集中して、厳次の意識は細く鋭く研ぎ澄まされていった。

瘴気の赤黒い輝きの中に、無数の青白い鬼火が飛び交う。

厳次を護《まも》る精霊光の表面に鬼火が触れるたび、ちり、ちり、とそれらが灼《や》け爆《は》ぜた。

そういった一切に厳次自身は反応せずに、ただ無心になってその時を待つ。

――待つ。

大鬼が引き起こす轟音《ごうおん》と地響きが、次第に近づいているように感じられる。

――待つ。

刀の鯉口《こいぐち》を切り、僅《わず》かに腰を落とす。

居合抜きに似た、水平に斬り抜く抜刀術の姿勢。

――慟《ド》ォンッ！！！

然《さ》して離れていない場所で、大量の木材が吹き飛んだ。

もう、大鬼がそこまで来ている。

厳次の意識も僅かにそちらに揺れたその時、大蛇の身体が大きく波打った。

彼我ともに動こうとしない状況に痺れが切れたのか、ずざ、と音を立てて大鬼の暴れる方向へ頭が向く。好機。

「――疾《シ》ィイッツ！！！」

食いしばった歯の隙間《すきま》から、裂帛《れっぱく》の気合を呼気とともに鋭く吐き出し、厳次は大きく地を蹴《け》った。

奇鳳院《くほういんりゅう》流精霊技、中伝――

「――隼駆《はやぶさが》けっっ‼」

速度を激甚に跳ね上げる精霊技を行使い、刹那《せつな》の勢いで大蛇の脇腹《わきばら》に肉薄する。

その勢いで身体を捻《ねじ》り、巻き上げるようにして抜刀。

刀身に籠《こ》めた精霊力が唸《うな》りを上げて、灰青の精霊光が舞うような軌跡を虚空に刻んだ。

奇鳳院《くほういんりゅう》流精霊技、連技《つらねわざ》――

「――乱繰《らんぐ》り糸車《いとぐるま》ぁっ‼」

水平に薙《な》ぐ斬撃から乱裂くように、脇腹に幾条もの傷痕《きずあと》を刻みながら駆け抜ける。

――邪《ジャ》ァアアアッツ‼

苦悶《くもん》からか、大蛇がこれまでとは異なる啼き声を上げた。

仄青《ほのあお》い刀身が強固な鱗に守られた大蛇の表皮を喰《く》い破り、蛇特有の細かな鱗を撒《ま》き散《ち》らす。

——何だ、手応《てごた》えが甘い？

宙に散る鱗を浴びながら、揮《ふる》う精霊技から返る手応えに、巌次が内心で首を傾《かし》げた。

強固な鱗を大蛇の体皮ごと喰い破った感触は確かにある。

だが、その中身を斬った感触がほとんど無いのだ。

——例えるなら、中身のない卵を斬ったかのような……

そこに思考が辿《たど》り着《つ》くよりも早く、巌次の背筋に冷たいものが流れた。

——邪《ジャ》、弱邪《ジャジャ》ッ、弱爬爬《ジャハハ》ァァアア!!

大蛇の啼き声が、巌次の頭上より降ってくる。

感情の読みづらい今までのそれと違い、明らかに嘲りを含んだ声。

怪異や妖魔《ようま》は難敵である。

そう云《い》われる最大の所以《ゆえん》は、何よりも人語を解するほどの知性にこそある。

大蛇に刻んだ傷痕が膨れ上がり、その裡《うち》から瘴気を含んだ毒炎が噴き出てくる。

——退路を断ちやがったかっ!!

その事実に、迷うことなくさらに一歩。大蛇の懐深く潜り込む。

——邪《ジャ》ァァアッッ!!

流石《さすが》にこれ以上、懐に潜り込まれるのは嫌ったのか、大蛇は威嚇を啼き上げながら裂けよとばかりに口を大きく開けた。

その口腔《こうこう》のさらに奥、滑吐《ぬめつ》くような闇《やみ》の中央に、ぽつ、と青白い炎が灯《とも》る。

「ぬううううっっ‼」

最大級に回避を叫ぶ己の第六感を信じ、独楽《こま》が回るようにその場から回避。

その直後に、瘴気に凝《こご》った毒炎が、厳次の頭上からつい先ほどいた場所に落ちてきた。

大蛇の吐く炎。直撃は辛うじて避けたが、隊服の肘《ひじ》から袖口《そでぐち》を炎が舐《な》める。

ちりり、と腐れて熔《と》け崩れる衣服にかまわず、精霊力を高め、

――轟音と共に、その空間を大蛇の尾が通り過ぎた。

毒炎では厳次に届かないとみたのか、大蛇が周囲の土ごと一帯を薙《な》ぎ払《はら》ったのだ。

――邪《ジャ》ッ、破爬《ハハ》ッッ！

茫漠《ぼうばく》と巻き上がる土煙に勝利を確信したのか、大蛇の哄笑《こうしょう》が周囲に響く。

――それくらいは、予想《読んで》していた。

嘲《あざけ》り笑う蛇の頭上に男の影が落ちる。その二つ上の高さまで跳躍することで、厳次は蛇尾の一撃を避《よ》けたのだ。

空高くに脇差を掲げ、精霊力を限界まで高める。

それは、落下の勢いと精霊力の爆発で敵を叩き潰《つぶ》す、威力にすべてを割り振った必殺の一撃。

奇鳳院《くほういんりゅう》流精霊技、止《とど》め技《わざ》――

「――石割鳶《いしわりとんび》‼」

灰青に輝く刀身が、消魂《けたたま》しく猛《たけ》りながら轟然《ごうぜん》と振り下ろされた。

激突、爆砕。

咲の膂力をして大地を裂き割れる一撃が厳次の技量をもって放たれ、大蛇の額を波打つように歪《ゆが》めて撓《たわ》ませる。

それでも尚《なお》、吸収し切れなかった衝撃が、大蛇の頭蓋《ずがい》を大きく砕いた。

——否。

先程と同じく、返ってくる手応えがあまりに甘い。

白鱗を散らしながら大きく抉《えぐ》れた頭蓋の奥にあったのは、骨でも脳みそでも無く、ただ青白く燃える、膨大な数の鬼火であった。

その全《すべ》てが、風も無いのに奥から外へと息をするように大きく揺らぎ、厳次を睨めつける。

「!?」

——直後、割れた大蛇の頭から天に向かって青白い業火が噴き上がり、厳次のすぐ脇《わき》を掠《かす》めた。

辛うじて直撃を避けた厳次は、地面に転がることで衣服が腐り爛《ただ》れるのを防ぐ。

次撃を覚悟したが、それに反して二撃目は襲ってこなかった。

——破《ハ》ァッ、爬《ハ》、爬《ハ》、爬《ハ》ァ。

大蛇の哄笑に、その頭があった場所を見上げる。

大きく開いた頭部の空洞《あな》に、無数の鬼火が群がってゆくさまが見えた。

鬼火が埋まり、かさかさと鱗が空洞を塞《ふさ》いでゆく。

まるで時間を遡《さかのぼ》るかのような異様な光景。

それを認めて、厳次は知らず脇差の柄《つか》を握り締めた。

頭を潰した程度で止めを刺せたとは、微塵《みじん》も思ってはいなかった。

この程度で死んだのなら、歴代の衛士《えじ》たちが苦労している訳はないからだ。

だが、頭を潰しても何ら痛手を負っていない、というのは想定していなかった。

完全に大蛇の頭部が元に戻り、瘴《ショ》ゥ、と満足気に口の端から細長く毒炎が吐き出される。

「……なるほど、しぶとい訳だ。――大蛇なのは外見《ガワ》だけで、本性は鬼火の群体とはな」

鬼火は一体一体はひどくか弱い化生であるが、一定以上の瘴気があれば瞬く間に殖える特性を持つ。

この規模の鬼火を殲滅《せんめつ》するには、大蛇の身体《からだ》を一度に消し飛ばすしかない。

それが可能なのは、確かに神器の一撃くらいであろう。

倒すには厳次では力量不足、なら、残る選択肢は決まったも同然だ。

「……さあ、我慢比べといこうか」

大鬼《オニ》を釣り出すのが早いか、厳次が力尽きるのが早いか。

やっと敵と認めたか、厳次を睥睨《へいげい》する大蛇を、気迫では負けじと見上げながら、厳次は腰を落として脇差を構えなおした。


ＴＩＰＳ：怪異について。

その姿は様々だが、単純に言うなれば正体は瘴気《しょうき》によって身体が構成された怨念《おんねん》の塊。

過去に、莫大《ばくだい》な怨恨《えんこん》を抱えたまま死んだものが、土地の瘴気溜まりに溶ける事で発生する。

いわば、土地に焼き付いた歴史が穢《ケガ》レになったもの。

6話　鳳翼《ほうよく》は夜空に舞い、月を衝《つ》くは一握の炎　1

――……邪魔なんだよ。

夢を見た。嘗《かつ》て弟であった颯馬《そうま》との初対面の記憶だ。

……あれは7歳の頃《ころ》、父親《天山》の叱責の最中であったろうか。

いつも通り最下座で平伏させられ続けていた晶《あきら》へと、衆議に上席が許されたばかりの颯馬が云い放ったのだ。

――邪魔なんだよ。精霊に見捨てられた、能力も凡百以下の無能が。

――生きてるだけで父上のご迷惑になってるってのに、僕より一年早く産まれただけで主家様に縋《すが》って護《まも》られているなんて。

初対面の人間《おとうと》からぶつけられた悪意に、僅かに残っていた晶の矜持《きょうじ》が抗《あらが》いに猛《たけ》る。

がり。畳を引《ひ》っ掻《か》き、怒気に任せて顔を上げ、

――何っ⁉　……がっっ。

その瞬間、晶に近くに座る陪臣の一人が晶を殴りつけた。

鍛えられた武家の膂力《りょりょく》は晶を容易《たやす》く弾《はじ》き飛ばし、その身体を衆議の間から続く中庭の縁石へと落とした。

――無能が。颯馬様に口答えするなど恐れ多い！

……ご当主様、申し訳ありませぬ。主上よりお預かりしたモノに手を上げてしまいました。罰は如何様《いかよう》にも。

――……構わん。あれの教育に関しては、義王院《ぎおういん》様より一任を戴《いただ》いておる。獣の躾《しつけ》程度に腹を立てる狭量な方々ではない。

――有り難く存じます!!

――ふん、意識はあるか。とっとと座間にて平伏に戻れ。颯馬の言い分はすべて正しい。貴様が生きているだけで気分が悪くなるわ。

――思い返せば、あれはもう家族では無かったのだろう。苦い記憶だ。家族という存在総《すべ》てを、憎しみの刃《やいば》で抉《えぐ》り取った記憶。すっかり溶けて消えたはずのどろどろとした感情が、倒れ伏した晶の指を僅かに動かした。

――あの時と同じ、身体を奔《はし》り抜ける衝撃。

過去の記憶と直前の記憶が、身体ごとぐちゃぐちゃに混濁する。

……思考に残っているのは、ただその事実のみであった。

「がっ、ぁ、ぶっ」

一瞬、記憶が途切れて、気付いた時には立つこともできずに二転三転、転がるようにして地面を舐《な》める。

胸を強打したのか息が詰まり、酸素を求めて宙を喘《あえ》いだ。

「な、にが――」

ぐらつく視界を抑えながら、ようやっとの体で立ち上がる。

理解できないままに周囲に目を走らせると、大量の穢獣《けもの》と、防人《さきもり》や班員たちがそこかしこに転がっていた。

指先に何かが触れ、無意識のままに掴《つか》んだそれを見下ろす。

誰《だれ》のものであろうか、白染の羽織が晶の視界を釘付《くぎづ》けに奪った。

何時《いつ》かに憧《あこが》れて、諦観《ていかん》と共に呑《の》み込んだ防人の象徴。

――慟《ド》ンッ‼

呆然《ぼうぜん》と立ち竦《すく》む晶の背後を、轟音《ごうおん》が衝撃を伴って揺らした。

音の方向を振り返ると、咲と諒太が赤銅の肌の大鬼と戦っている光景が目に入る。

大鬼が腕を振り回すたびに、まるで積木を蹴散《けち》らすかのように住宅が宙を舞った。

咲や諒太が大鬼の隙を掻《か》い潜《くぐ》り、距離を詰め、素早く退避する。

その度に炎や雷光が大鬼を襲うが、遠目から見る限り、その効果が出ているようには見えない。

――餓《ガ》、亜亜亜《アアア》ァァアッツッ‼

大鬼の咆哮《ほうこう》が、夜闇を貫き晶にも届く。

それが幸いしたか、自失していた意識が立ち直る。

――晶や、しゃんとおし。

残響に谺《こだま》する、祖母の言葉《きおく》。

そうだ。胸を張って、面を上げろ。

笑って背中を押してくれた、祖母と芙蓉御前《ふようごぜん》に恥じぬ自分を見せてやるのだ。

そうして、夢と現《うつつ》の涯《みぎわ》に己が叫んだ望みを思い出す。

——力が欲しい。理不尽を撥《は》ね除《の》ける、何よりも強い力が。

嗚呼《ああ》、そうか。

あの伽藍《記憶の裏》で、金色の髪の少女《朱華》が青の炎を宿した双眸《そうぼう》を愛《いと》おし気に細めて、晶を見ているからか。

——与えよう。其方《そなた》が手にするは、他の追随を赦《ゆる》さぬ剛力じゃ。

綻《ほころ》ぶ桜色の唇が、そう云ってくれたからか。

挫《くじ》けろと唆す意地を必死に鼓舞し、それが己の覚悟と叫ぼうと晶は手にした羽織に袖《そで》を通した。

既に楯《たて》は砕けて跡形も無く、代わりに震える右手は地面に落ちていた槍《やり》を掴む。

形だけであったとしても防人と為《な》れた己に恥じぬと云わんばかりに、震える両脚はそれでも地面を踏みしめて晶の身体《からだ》を支えてみせた。

「——総員。全力で川まで大鬼をおびき寄せろ‼」

その時、住宅の屋根に立った新倉がそう命令を飛ばした。

「疾走《はし》れ！　疾走れ！　川までで構わん、全力で鬼の気を引きつけろぉ‼」

その言葉に従おうとするが、その時に気付いてしまった。

目の前の大鬼は咲たちにのみ注視して、遮二無二、攻撃を仕掛けている。

一方の咲たちはと云うと、大鬼の猛攻を捌《さば》くので手一杯と見えた。

大鬼の揮《ふる》う暴力の嵐《あらし》は、候補とはいえ衛士《えじ》二人掛かりの猛攻をほぼ完全に押し止め、大鬼の皮膚が放たれる精霊技を完全に無効化しているのだ。

それ故に、新倉の命令は耳に届いていても、逃げるための行動に移れないのだろう。

このまま晶が走ったところで、大鬼の気を惹《ひ》けるとは思えなかった。

「――くそっ‼」

晶の口から、知らずのうちに罵声《ばせい》が漏れる。

だが、

「何やってんだ俺、何やろうとしてんだ俺――」

それは、咲たちに向けたものではなかった。

震える指先で、支給された火撃符を抓《つま》み出す。

「疾走るだけだろ、それだけで良いはずだ」

その呪符を拾い上げた槍《やり》の穂先に刺し、逆手に構え、

「――なのに、何で鬼に挑もうとしてんだよ‼」

自分自身への罵声をその場に残し、晶は大鬼目掛けて地を蹴《け》った。

怖くないと云《い》えば嘘《うそ》になる。と云うか、大鬼なんて強大な化生に挑んで、無事に生き延びられるなどと都合のいい未来を夢想できるほど、現実を知らない訳ではない。

しかし、氏子になれたのだ。

あちらもこちらも、よく知りもしない少女《朱華》のお情けで、珠門洲《ここ》に居場所ができたのだ。

防人になれる可能性が拓《ひら》けたのだ。

大きく背中で翻る白染の羽織に恥じぬ己になれる可能性を、晶は信じることが出来たのだ。

だから、

――だから、せめて朱華の向けてくれた笑顔に恥じない行いを貫きたかったのだ。

「あ、あぁぁぁぁあああぁぁぁぁっっっ‼」

耳元で唸《うな》る風切り音に負けじと叫びながら、大鬼目掛けて無謀に吶喊《とっかん》を仕掛ける。

しかし、大鬼は晶に注意を払うことは無かった。

当然だろう。上位精霊どころか精霊自体を宿していない晶は、大鬼にとって空気よりも軽い存在のはずだ。

――だから、こんな無茶ができる。

大鬼に注意を向けられない事をいい事に、疾走りながら晶は槍を大きく振りかぶり、

――投げた。

投槍《なげやり》というものも、投擲術《とうてきじゅつ》というものも存在はするが、高天原に於《お》いてこれらの技術は邪道邪流の一つとされている。

投槍なんてやったことが阿僧祇隊長にバレた暁には、間違いなく血反吐《ちへど》の海ができるまでの特別訓練《シゴキ》が晶を襲う。

それでも、大鬼に近づけない以上、晶が取れる選択肢はこれしか無かった。

ひゅん。存外に鋭く空気を切って、大鬼目掛けて槍が飛ぶ。

実際のところ、晶は槍が当たるとはあまり思ってはいなかった。

上手《うま》くいけば、大鬼の注意を引き付ける事ができる、くらいが精々である。

だが、その考えが晶の想像のしなかった結果をもたらした。

――――餓《ガ》ッ⁉

とん。咲たちが粘っても傷を負わせることができなかった大鬼の振り上げた左の肘《ひじ》に、何てこと

はないとばかりに音を立てて槍が刺さる。

大鬼《オニ》の巨躯《きょく》に対して、突き立った槍は晶が扱える程度の大きさしかなく、大鬼にとっては棘《とげ》が刺さった程度の違和感しか与えられていない。

だが、初めて与えられた異質な不快感に、初めて大鬼の動きが止まった。

その脇《わき》を、晶は全力で走り抜け、

——鬼の向こうで猛攻を防いでいた咲と、晶の視線がその時に交わった。

そこに高揚感は一切なく、それでも右手に結んだ剣指は、遠間にあっても槍の先に有る呪符の霊糸を斬り抜く。

朱金の輝きが槍の先に縫い止められた呪符に舞い、解放された轟音と爆炎が瞬きの後に大鬼の左《ひだり》肘《ひじ》を襲った。

——餓《ガ》ッ！　亜《ア》ッ！　亜餓《アガ》アァァアッッ‼

今までの咆哮とは別種の、明らかに苦悶《くもん》に彩られた叫びが響く。

刃を交えていた咲は、大鬼の絶叫に呆然とした。

どれだけ精霊技を叩《たた》き込《こ》んでも平然としていた大鬼が、たかだか火撃符の一撃程度に苦悶《くもん》の表情を浮かべたのだ。

それはどれほどの異常なのか。一陣の風が、大鬼の左肘に漂っていた煙を浚《さら》ってゆく。

その後にあるのは、骨まで抉《えぐ》れた鬼の肘であった。

その光景に、咲たちが唖然《あぜん》と目を見開く。

たかが槍が大鬼の護《まも》りを抜いて突き立つのもそうだが、火撃符一枚が大鬼をここまで追い詰めるなどついぞ聞いたことが無いからだ。

激痛に嚇怒《かくど》を見せながらも戦意を失わないのか、大鬼が唸りながら川の方向まで逃げてゆく晶を睨《にら》む。

そのまま、咲たちに目もくれずに、転身して晶を追い始めた。

「あ、お、追うぞっ‼」

新倉は、あまりの光景にしばらく自失の態《てい》を晒《さら》していたが、すぐに立ち直り指示を飛ばし始めた。

咲たちも、新倉に急《せ》かされる形で疾走り始める。

だが、大鬼の速度は尋常でなく速い、川に辿《たど》り着《つ》くまでに追いつけるかは微妙であった。

一方の晶は疾走り続けていた。

既に10間《18メートル》近くを走り抜いているはずなのに、疲れは無く、何処《どこ》までも続きそうな爽快《そうかい》な躍動感が晶の背中を押していた。

「は、ははっ‼」

笑う。

酸素を求めて喘《あえ》ぐ肺腑《はい》の痛みは心地《ここち》良く、体力が尽きることは無いと理由も無く確信できた。

だが、現実はあまり笑えない。

轟音と降りしきる木材の破片が、晶を追って大鬼が襲ってきている現実を伝えてくるからだ。

怖いのは怖い。だがそれよりも、こんな取るに足らない小者《晶》を、大鬼が血眼《ちまなこ》になって追ってきている事実が、晶にはたまらなく痛快に感じられた。

呼吸をするのも忘れるほどに、感情が要求するまま晶は走った。

晶が疾走る通りは、川まで一直線に続いている。

遮るものの無い大通りの遥《はる》か向こうに、舘波見川《たてばみがわ》に続く土手が見えた。

――舘波見川まで、残り56間《100メートル》。

この距離を疾走り抜けば、晶の勝ちだ。

これまでに無い真剣さで、両脚に力を籠《こ》めた。

――その時、晶が走る通りの先で、轟音と共に住宅が爆《は》ぜるように宙を飛んだ。

「嘘だろっ⁉」

驚く晶の視界の先で、住宅があった場所に立ち込める粉塵《ふんじん》の向こうから、2匹目の大鬼が姿を現した。

――――餓《ガ》、亜《ア》、亜亜《アア》ァァアッッッ‼

既に晶を敵と認めているのだろう、咆哮と同時に晶目掛けて跳躍。

宙を跳ぶ大鬼の軌道は、正確に晶を捉《とら》えていた。

このまま行けば、大鬼に踏みつけられてしまう。

そう確信して、前方に転がるように身体《からだ》を投げ出した。

大鬼の着地。

道路が揺れて、地面を転がる晶の身体が鞠《まり》のように跳ねた。

「ぐ」

呼吸が詰まり蹲《うずくま》りそうになるが、気合で立ち上がり、駆け出す。

そして、晶を追う大鬼が2体に増えた。

——川まで残り28間《50メートル》。

他に、大鬼の気を逸《そ》らしてくれる奴《やつ》はいないのか、俺一人で逃げているだけなのか。

そんな孤独感に満ちた疑問が晶の脳裏に過ぎるが、返答《こたえ》をくれるものも当然いない。

——川まで残り12間《20メートル》。

それでも走るしかなかった状況に、唐突に終わりが来た。

どちらかの鬼が晶の背後で踏みつけたか、衝撃で晶の身体が前のめりに倒れる。

無意識に顔面を守って横倒しに転がる晶の腹に、無視のできない衝撃が走った。

大鬼に蹴られたのだ。

ただ事ではない激痛と蹴球《サッカー》みたいに宙に浮く自身に、そう確信をする。

ただ蹴られただけゆえか、回転が掛かっていなかった事だけが幸いだった。

大鬼の脚力は凄《すさ》まじく、舘波見川まで残り12間《20メートル》はあった距離を易々《やすやす》と飛び越えて、川に続く土手の向こう側まで晶の身体を持っていく。

土手の傾斜に続く河川敷の中央まで、晶の身体は転がっていった。

「……あ、っっづぁ、は」

そこまでボロ雑巾《ぞうきん》みたいな扱いを受けたにも拘《かかわ》らず、晶の意識ははっきりとしていた。

衝撃に止まりかけていた呼吸を、酸素を呑《の》むように無理矢理する。

そうしてようやく止まった身体を、芋虫みたく動かしながらゆっくりと立ち上がらせた。

——足は動く、腕も動く。

細かく関節を動かして、身体の動作確認を素早く行う。

防具は外れ、隊服もボロボロ。加えて呪符を落としたのが何よりも痛い。

だが、幸運な事に骨折も無ければ身体が抉れている様子も無かった。

——本当に、生傷、擦《す》り傷の類は数え切れないほど負ったものだが、大怪我《おおけが》や骨折とは無縁の人生だったなぁ。

そう埒《らち》も無く考えて、ふと、川の下流を見る。

白い大蛇の怪異が、うねり、のたぐりながら暴れているのが見えた。

あれが沓名《くつな》ヶ原《がはら》の怪異か。

——戦っているのは阿僧祇隊長だろうか。

大蛇の鼻先で刀を揮《ふる》う人影をみとめる。

流石《さすが》にこの距離では判別がつかないが、それでも怪異相手に立ち回れる防人《さきもり》など阿僧祇隊長しか思いつかなかった。

——慟《ド》ンッ‼

その時、夜気を裂く轟音《ごうおん》と共に、二匹の大鬼が晶を挟む形で河川敷に降り立った。

上流の側《がわ》に、晶が傷をつけた鬼、下流の側に無傷の鬼。

傷を負っている大鬼が、晶に挑むかのように一歩、足を踏み出した。

無傷の大鬼に後門を塞《ふさ》がれた状態では、晶の取れる選択肢は一つきりしか存在しなかった。

ふらり。前のめりに倒れ込むように前傾姿勢を取り、大鬼の一歩に合わせるように駆け出す。

狙《ねら》うは、大鬼の碌《ろく》に動かない左腕の直下。

大鬼が無傷の右腕を振り上げた瞬間を狙い、反対の左脇深くに潜り込む。

抜ける。

そう確信したのもつかの間、晶の眼前に赤銅の肌が迫り、晶は狙いが見抜かれていたことを悟らざるを得なかった。

見えない位置から放つ蹴りは流石に無理があったのか、先刻の威力とは程遠い蹴りが晶を元の位置まで蹴り戻す。

「くっ、そっ‼」

耐えて前方を見上げると、大鬼の気迫に山が迫るかのような圧迫感を幻視した。

その気迫に動くことも出来ず、どこか諦観《あきらめ》をもって夜空を仰ぐ。

手に武器は無い。呪符も無くしてしまったから、抗《あらが》う術《すべ》は最早、晶には残されていない。

——それでも、
晶は、大鬼の眼光を真っ向から見据えた。

——それでも、生きろ。

当然、敗《ま》けるだろうし、確実に死ぬだろう。

——地べたを這《は》いずり回って生を繋《つな》げ。

それでも最後まで大鬼に牙《きば》を剥《む》くのだと、心の奥底に住む仔狼《ころう》がが《・》な《・》りたてる。

——そうだ、抗うのだ。

ゆっくりと見せつけるかのように、大鬼が右腕を振り上げた。

対抗するように晶は徒手のまま、刀を持っているかのように右手を左肩へと振りかぶる。

仮令《たとえ》無駄であろうとも、どうせ死ぬなら、せめて一矢は報いてから死んでやりたかったからだ。

それが最後の足掻《あが》きだと判《わか》っているのか、大鬼の顔面に嗜虐《しぎやく》の笑みが浮かぶ。

その嗤《わら》いに、全身が熱くなる。

そして、記憶の底から朱華《はねず》の声が鮮やかに蘇《よみがえ》った。

――忘れりゃな、晶。

忘れない。忘れるものか。

氏子になれた。その恩義は、語り尽くせぬほどに大きい。

――其方《そなた》に与《あた》うは一切浄火《いっさいじょうか》、断罪折伏《だんざいしゃくぶく》の権能ぞ。

その言葉は、魂に刻まれた祝福。

――忘れりゃな、晶。

それは、三昧真火《さんまいしんか》の精髄。

寂しくも絢爛《けんらん》なる、一握の炎。

そして、大鬼が振り上げた右腕を振り降ろし、

――同時に、晶も動いた。

――その銘《な》は……。

轟《ゴウ》。晶を焼き尽くすかのような熱が、丹田から全身を駆け巡る。

それを自覚する間もなく、晶は振りかぶった右の掌中に生まれたものを掴《つか》んで、無我夢中で大鬼目掛けて振り抜いた。

「寂炎《じゃくえん》、雅燿《がよう》っっっ――――!!!」

その瞬間、晶の視界の全《すべ》ては、朱金の輝きに塗り潰《つぶ》された。

ＴＩＰＳ：化生について。
穢《ケガ》レの位階とすれば、中位に相当する。
怪異と同様に、身体《からだ》の殆《ほとん》どが瘴気《しょうき》で構成されている存在。
怪異と混同されがちではあるが、血肉を備えた生き物でもある。
怪異よりも弱いが、知恵は回るし何よりも歴史に縛られていない。

6話　鳳翼《ほうよく》は夜空に舞い、月を衝《つ》くは一握の炎　2

——ぱた、ぱたた、ぱた…………

ひどく穏やかな風の中に、ボロボロになった晶《あきら》の隊服が泳ぐ。

羽織の袖口《そでぐち》が風に揉《も》まれて翻《ひるがえ》り、空を叩《たた》く軽い音が晶を我に返らせた。

しばらく自失していたのか、前後の記憶が曖昧《あいまい》だ。

「…………は？」

朱金の輝きに目眩《ま》う思考がようやく立ち直り、視界の先に広がる光景に思わず晶は続く言葉を失った。

——そこに在るのは、満天の星。

晶のいた河川敷でも、市街でもない。

あらゆる意味で現実離れしたその光景に、今度こそ晶の思考は停止した。

ごぉう。颶風《ぐふう》の渦が、晶の身体を背中から攫《さら》う。

耐えられないほどの風ではない。

風に抗おうと身体を固くして、

——抵抗の感触を一切、得られないまま、晶の身体は一回転をした。

ぐるり。内臓が浮き立つような奇妙な感覚と共に、視界が右から左へと流れていく。

星の瞬きが尾を引いて、回天の様子を見せる。

次いで、星明かりに似た人工の灯火《ともしび》が、星空に負けず劣らずの鮮烈さで晶の視界を巡っていった。

人工の。人間の息づく営みの光。

——華蓮《街》の灯《ひ》だ。

ようやく、晶は己の今いる場所が何処なのかを自覚した。

「——……………こ、ここ、そら？　な、何で？？　空に！？？」

颶風から与えられた慣性のままに、二回《くる》り、三転《くる》りと不格好に宙を舞う。

その度に、視界は乱雑に巡って元の位置に戻った。

あまりの異常に晶は思わず手足をばたつかせるが、支えるものも無い空の高みに在って、当然、動きは止まることは無く、晶の身体は宙の最中を更に踊る。

と、晶は足元に視線を向けた。

大地はおろか、何も無い足の先と、華蓮《かれん》の市街が一緒に視界に収まる。

戸惑いしかなかった晶の思考に、上空を翔《と》んでいる現実への恐怖が一気に襲い掛かった。

「あ、あぁあぁぁっっ‼　お、落ち、落ちるぅぅっっ！！？？」

ただ人が、身一つで空を翔《と》ぶ。

そんな異常を身体も現実もようやく思い出してくれたのか、晶の叫びを契機にがくりと身体に重力が掛かる。

落下の速度は止まることは無く、一気に晶の身体を地表へと戻していった。

「あ。——あ、あぁぁぁああぁあぁぁっっ！！！」

◇

「──……………くふっ」

桜色の唇から、苦し気な嬉《うれ》し気な、そんな綯《な》い交《ま》ぜの吐息が漏れる。

ついぞ聴いたことのない目の前の神柱《朱華》が咽《むせ》るさまに、傍に侍《はべ》っていた奇鳳院嗣穂《くほういんつぐほ》は、気遣わし気に己が主に視線を向けた。

「あかさま、どうかなさいましたか？」

珍しく、桟《さん》を越えて広廂《ひろびさし》に身体を置いた朱華《はねず》は、欄干《らんかん》に腕を乗せて、その先に広がる夜の華蓮を眺めていた。

「んむ。──あれじゃ」

何てことはないといった風情で、つぃ、と繊手を持ち上げて街の方へ向ける。

朱華の指先を追って嗣穂はその方向へ視線を向けるが、そこには見慣れた街の夜景が広がるばかりである。

何かあったとしても、鳳山《おおとりやま》にある屋敷と華蓮は直線距離でも2・5里《10キロメートル》は離れている、常人では視界に捉《とら》えることは難しい距離であった。

しかし、朱華も嗣穂もその距離をものともせずに、その先にあるものをしっかりと視界に納めていた。

「……翔んでいますね」

「うむ。翔んでおるのう」

晶が、やや不格好な弧を描きながら、華蓮の上空を翔んでいる。

あらゆる意味で現実を無視したその現象を、それでも少女二人は当然のように受け入れていた。

晶は気付いていなかったが、晶が宙を舞う度に朱金の輝きが波紋に似た輪を描く。

「寂炎雅燿《あれ》に飛翔《ひしょう》の権能が備わっているとは、ついぞ聴いたことがありませんでしたが」

「云《い》っておらぬからのう。と云うか、伝えたところで意味もあるまい」

そう云う訳にもいかないだろう。

嗣穂は苦言の一つも云いたくなったが、目の前の少女との圧倒的な立場の差から辛うじて口を噤《つぐ》んだ。

「云っておくが、歴代の御坐《みくら》たちには、その都度、告げておるぞ？　使いこなせるものは居《お》らんかったがのう」

「……それは」

何故か？　そう訊《き》こうとして、嗣穂は理由を悟った。

霊力を以《もっ》て現実を改変するためには、術者の意思が大前提として必要となる。

これは、陰陽術でも精霊技でも、神器の神域特性でも絶対に変わりはしない。

行使するという、意思あってこその奇跡なのだ。

歴代の御坐《みくら》たちは、飛翔が可能である事は識《し》っていたろうが、自身が翔べるという確信、行使のための意思が無かったのだろう。

御坐《みくら》であったとしても、翼も持たぬただ人が天空を遊弋《ゆうよく》する。

その現実を受け入れ、術として顕現《けんげん》させるのは難しかったのだろう。

ある種、晶は例外のようなものである。

生き延びる、逃げる。

おそらくは、そういった類の否定的《ネガティブ》な感情と突破するための意思。

そのままに寂炎雅燿《じゃくえんがよう》を振るい、状況の打破のために精霊が代行として権能を行使した。

それが晶の飛翔に繋がったのだろうと、嗣穂は想像したのだ。

――そして、それが正しいと云うのは、朱華の現状が証明していた。

「――くふっ」

再度、朱華が咽る。

嗣穂の目にも明らかに、少女の精気が失われていた。

あらゆる意味で強引で稚拙。成立するはずのない術とは云えない術の成立。

その反動と対価を、目の前の少女が一手に引き受けているのだ。

「あかさま、神気を……」

「……小彌太《こやた》の時もそうであった」

嗣穂の気遣いを遮り、朱華が告げた名前に首を傾《かし》げる。

そして思い出す。珠門洲の歴史で初めて確認されている、神無《かんな》の御坐《みくら》の名前だ。

「神気の扱いが下手《へた》でのう。いつまでたっても遠慮なく、妾《わらわ》を内側《うち》から貪《むさぼ》ってくれたものよ」

「……」

二の句を継げない嗣穂を流し目で見て、朱華は微笑《わら》った。

「其方も男《おのこ》を知れば分かる。肉体《み》を抉《えぐ》られる、痛みと充足を。――女性《おんな》としての幸せをのう」

「は、はぁ……」

どう返事を返したものかと迷う嗣穂を余所《よそ》に、珠門洲を支配する少女は、再度、華蓮の方へと視線を向ける。

その先では、現状を理解した晶が、ようやく地上に向けて滑空を始めたところであった。

「――忘れりゃな、晶」

ぽつり。朱華が呟《つぶや》く。

「其方を満たすは、天空を舞う鳳凰《ほうおう》の化身ぞ」

どこまでも愉《たの》し気に、どこまでも愛《いと》おし気に。

「――忘れりゃな、晶」

ただ、晶だけを見つめて呟《つぶや》いた。

「其方が立つ地を統べるは、火を司《つかさど》る神性ぞ」

◇

「――…………はあっ、あ、はあっ、は、は」

結局、滑空の勢いはそのままに、晶は地表へと戻ることに成功した。

緊張とどうやって戻って来れたのかいまいち理解できないほどの混乱で、浅く太い呼吸《いき》を繰り返す。

無事だったことが嬉《うれ》しいのか、生きていることが理解できていないのか、自分でも呑《の》み込めていないままにボロボロと勝手に涙が零《こぼ》れた。

だが、それも幾ばくも無い間だけで、百鬼夜行の最中である事を思い出して、晶は直《す》ぐに立ち直る。

滑空し着地した先は、晶が居たところよりも、10町《1・1キロメートル》、川上に離れたところであった。

元いた場所に視線を遣《や》る。

特に明かりも無いのに、遠く離れたその場所が何故か鮮明に視界に映る。

大鬼《オニ》が一体、大蛇が一体。

もう一体の大鬼はどこへ行ったのか？

滅んだのだ。知らないはずなのに、何故かそう確信できた。

そして何故か、残った大鬼や大蛇も動く気配を見せていない。

そこまで疑問を浮かべて、周囲に視線を遣る。

世界が朱金に輝いていた。

膨大な量の朱金の粒子がそこかしこから湧《わ》き上がり、晶の視界全《すべ》てをその色で満たしていく。

それは何処までも荘厳で、幻想的な光景であった。

音を立てることなく、しかし、絶大な威光《ちから》を秘めた輝きは、晶の周囲で疾走《はし》っていた穢獣《けもの》どもの動きすら押さえつけるように、その場所に留《とど》めていたのだ。

鹿や猪の類は震えながらもようやっと立っているといった風情だし、狗《いぬ》などの小物に至っては地面に倒れて息をするのもやっとの有様であった。

穢獣《けもの》でここまでの効果が出ているのだ、大鬼や大蛇であっても、動くことは容易であるまい。

そう納得して、ようやく晶は自分の状態に意識を向ける余裕ができた。

羽織の下にある自身の隊服はボロボロで、引っかかっているのがせいぜいといったところだ。

羽織に隠れてそうとは見えないだけで、生きているのが不思議なほどの惨状だ。

——だが、穴の下にある生身は、傷一つついていなかった。

晶には重傷を負った経験が無い。身体《からだ》の丈夫さは、晶にとって密《ひそ》かな自慢ではあった。

しかし、これは違う。

身体が丈夫や、無傷で幸運などとは、根底から孕《はら》んでいる意味が違う。

本来、晶は大鬼に蹴《け》られた時点で、死んでいなければおかしいのだ。

「あ」

思い出した。

——約束しよう。

記憶の中で、朱華が微笑《わら》う。

——珠門洲《しゅもんしゅう》に其方がつま先でも身を置く限り、洲《くに》の全ては其方に合力するであろう。

約束、守ってくれたのか。

朱華の言葉に、じんと胸が熱くなる。

「そうか。——なら、今度は俺が返す番か」

そして気付く。

右手に握る、固い感触。

持ち上げて見る。

掌《てのひら》が握りしめていたのは、剣の柄《つか》であった。

滑らかな革に黒糸が縫い込まれた実用重視の柄。片刃で使われることがない幅広の大陸風の鍔《つば》。

その先に、肝心の剣身は存在していなかった。

――否、在る。

光を殆《ほとん》ど反射しないほどの、恐ろしいほどに透き通った両刃の剣身。

全くと云ってもいいほど見えないが、長さはおそらく3尺6寸《1メートル10センチ》といったところか。

これは何だ？　自問する。記憶には無い、しかし、晶はこの剣の銘を識《し》っていた。

魂魄《こんぱく》に刻み込まれたその銘。

寂しくも絢爛《けんらん》たる、一握《いちあく》の炎。

「寂炎雅燿《じゃくえんがよう》――？」

恐る恐る、その銘を剣に投げかける。

剣――寂炎雅燿《じゃくえんがよう》は、まるで意思を持っているかのようにその問い掛けに一度、脈動を返して、その剣身を抜き放つ。

透明な剣身の芯《しん》鉄部分に蒼《あお》い炎が立ち昇り、絡みつくようにして銀の粒子が蒼炎《そうえん》を塗り潰《つぶ》していく。

剣身全てに蒼と銀を満たし生まれたのが、絢爛朱金に輝く両刃の剣であった。

広範囲にあって、悉《ことごと》くの穢《ケガ》レを押さえつける朱金の輝き。

その精髄を鍛え上げた、一振りの剣。

莫大《ばくだい》な霊力《ちから》が、晶の身体をも満たしていく。

まるで、乾ききった湖に清水が満ちるかのような感覚に、陶然と晶は酔った。

何でもできる。そんなばかばかしい思考が浮かぶほどの全能感。

剣身を満たす莫大な熱量が後押しをするままに、2度、3度と剣を振るう。

その度に、周囲に輝く粒子が大きく渦を巻いて、晶の意のままに虚空に軌跡を刻んだ。

無尽に湧出する輝きに煽《あお》られて、羽織が晶を慕うとばかりに大きく翻る。

征《い》ける。

晶は僅《わず》かに腰を落として、平正眼の構えの変形から一気に地を蹴った。

身体が軽い。まるで翔《と》んでいるようだ。

そんな埒《らち》も無いことが、大鬼目掛けて疾駆しながら脳裏に浮かぶ。

——当人は気付いていなかったが、事実、晶の速度は常人の見せるそれでは無かった。

1間《1.8メートル》を1歩で踏み越える。

地を蹴る脚は力強く、それでも踏みしめる時間は刹那《せつな》の内に。

最早《もはや》、晶の身体はほとんど宙を滑るようにして、大地を疾走《はし》っていた。

その状態が生み出す勢いは凄《すさ》まじく、10町《1.1キロメートル》はあった大鬼との距離を見る間に詰めていく。

疾走《はし》りながら、目につく穢レ目掛けて寂炎雅燿《じゃくえんがよう》を振るった。

流石《さすが》に、猪程度の穢獣《けもの》風情のために、寄り道をするほどの余裕はない。

そちらの方向に刃《やいば》を空振りしただけだ。

——それで、充分だった。

振るった刃の軌跡に従い、周囲に渦巻く朱金の粒子が浄火の波濤《なみ》を引き起こした。

ただ、そこに在るだけで怪異さえも足止めさせうる浄化の粒子。

それが明確な牙《きば》を持つ波濤となり穢獣《けもの》を呑み込んだ瞬間、穢獣《けもの》は浄化の炎へと姿を変える。

「は、ははっ」

晶が疾走《はし》り抜けるその軌跡に沿って、浄化の炎が無数に上がる。

それがたまらなく痛快で、自然と晶の口から哄笑《こうしょう》が漏れた。

身体が熱い。業火に炙《あぶ》られるかのような、それを塗り潰すような快感。

圧倒的な弱者であった晶は、生まれて初めて振るう圧倒的な暴力に酔っていたのだ。

今や晶の姿は構えも何もなく、どこか野を駆ける狼《おおかみ》にも地を飛翔《と》ぶ燕《つばめ》にも似たものとなっていた。

――落ち着け、距離を取れ。

浄火の波濤で穢獣《けもの》どもを蹂躙《じゅうりん》しながら、見る間に迫る大鬼の姿に一層の戦意を猛《たけ》らせるが、暴力に酔っていても、頭のどこかで冷静な自分が警戒を叫んだ。

当然だろう。つい先ほどまで、晶を好き勝手に嬲《なぶ》っていた暴力の権化だ。

簡単に倒せると考えてしまえるこの瞬間がおかしいのだ。

だが、

――攻めろ。あの程度、脳天から下ろしてやれ！

生まれてしまった傲慢《ごうまん》な思考が晶の理性を蹴り飛ばし、その勢いのままに寂炎雅燿《じゃくえんがよう》が一層の熱量を放って猛った。

遂にはその感情のままに、晶は大鬼の頭上が見下ろせる位置まで跳び上がる。

流石は大化生と讃《たた》えるべきか、晶の見え透いたその攻撃に、碌《ろく》に動けなかったはずの大鬼も手にしていた電柱を掲げて防御の姿勢を見せた。

堅い杉の丸太で出来た電柱は、簡単に両断できる代物ではない。

剣の勢いを木に食い込ませて止めてから、晶を殴るなりする算段だったのだろう。

灼熱《しゃくねつ》の軌跡を描いて、大上段《火行の構え》から寂炎雅燿《じゃくえんがよう》が振り下ろされた。

大鬼の狙《ねら》いも過たず、電柱と剣の刃が激突。

──一瞬の停滞も赦さずに、寂炎雅燿《じゃくえんがよう》の刃は電柱も大鬼も見事に両断してのけた。

大鬼の誤算は、晶の手にした剣が、見た目《ガワ》が剣の形《なり》をとっただけの別物であったという事だけ。

寂炎雅燿《じゃくえんがよう》の剣身は、それ全《すべ》てが炎という概念そのものを鍛え上げたものでできている。

存在そのものを灼《や》き尽くす業火の太刀《たち》、幾ら堅かろうと杉ごときで止められるようなものではないのだ。

地面すれすれまで剣身を振り下ろし、絶命する大鬼が倒れる姿を見ることもせず、その脇《わき》をすり抜けるようにして、さらに先へと駆けだす。

晶の視線の先には、この事態を引き起こした首魁《しゅかい》、沓名ヶ原《くつながはら》の怪異たる大蛇の威容が、晶を迎え撃つかのように聳《そび》え立っていた。

駆ける。

否、地を這《は》うように飛翔《ひしょう》する。

天空高くを翔んだのだ、ならば、低空を翔ぶのは想像するよりも容易だろう。

──大蛇までの距離は、およそ20間《36メートル》。

その距離が刹那で溶ける。

大蛇が反応しようとしたその時には、晶の身体《からだ》はすでに大蛇の懐深くに潜り込んでいた。

見る間に詰められた間合いに困惑しながらも、大蛇が尾の先端をしならせる。

が、流石にここまで距離を詰められると、胴体での迎撃もままならない。

無理な体勢から放つ、そのためか、ひどく中途半端な一撃であった。

それでも、長大な大蛇の尾が生む速度は大気を切り裂き、衝撃波の刃を生み出す。

矮小《わいしょう》なただ人の身で、尾の質量と剛風の刃の一撃に耐えうることは不可能だ。

大蛇はそう確信した。

――だから、
朱金の描く軌跡が、まるで抵抗が無いかのごとく大蛇の尾を斬り飛ばした時、大蛇の思考は混乱に呑み込まれた。

そして、

――邪《ジャ》アァァアァッツ⁉　アァ弱《ジャ》アッ！　弱《ジャ》アッ！！？？？

次いで生まれたその身すら灼《や》かんと襲ってくる激痛に、まるで子供のように哭《な》き叫ぶ。

ただ人であった頃《ころ》も、人外に堕《お》ちた後も、ここまでの痛苦に苛《さいな》まれたことは初めての経験であったからだ。

だから、哭き叫びながらも、身体を癒《いや》さんとすぐさま大蛇は行動を起こした。

先刻に厳次が看破した通り、大蛇の正体は鬼火の群体である。

仮令《たとえ》散らされても、消し飛ばされても、瘴気《しょうき》で殖えて元の位置に鬼火が集まれば、外見だけならすぐに元通りになるはずだからだ。

だが、何故か尾はもとに戻る様子を見せなかった。

それどころか、ちりちりと尾の断面から鬼火が散ってゆく。

その現実に混乱しながらも、大蛇はこれを成した晶に視線を戻した。

晶は輝く大剣を振り抜いた姿勢のまま、俯《うつむ》いて表情を見せていない。

――眼中に無いと云《い》いたいのか‼

痛みに勝る屈辱に、大蛇の眼差《まなざ》しが瞋恚《しんい》に染まる。

尾を斬られた怒りのままに、大蛇は口腔《こうこう》に己が持ちうる最大濃度の瘴気を詰め込んだ。

そして、晶に毒の炎を吐きつけるべく口を大きく開けて、

――それが、大蛇の最後の思考となった。

大蛇よりも一息早く晶が動く。

煌《コウ》。

寂炎《じゃくえん》雅燿《がよう》が蛇の胴体に差し込まれ、その刃が垂直に斬り昇り、
朱金に逆巻く灼塔《しゃくとう》が、大蛇を呑《の》み込み、雲一つない夜天を割《さ》いて月を衝《つ》いた。

――邪《ジャ》、爬《ハ》、…………………。

強大な力の奔流に、なす術《すべ》なく一瞬で大蛇が消滅する。

大蛇が遺《のこ》せたのは、末期の一息に似たかすれた哭き声だけであった。

煌々《こうこう》と放たれた神気の規模に対して、ひどく静かな一撃であった。

莫大な力の発露と共に生まれたはずの衝撃と爆音は、終わりなく立ち昇る神気に呑まれて消えた

のだ。

後に残ったのは朱金に燃え盛る灼塔と、上昇気流すら呑み込む熱量の摩擦が起《た》てる、化鳥《けちょう》の啼《な》き声に似たわずかな残響のみ。

晶の放ったそれは、奇しくも、奇鳳院《くほういんりゅう》流にある精霊技の一つと酷似していた。

その灼塔に呑まれたが最後、いかなる存在《モノ》も逃げること能《あた》わず。

独特の化鳥の啼き声故に、その精霊技《わざ》はこう呼ばれる。

奇鳳院《くほういんりゅう》流精霊技、奥伝――彼岸鵺《ひがんぬえ》。

喜怒哀楽のどれにも当てはまらない複雑な感情が、晶の心を握りしめる。

感情に起因する純粋な衝動が胸を衝き、声にならない声が呼気となって喉《のど》から漏れた。

朱金の輝きに祝福を受け、自身が生み出した炎に照り返されて、遠のく意識の中、晶は声も無く少し泣いた。

7話　朱の歓喜、玄の慟哭《どうこく》　1

「――――あははははは！！！」

明け透けな笑い声が、伽藍《がらん》の中に響き渡った。

笑い声に呼応するかのように架けられた風鈴がさざ鳴り、伽藍を華やかな音で満たす。

声の主である朱華《はねず》は、欄干から外に大きく身を乗り出して食い入るように晶《あきら》を見つめ、熱に浮かされたように哄笑し続けた。

「見やれ。見やれ、嗣穂《つぐほ》。御坐《みくら》ぞ！　まごうかた無く神無《かんな》の御坐《みくら》ぞ！」

視線の先に広がる光景は、煌々と天を灼く炎の塔。

そして、剣を振り上げた姿勢のままの晶。

欄干から外へ半分以上身を乗り出し、そこに居ない晶を掻《か》き抱《いだ》くように繊手《せんしゅ》を宙に彷徨《さまよ》わす。

「……おめでとうございます」

――真実《まこと》に、神無《かんな》の御坐《みくら》だったのね。

嗣穂は、朱華に気付かれないように拳《こぶし》を握りしめながら、それでも努めて平静を装って、漸《よう》くそれだけを口にした。

己が奉じる神柱《かみ》の断言を受けても、実際に自身の目で確認したわけでもないため半信半疑であったが、ここまで現実を見せつけられたら受け入れざるを得ない。

百年に一度、ただ人の頂きたる八家の間にのみ生まれるという、正者の奇跡。

精霊を宿さずに生まれるというその者は、神無《かんな》の御坐《みくら》と呼ばれる。

精霊を宿さないという事実が意味するものは、精霊に依《よ》らず己の意思だけで世界に立つことが許されるほどの強靭《きょうじん》な器であるという事。

その身命は、一個の世界と等しく。

――そう。つまりは、神柱を宿すことが可能なほどの器であるという事だ。

「嗚呼《ああ》、400年《しひゃく》ぶりの神無《かんな》の御坐《みくら》じゃ！　妾《わらわ》だけの御坐《もの》ぞ！　妾だけの晶ぞ！　――誰《だれ》にも渡さぬ。あおにも、しろにも、ましてやくろなどにはのう！」

「あかさま！」

高天原《たかまがはら》を二分しかねない危険な発言に、嗣穂は顔色を無くした。

その言葉通りに事を進めてしまったら、間違いなく義王院《ぎおういん》が敵に回る。

その先は、400年《しひゃく》前の大陸の干渉を受けてまで荒れに荒れた内乱の再現だ。

それだけは、嗣穂が絶対に避けるべき最悪の未来予想図であった。

「……何じゃ、興が削《そ》がれるのう」

高揚した気分に水を差されてか、可愛《かわい》らしく唇を尖《とが》らせる朱華に、嗣穂は慎重に言葉を選びながら説得にかかった。

「あかさまの願い通りに事を進めると、くろさまの不興を買うのは確実です。

高天原を千々に乱すのは、あかさまとて望むものでは無いかと」

「じゃが、それではくろに晶を取られてしまうではないか」

「……ですから、くろさまと、晶さんの所有に関して期限を設けるよう交渉しましょう。こちらには晶さんの長期滞在と、華蓮《かれん》で空の位に至ったという事実が手札《強み》としてあります。くろさまとて、晶さんを手放してしまった手落ちを突《つ》かれては強硬に声を上げることは難しいはずです。充分に交渉の余地はあるかと」

「むぅ、片時とて手放すのは惜しいのう」

一理あると見たのか、執着を見せつつも即座に切って落とすのではなく悩む様子を見せる。

元来、神無《かんな》の御坐《みくら》の処遇は、その者が産まれた洲に属するのが習わしだ。

その習わしに従うならば、晶の所在は國天洲《こくてんしゅう》であり、くろにのみ、その所有が認められていることになる。

だが、雨月のしでかしたことが推測通りであるならば、晶の身上は雨月から追放されているはずで、ただ人の規範に則《のっと》れば珠門洲が晶の所在となる。

晶は義王院と婚約関係にあったが、同時に雨月にその身柄を置いていた。

八家管轄の領地内はある程度の自治が認められている以上、その処遇を決定する権限を持っているのは最終的に雨月《うげつ》になる。

詰まる所、晶の所在を宣言する権利は、國天洲と珠門洲《しゅもんしゅう》両方が混在して持っているというのが現状だ。

雨月の暴走と失態。

これを許してしまった以上、晶との関係に対する原状への完全な回復はおそらくはほぼ不可能に近い。

理性が残っているのなら、義王院も交渉の卓に着く提案を無下にはできないはずであった。

それに、義王院が強く申し出られない理由がもう一つある。

「いくら習わしを前面に出して義王院がゴネてきても、最終的な意思決定は神無《かんな》の御坐《みくら》である晶さんに委ねられています。神無《かんな》の御坐《みくら》の心を縛るは、神柱の在りように非《あら》ず。晶さんを繋《つな》ぎ留《と》められなかったのは、義王院の、引いてはくろさまの失態です。交渉の卓を無視して月宮《つきのみや》に裁下を願い出ても、立場が揺らぐのはくろさまでしょう。――あかさまと晶さんの関係が良好である以上、くろさまも晶さんの心証を悪化させるような手段は控えるはずかと」

神無《かんな》の御坐《みくら》という称号がもたらす最大の恩恵は、自身の依って立つ地を自由に選べるという一点だろう。

良くも悪くも、精霊に、そしてその土地に縛られて生きるただ人の中で、自在に洲《くに》を跨《また》ぐことが許されているのは神無《かんな》の御坐《みくら》と呼ばれる存在だけだった。

だからこそ、神柱《かみ》は晶の気を惹《ひ》こうと必死になるのだ。

真実、それ以外の手段では晶を留《とど》めておけないから、必死になって自身が持つものを与えて晶を満たすのだ。

それを怠ったくろに、反論を赦《ゆる》す余地はほとんど無い。

義王院との関係性は悪化するが、直接の対立は避けられるだろう。

滔々《とうとう》と語る嗣穂を感情の読めない眼差しで見つめながら、朱華は聞き終わると同時に、くふ、と喉を鳴らして微笑《わら》った。

「ま、良かろ。必死になって神柱《わらわ》を説得する其方《そなた》の成長に免じて、くろとの交渉を認めよう」

朱華の許しが出たことで、嗣穂は思わず安堵《あんど》の息を吐いた。

これで、義王院との交渉に少しは希望が見えたのだ。

僅《わず》かながら最悪の事態に陥る可能性が遠のいたことを、嗣穂は素直に喜んだ。

「――じゃが、晶の気持ちをこちらに傾ける努力は良かろう？　妾とて久方ぶりの神無《かんな》の御坐《みくら》じゃ。存分に逢瀬《おうせ》を愉《たの》しみたい」

「はい、そちらの方はごゆっくりと」

深々と頭を下げて、朱華の意を受け入れる。

嗣穂にとっても、晶と朱華の距離がある程度縮まるのは喜ばしいことであった。

何しろ、この問題の根深さはともあれ、解決の糸口は晶の気持ちにこそあるのだ。

義王院との交渉を優位に進めるためにも、晶の気持ちを奇鳳院《くほういん》に傾けるよう努力するのは当然の策であった。

「それでは、事後処理がありますので、今宵《こよい》はこれで御前を失礼させていただきます」

「うむ。……そうじゃ、時に嗣穂よ。其方の伴侶《はんりょ》選考は、何時《いつ》であったかの？」

「……神無月《10月》の神嘗祭《かんなのまつり》を越えた後に予定しておりました」

「左様か。分かっておるとは思うが、それは取り止《や》めじゃ。其方の伴侶は、晶に決定とする」

「承知いたしました」

さらりと告げられた朱華からの勅令を、嗣穂は異を唱える事もせずに首肯して受け入れた。

神無《かんな》の御坐《みくら》の表向きの婚姻相手となるのは、三宮四院の血統に課せられた義務だからだ。

それは、神代と現代を繋ぐ契約の一端として、古《いにしえ》に神柱と三宮四院八家の間に交わされた約定の一つ。

神代の終わりより四千年、それは神柱の分木である三宮四院としても余りにも永い年月である。

三宮四院の血は半神半人を受け継ぐものであり、人の世と神柱を繋ぐ楔《くさび》であるが、どれだけ強固な繋がりであろうともこの年月の前には劣化は避けられない。

劣化する神の血縁を現世に繋ぎ直す方法はただの一つ、神無《かんな》の御坐《みくら》の血を、己の血筋の一滴に加えることだけだからだ。

神柱とただ人が血を交え、半神半人たる三宮四院を生み出せたのは高天原勃興《ぼっこう》の一度のみ。

伝承に曰《いわ》く、それを成したのは高天原央洲を司《つかさど》る神柱と、空の位に至ったという神無《かんな》の御坐《みくら》であったと云《い》う。

晶は、歴史上で二人目となる、空の位に至った神無《かんな》の御坐《みくら》。

それこそ、神柱《かみ》は何が何でも晶を取り込もうとするだろう。

「できれば義王院との交渉に入るまで、晶さんの不在が悟られないでいたいものですが」

「無理じゃな。昨日《きのう》までは判《わか》らんが、間違いなく今はくろの奴《やつ》は気づいておる」

「理由をお訊《き》きしても?」

「簡単じゃ。晶が寂炎雅燿《じゃくえんがよう》を振るうにあたって、晶を満たしておったくろの神気が邪魔になる。

故に、晶が寂炎雅燿《じゃくえんがよう》を抜いた瞬間に、くろの神気を封じるよう細工を施しておいた。加えて、昨夜には魂石の繋ぎを新たなものに継ぎ変えている。――どう足掻《あが》いても、一両日中にくろが荒れるじゃろうな」

「…………では、急がねばなりませんね。表立っての行動ができない以上、義王院への接触は夏季休暇後《盆明け》

になりますが」

「うむ。よしなにの」

現在、12歳の嗣穂は、央洲《おうしゅう》の天領《てんりょう》学院中等部に在学している。

13歳となる義王院静美《しずみ》も同様に、同校の中等部に籍を置いていた。

家格が同じで年齢も近いため、二人の交流はそれなりにあった方だ。

よほどの下手《へた》を打たない限り、学院での内密の接触はそう難しいものではないだろう。

今はその幸運が、嗣穂にとって何よりも有り難いものであった。

一礼して、伽藍から去る嗣穂を後ろに、朱華は再び遠く華蓮の向こうにいる晶に視線を戻す。

炎の尖塔《せんとう》が天を灼《や》く姿はすでに薄く朧《おぼろ》に消えかけていた。

一帯を覆っていた朱金の輝きは、靄《もや》のように川の周囲に漂うだけ。

全力を絞り尽くしたのか、尖塔を生み出した晶は塔があった場所で剣を振り上げた姿勢で固まっていた。

その何処《どこ》までも愛《いと》おしい晶の姿に、朱華は大きく両《りょう》の腕《かいな》を広げる。

「嗚呼《ああ》、晶や。――妾は、其方を祝福しよう。――見やれ、精霊の慶びを。――聴きやれ、珠門洲の寿《ことほ》ぎを」

尽きる事なく溢《あふ》れる想《おも》いのままに、珠門洲を司る火行の大神柱たる朱華が晶への祝福を叫んだ。

「――故に、妾を愛してたもれ。神無《かんな》の御坐《みくら》たる其方の愛は、妾を満たすがゆえに‼」

大神柱の神気さえもその身に宿す事が赦された神無《かんな》の御坐《みくら》は、それが担う役目故に呼び名もまた数多い。

神代の担い人。
杭《くい》の打ち手。
そして、
――神々の伴侶。
その呼び名に相応《ふさわ》しくあれと、ただただひたすらに朱華は愛おしさを叫んで笑った。

7話　朱の歓喜、玄の慟哭《どうこく》2

朱華《はねず》が歓喜の声を上げたのと同刻。

――國天洲《こくてんしゅう》、洲都、七ツ緒《ななつお》。

神域、黒曜殿《こくようでん》にて。


「――――――――――あ、あああああぁぁぁぁぁぁ！！！！」


身を刻まれるかのような、あまりにも悲痛な慟哭《どうこく》が、深闇《ふかやみ》に沈む空間を揺らす。

ざあ。慄《おのの》くように空間がうねり、小波《さざなみ》が幾重にも連なって、その地を満たす水面を乱した。


「――……くろさま！　いかがなさいましたか⁉」


常にない焦りの声を聞きつけて、近くに侍っていた義王院静美《ぎおういんしずみ》が息せき切って神域に飛び込んだ。

神域に踏み込むと、静美の足が踝《くるぶし》まで水に沈む。

その瞬間、凍《い》てつくような冷たさが、脳を揺らした。


「…………………つっっ！」


その痛みに、思わず悲鳴が喉《のど》から漏れかける。

足を刺す冷たさは、静美が初めて経験するその水の温度であった。

神域とは、神柱の坐所《ざしょ》であると同時に、本質そのものである。

それが意味するところは、詰まる所、神域とは神柱そのものと同義であると云うに等しい。

当然、静美の足を苛《さいな》むこの水も例外ではない。

解《わか》りやすく言葉にするなら、この水の温度はこの地を司《つかさど》る神柱の感情に左右されているのだ。

凍てつく真冬の寒さと同時に、神柱の混乱と嘆きが静美の感情を苛《さいな》む。

ここの神柱は、穏やかで優しい気質の持ち主だ。

それなのにこの取り乱しよう、ただ事とは思えなかった。

「くろさま！　くろさま⁉　何処《いずこ》に居《お》わしますか！！？」

必死になって呼びかける静美だが、返ってくるのは水を揺らす小波の音だけ。

応《いら》えも無く、しばらくの間、身が切られるほどの静寂だけが静美の呼びかけに答えるのみの時間が過ぎた。

――やがて、

「……………静美、かや？」

暗闇の向こうから、朱華と同じ年頃の童女が姿を見せた。

「はい。静美は御前に控えて御座います」

見た感じそこまで異常が見えなかったことに、内心大きく安堵しながら静美は童女に駆け寄った。

「くろさま、いかがなさいましたか？　斯様《かよう》にも心を乱されては、精霊も怯《おび》えてしまいます」

くろ。そう呼ばれた童女は、悲痛の表情を浮かべたまま、僅《わず》かに視線を上げて静美を見据えた。

肩口で切り揃えられた艶《つや》のある黒髪が、動きに合わせてそぞろに揺れ、虹彩《こうさい》の見えない漆黒の瞳《ひとみ》が悲し気に歪《ゆが》む。

「……静美や。晶《あきら》は何処じゃ？」

「晶さん、ですか？　先《せん》だっての文には、五月雨《さみだれ》領での当主教育がようやく終わりそうだとありましたが」

静美は、唐突に問われたその名前に戸惑いながらも、つい数日前の近況を伝える文の内容を伝えた。

応《こた》えながらも、そういえば、と思考の片隅で考える。

晶が当主教育のために洲都に足を運ばなくなって、もうすぐ3年だ。

黒曜殿に晶を迎え入れるための改修も目途がつき、晶の登城を雨月に要請し続けている最中であった。

ここ数ヶ月の雨月の返答はのらりくらりとした曖昧《あいまい》なもので、色好《よ》いそれは貰《もら》えていない。

当主、雨月天山《うげつてんざん》の言い分として、晶の無能ぶりに教育の進捗《しんちょく》もままならず、苦労が絶えないとあったが。

反面、次男の雨月颯馬《そうま》を声高に自慢するその姿勢に、最近は静美も疑問に思っていた。

晶に無駄に耳目が寄せられるよりは、適当に優秀な次男に余所《よそ》の注目を集めさせておく方が何かと都合がいいため、取り分け、天山にその事を指摘はしなかったが……。

そもそも、神無《かんな》の御坐《みくら》とそれ以外を比べること自体が傲慢《ごうまん》なのだ。

優秀さという事実など、奇跡そのものと比べること自体が烏滸《おこ》がましいとさえ云えるだろうに。

そう考えているうちに、くろがぽつりと零《こぼ》すように呟《つぶや》いた。

「…………居《お》らぬ」

「は？」

た。

「晶が、何処にも居らぬ」

「なっっ！！？」

「い、今し方、晶の中に満たしておった吾《あれ》の神気が、喪失した」

小刻みに肩が震えるくろが告げたその言葉に、静美は脳天を殴られたかのような衝撃を覚えた。

3年もの間、一度も晶と顔を合わせていないにも拘《かかわ》らず、義王院はその息災を心配していなかった。

その理由は単純で、晶の中には神気が満ちていたからだ。

神気とは神柱を構成する霊質であり、有り体に云えば神柱そのものでもある。

これに異常があれば、場所や距離に関係なく神気の大元たるくろの知るところとなる。

それこそ、病気や怪我《けが》なども知ろうと思えば具《つぶさ》に知れるはずだった。

「ど、どこで喪失したか分かりますか？」

力なく横に頭《かぶり》が振られる。

それだけで、絶望的な状況が知れた。

「分からぬ。常は晶の居場所を追うておらんだし、突然、繋《つな》がりが切れたのじゃ。慌てて晶を追ったが、痕跡《こんせき》も感じられん」

國天洲を遍《あまね》く知ろしめす大神柱、玄麗《げんれい》の言葉だ。

事が晶に関わる以上、過ちや誤魔化《ごまか》しは万に一つも有り得ない。

それに契約下にある神柱の神気が、突然に断ち切られる事などあり得ない。

その大前提が覆されたのだ、玄麗や静美の狼狽《ろうばい》は当然の事であった。

晶は、ただの神無《かんな》の御坐《みくら》ではない。

おおよそ百年に一度の間隔で何処かの八家で生を享《う》ける神無《かんな》の御坐《みくら》だが、何故かこれまで國天洲で産まれた事実は無い。

高天原《たかまがはら》の興りより数えて４千年。

これまでの現実を覆して、國天洲に産まれた初めての神無《かんな》の御坐《みくら》だ。

晶の誕生を知った時の義王院の慶びは、筆舌に尽くし難く、待望の存在に大いに沸いた。

当然、雨月の取り込みにややもすると強引とも取れるほどに動き、様々な面で優遇を施してきた。

他洲の干渉を恐れて、他洲《よそ》はおろか國天洲での情報統制も強行し、晶という存在が揺ぎ無く義王院のものであると周知できるまで秘匿の存在としてきた。

そこまでの労力を払って、周知される事無くあと数ヶ月のお披露目の時を数えるまでに来たというのに、それらの努力が目前でご破算となったのだ。

晶の身体《からだ》から神気が消える事態などある訳がない。

あるとしたら神気を封じるか、晶の意思で神気を封じたか、晶が死んだか。

「まさか……」

晶の死。静美の脳裏に、最悪の想像がよぎる。

そんな事態になれば國天洲にどんな災いが降りかかるか、予想すら恐ろしくてできない。

最もマシな原因は、晶が己の意思で神気を封じたという状況くらいか。

そうであれば、晶は何らかの隔意を義王院に対して抱いているという事になるが、その他の取り返しの利かない事態よりかは話し合いで何とかなる余地が残っているはずだ。

ぶんぶんと乱雑に頭を振って、執拗《しつよう》に思考を苛む嫌な想像を振り払う。

瘧《おこり》に罹《かか》ったかのように震える身体を無理に押さえつけて、努めて何でもないように平静な声で玄麗に語りかけた。

「くろさま、きっと何でもございませんよ。晶さんも、当主教育で少し気が滅入っていただけでしょう。もしかしたら、明日にも神気の繋がりが戻るかもしれません。そうなった時に、くろさまがそのような体《てい》たらくでは、晶さんもお笑いになるでしょう」

「…………そう、かの？」

普段であれば、静美の押し隠す感情などお見通しであったろうが、流石《さすが》に玄麗も彼我を慮《おもんぱか》る余裕も無いのか、不安に揺れる瞳を静美に向けるのみとなる。

「そうですとも。さ、今宵《こよい》はゆるりとお休みくださいませ。晶さんには、こちらから連絡を取って置きますゆえ」

「ん…………。静美や、善きに図《はか》らってたもれ…………」

そう言葉を残して、ゆらりと玄麗の姿が暗闇に沈むかのように消えていった。

首《こうべ》を垂れて静美は玄麗を見送ってから、足早に黒曜殿から外へと出る。

不安だけしか残せなかった玄麗とは裏腹に、静美は焦りを隠そうともせずに眉間《みけん》にしわを寄せて神域と本邸を渡る透渡殿を歩くと、その向こうから、異変に気付いた側役が二人、慌てふためいて静美の元へと走り寄ってきた。

「姫さま！　これはいったい何事ですか⁉」

「……悠長に話をする余裕がありません。そのみ、楓《かえで》、宿直《とのい》の任を解きます。急ぎ、出立の準備をして頂戴《ちょうだい》」

「出立⁉　こんな時分に？　いったい何処《どこ》にですか？」

「五月雨《さみだれ》領です。極力、雨月にこちらの動向を悟られないように、別用で出向いた形にして」

「姫さま、下知は拝命いたしますが、少々、強引では？　この大事な時期に、雨月を変な形で刺激しかねませんが」

「――晶さんを満たしていたくろさまの神気が、先ほど喪失しました」

その言葉に一拍置いてから、側役《そば》の少女たちから血の気が失《う》せた。

側役に就く者たちには、神無《かんな》の御坐《みくら》を含む様々な機密が教えられている。

それ故に、雨月に対して過剰なまでに配慮をみせる義王院の現状も理解をしていた。

そして、晶の神気が失われた原因を想像して、それがどれだけ致命的な出来事なのかを理解したのだ。

「く、くろさまは……？」

「まだ、荒神《あらがみ》にはなっていません。ですが、時間の問題でしょう。…………これで分かりましたね、ここで問答する時間も惜しいのです。すぐにでも準備を終えて、無理をしてでも急いで晶さんの安否を確認してちょうだい」

「畏《かしこ》まりました」

「楓、貴女の実家《千々石家》は木材商を営んでいたわね。五月雨領に支社はあったかしら？」

「確か、在ったはずです。五月雨杉は、あの領の特産ですから」

「結構。実家に連絡して、そちらの用向きとして出向いてちょうだい」

千々石《ちぢわ》楓の首肯を余所《よそ》に、静美はそのみに視線を移した。

「そのみ、同行《どうぎょう》家に何か動きはあった？」

「……数ヶ月前の帰省の際には、特に二心を隠し持っている様子はありませんでした。それに、父さ、同行の当主は、神無《かんな》の御坐《みくら》に手を出すほど愚かではありません」

硬い表情で、八家第七位、同行の末席に名を連ねる同行そのみは頭を振った。

同行家に、雨月家が神無《かんな》の御坐《みくら》を得たという情報は漏れていないはずである。

そもそも、当主に選ばれた以上、血筋に加えて能力もあるという事だ。

権勢に興味があろうがどんな理由があろうが、神無《かんな》の御坐《みくら》に手を出すようなものは端《はな》から選ばれていない。

「…………そうね、疑ってごめんなさい」

「いえ。——五月雨領の後になりますが、実家の方も探ってみます。どの道、こうなった以上、華族全《すべ》てに疑いを掛けねばならないでしょうから」

「……でしょうね。五月雨領にどれくらいで入れるかしら？」

「朝に出る洲鉄の汽車に乗れれば、その翌日の昼には着けるかと。妨害が無いことが前提ですが」

「むしろ、妨害してくれた方がいいわ。相手に叛意《はんい》ありと確信できる。——たしか、論国《ロンダリア》経由で輸入した蒸気自動車《スチームモービル》があったわね？　あれを使ったら多少の時間短縮はできるかしら？」

「速度で汽車には敵《かな》いませんが、一晩で中継駅のある宇城《うき》領に着ければ、明日の夕刻に五月雨領に侵入できるかもしれません。ですが、かなり目立つかと」

蒸気自動車は、石炭で駆動する小型の蒸気機関を搭載した、最近になってようやく輸入が始まった外国の最新技術だ。

　値段も張るし、個人で保有しているものなど数えるほどもいない。

　海外との窓口を持っていない國天洲《こくてんしゅう》でこれを乗り回している時点で、どこの誰かの関係者など周囲に喧伝《けんでん》しているも同然となる。

　――だが、それでも、

「構わないわ。今は時間が惜しいの、使い潰《つぶ》す気で走らせて。動かせるのは馬丁の吉守《よしもり》さんだけだったわね。今の時分なら、帰って寝てるわね。――構わないから、叩き起こして」

　馬丁の吉守は、数十年、義王院に仕える実直な男である。

　その、長年、義王院に忠を尽くしてくれたものを、配慮も見せずに酷使する。

　静美らしからぬ言動に、義王院の余裕の無さ、そして、國天洲の危機的状況を二人は改めて理解した。

「経費《金子》は幾ら掛かってもいいわ。確実に、晶さんの現状を掴《つか》んで。――何事もなければそれでいいけれど、神気が喪失するなんて普通じゃあり得ないもの、絶対に何かあったはず」

「あの、現状の把握には、確実に晶さまが存在していたと確信できる時点が必要です。その、それで、最後に晶さまに逢《あ》われたのは、何時《いつ》ぐらいでしょうか？」

「…………え、と」

　おずおずと右手を挙げて訊《き》かれたその言葉に、静美は言葉を詰まらせた。

「……実際に逢ったのは、２……３年前かしらね。文のやり取りはあったし、私たちも晶さんを迎え入れる準備で精一杯なところはあったけど」

そう云《い》ってから、現状の不自然さにようやく思考が追いついた。

天山は当主教育に難航しているという言い分で洲都に晶を連れて来なかったが、いくら何でも新年の挨拶《あいさつ》にも連れて来ないというのはどう考えてもおかし過ぎる。

晶が無事であるのは神気で分かっていたし、徒《いたず》らに雨月を刺激する事を避けた結果とはいえ、この異常を見過ごしたのは、あまりにも義王院も迂闊《うかつ》過ぎた。

「……そうね、確かに怪しいところが多すぎるわ。そちらの方は、私が探りましょう。雨月天山が洲都に滞在しているときに親しくしていたものが居れば、何らかの情報は得られるでしょう」

「お願いいたします。連絡はどうしますか」

「できる限り毎日、電報を使って。詳報があれば、何時でも寄越《よこ》して。――葉月《8月》の頭に雨月の登殿が予定されているから、それまでにこちらの方で状況の把握をしておきたいわ」

「畏《かしこ》まりました。直《す》ぐにでも出立いたします」

「お願いね。――他のものも、これから当家は戦となります」

何事かと集まってきた屋敷住まいの家臣たちに向けて、静美は大きく声を張り上げた。

「雨月が叛意を見せた可能性があります。相手に悟られぬよう、雨月の情報を集めてちょうだい」

雨月は、八家筆頭であり、義王院の信頼も篤《あつ》い歴史ある一族だ。

それが叛意。およそ考えられない事態にどよめく家臣を見渡し、努めて平静に静美は噛《か》んで含《ふく》めるように言い渡す。

「重ねて注意します。叛意は可能性であり、確信ではないわ。相手を刺激する事は厳禁です。こちらは、現状を正確に把握するまで公に動くのを禁じます」

そう云いながら、静美は頭痛を堪《こら》えるかのように額に指を当てた。

自分が云っている言葉が、どれほどの慰めにもなっていない事を自覚しているからだ。

「これから、碌《ろく》に寝られる余裕も無いと思ってちょうだい。雨月の登殿まで、あと一ヶ月《ひとつき》。みんな、直ぐに動いてちょうだい」

静美《しずみ》の勅令に、家臣たちがすぐさまに動き出す。

それにわずかな頼もしさを覚えながらも、静美はぽつりと漏れる言葉を抑えられなかった。

「…………晶さん、無事でいてください」

この時から、義王院の歴史で最も昏迷《こんめい》した日々が始まった。

終　喧騒《けんそう》は遠く、君よ今はただ穏やかに

「ええいっ！　邪魔立てをするなっっ‼　――大人しく奴を引き渡せば妨害の罪は問わんでやる！」

「落ち着いてください、万朶《ばんだ》総隊長殿っ！　対象の身柄は現在、第8守備隊が押さえております。状況の確認は当方で行い、報告は総本部へと優先的に送りますので」

「何を悠長にっ。庇《かば》い立てすると、貴様らも同罪と見做《みな》すぞ！　この、放せ、放さ…………‼」

――ばたん。

「……は～」

万朶が引き連れてきた警邏《けいら》隊と守備隊の押し合い圧《へ》し合う喧騒《けんそう》が、屯所の扉を隔てた瞬間に遠く離れたものとなる。

押さえた扉に申し訳程度の突支棒《つっかい》を掛けてから、厳次《げんじ》はようやく一息吐《つ》いた。

あの様子を見るに、万朶の眼中に諦《あきら》める選択肢はないのだろう。

随分と焦っていたから、かなり追い詰められていることは容易に想像が付いた。

かなりの無理を強いて警邏隊を引き出したのだろう。新倉《にいくら》以下、少数しか残っていない守備隊だけで拮抗《きっこう》が叶《かな》っている分を見るに、警邏隊のやる気のなさは相当なものと推測できる。

「――叔父《おじ》さま。晶《あきら》くんの様子、どうですか？」

夏の陽光が遮られた廊下の向こうから、咲が歩み寄ってきた。

「怪我《けが》はありません、極度の疲労で気絶しただけでしょう。……何しろあれだけの精霊力を撒《ま》き散《ち》らして、穢《ケガ》レ共を殲滅《せんめつ》し尽しましたから」

「凄《すご》いよね。高天原《たかまがはら》で晶くんの真似《まね》ができる人って何人くらい居るんだろう？」

「八家当主であるならば、辛うじて。……確実にできると断言できるのは、１人だけですな」

実際のところは、神器の神域特性込みで評価の底上げをしている。

それであっても、説明のつかない事が多くあったが。

「私たち八家《八家》並みかぁ。呪符も書けるし、彼って華族の出じゃない？」

「……かもしれませんな。あいつは此処《ここ》に入隊した頃《ころ》から、防人《さきもり》になりたいと希望していましたから」

華族の出であれば、防人に固執する理屈も分かる。

訳ありで将来の希望が断たれたものなど、華族であってもそれなりに聞く話だからだ。

そしてそれは、目の前に立つ少女も境遇はよく似ていた。

「防人に？」初めて聞く晶の願いに、咲《さき》は僅《わず》かに瞳《ひとみ》を細めた。

「――へぇ、君もなんだ」

微笑《ほほえ》みに呟《つぶや》きを一つ残し、着物の袖《そで》を翻して通用門へと咲が姿を消す。

短くも、未《いま》だ途上の華の季節。ゆっくりと蕾《つぼみ》が綻《ほころ》び始めた少女の笑顔に、少なくとも強《したた》かにはなったなと厳次は苦笑を零《こぼ》した。

屯所の通路を奥に、目立たない位置に設けられた医務室の引き戸を開ける。

途端、草熱《くさいき》れのする初夏の微風が静けさの支配する医務室を抜けて、白い窓掛《カーテン》を知らず楽しげに躍らせた。

視線を巡らせ、医務室の片隅を見止める。

その先には、外の喧騒も知らず眠りこける晶の姿があった。

百鬼夜行から、まだ半日と経《た》ってはいない。

しかし、あの瞬間《とき》の光景は、何処か現実離れをして朧霞《おぼろかすみ》の向こう側を見ている気にしかならなかった。


膨大な量の朱金の精霊力が、視界を、否、世界を染め上げる。

それは、ただ荘厳で穏やかなだけの世界であった。


「何だ……」

呼吸すら畏《おそ》れ多《おお》い。

忘れそうになる意識を必死に繋《つな》ぎ止め、厳次は四肢に力を込めて立ち上がった。

朱金の輝きに朧霞《おぼろかす》むその向こうで、一際、強い輝きが大きく渦を捲《ま》いて華開く。

渦を巻いた先に立つ晶が、朱金に輝く大剣《つるぎ》を構えていた。

——ただ人たちを見下ろす南天が、純粋な歓喜に震える。

輝く波濤《はとう》を背に引き連れた晶は強大な大鬼を一刀の下に降し、それでも足りぬと大蛇に向かう。

精霊が歓喜を謳《うた》うがままに朱金の輝きがひときわ大きくうねり、
渦を捲く莫大《ばくだい》な精霊力すら呑《の》み込む降魔の灼塔が、厳次の眼前で静かに聳《そび》え立《た》った。

それは奇鳳院流精霊技、奥伝――、

「『彼岸鵺《ひがんぬえ》』、とはな……」

その絶技は、厳次ですらおいそれと放つことは叶わない。

一介の、それも練兵程度が放てる技では、間違いなく有り得ないはずだ。

周囲に極まる混迷をそのままに、常識と技量を無視して『彼岸鵺《ひがんぬえ》』を撃ち抜いた当の本人は、ただ、穏やかに眠り続けていた。

医務室の片隅に置かれた椅子に、荒々しく腰を下ろす。

大柄な厳次の重みに、簡素な椅子が抗議の悲鳴を上げた。

「ちっ。こっちの気苦労も知らんで、気持ちよく寝てくれるじゃねぇか」

椅子の軋《きし》みを無視して、厳次は晶の寝顔をじっと見つめる。

薄くも激情に張り詰めた面立ちも現在《いま》は柔らかく、そこには年相応に穏やかな少年の寝顔があった。

色々と問題は残してくれた上に、云いたい事は山ほどにある。

それでも、まぁ……、

「よくやった、晶」

寝ている今だからこそ云ってやれる言葉、万感の想《おも》いを込めて呟いてやった。

そして晶が目覚めるまでの僅かな時間を惜しみ、少しでも休息を取ろうと厳次は目を瞑《つぶ》る。

喧騒も遠く、初夏の微風だけが部屋の中を渡っていく。
目覚めれば時も置かずに、激動の嵐《あらし》が晶を襲うのだろう。
――だがその苦労も未だ知ることもなく、君よ、今はただ穏やかに眠れ。

余話　石が盤面を彩り、残照に微笑《ほほえ》みを

「――全く。あの後、大変だったんですからね」

「もう、何度も聴いておるわ。――じゃからこうして、其方《そなた》の趣味に付き合《お》うておる」

ぱちり。初夏の残照が影を落とす中、白魚の如《ごと》き指先が碁盤に白い石を撃つ。

その一手に嗣穂《つぐほ》の口元が悩まし気に歪《ゆが》み、黒の碁石を掌中で遊ばせた。

初夏に渡る風が万窮大伽藍《ばんきゅうだいがらん》を吹き抜け、風鈴が涼やかに鳴り返す。

その音色だけが、嗣穂の肢体に蟠《わだかま》る熱情を癒《いや》してくれた。

百鬼夜行の畳み込みも一段落を迎えた数日後。

嗣穂と朱華《はねず》。間に碁盤を挟んでの、白黒の攻め合いに興じる最中の会話であった。

「経済界と央洲《おうしゅう》かぶれの囀《さえず》りは、その大方に於《お》いて鳴りを潜めました。……暫《しばら》くは、嘴《くちばし》を開けることも躊躇《ためら》うはずです」

「くふ。恐《こわ》いのう、怖いのう。相手は小娘、そう侮ってくれた輩《やから》を存分に喰《く》らう心算《つもり》じゃな？」

「当然です。持って行く先を失った百鬼夜行の大功、利用しない理由もありませんので」

ぱち。黒が白の通り道を遮り、急所にツケ込む。

その動きに、朱華の指先が愉《たの》しげに白い石と踊った。

百鬼夜行の脅威は万人も知るところだ。……そしてそれは、終息した後の利益も莫大なものにな

るという事も意味している。

百鬼夜行の大功は、利権争いの発言力に大きく寄与する。しかし第8守備隊を舘波見川《たてばみがわ》中流域へと配備するように指示を降ろしたのは奇鳳院《くほういん》に他ならず、肝心の大功に付随する発言力も宙に浮いたままだ。

加えて、百鬼夜行に於ける被害も、大幅に想定を下回るものとなっている。

これでは穢レによって更地にされた土地の再開発を当て込んだ、資産の流動先が無くなってしまうのだ。

万朶《ばんだ》もそうだが、神託の直後から一部の洲議員どもが金子をばら撒いていたことは掴《つか》んでいた。強引に法外な安金で頬《ほお》を叩《たた》いて平民の土地家屋を接収し、再開発の名目で奇鳳院から下りる予算をそっくりそのまま自分の懐に流し込む心算《つもり》だったのだろう。

思いついたのは万朶だろうか？　そうでないにしても、一枚以上は思惑を噛《か》んでいたのは間違いないはずだ。

何しろ、自分の手駒を中流域から遠ざけて、故意に被害が拡大するように仕向けていたのだから。

「晶の名前は、未だ伏せるべきじゃろうなぁ。妙な刺激は、民草にとって毒にしかならん」

「肝心とする大功の中身は伏せておきます。……そのために、民衆の耳目を上流と下流域に集めたのですから」

土地を買い漁《あさ》る洲議員に万朶が擦り寄るためには、想定される損害の制御と上流域で止めたという証明が必要となる。

故に、他に手段の無い万朶が報道機関に情報を流すことも、嗣穂たちは確信していた。

真逆、嗣穂の想像以上に小物すぎて、第8守備隊を磨《す》り潰《つぶ》す狙いを隠蔽するために中流域から完全に記者を遠ざけようとするとは考えもしなかったが。

ともあれ、中流域から視線を排除するために、嗣穂は敢《あ》えて情報の漏出を黙認した。

嗣穂の狙い通り、記者たちは万朶の情報に誘導され、上流と下流に集中する。久方振りに目覚めた沓名ヶ原《くつながはら》の怪異は、発生の確認と終息したという結末だけが残った。

「……流布した情報から外れて大穴の特ダネ《ネガ》を目論《もくろ》んだ記者が1人、晶《あきら》さんの活躍を写真に収めていましたが、こちらは検閲で止めています。乾板ごと接収しましたから、後でこちらに届くはずです」

「ほう。随分と優秀な記者のようじゃな？」

「——偶然でしょう。梲《うだつ》の上がらないカストリ本《三流雑誌》の記者ですから」

ぱちり。ぱち。……ぱちり。時折、長考を挟みながらも、盤面を白と黒が交互に踊る。

現状は僅かに優勢。悩まし気に愉しげに、嗣穂の視線が盤面を一巡した。

「何故《なぜ》、分かる？」

「……その雑誌の出版元は、私個人が所有していますので。去年に興した会社で、記者も未だ育っていません」

口籠《くご》る応《いら》えに、朱華は呆《あき》れた視線を上げた。

つまり目の前の娘は、学生というにも年端も行かない頃《ころ》から起業したというのか。

資産は充分にあるとは云《い》え、幼子の行動力ではない。

「幼い頃から財閥たちに交じって折衝をしていたのは、その人脈を繋ぐためか。今回は役に立ってくれたが、何のために出版社を興した？」

「今回に限らず、報道の根元を押さえる為《ため》です。実際、かなり役には立ってくれていますよ。――三流記事ですので真に受けるものは少ないですし、記事の捏造《ねつぞう》も容易《たやす》いです」

西巴《せいは》大陸から流れてきた高速印刷技術や通信技術と共に、新聞と報道機関は目覚ましく発展していた。

利点は多いが同時に公表したくない情報の制御も課題となっており、嗣穂はその手段として敢《あ》えて信用の薄い三流雑誌を興したのだ。

狙《ねら》いは充分に果たしてくれている。

人間は耳触りの悪い真実よりも、耳に心地《ここち》の良い虚構に飛びつくものだからだ。

「報道に関しては問題ありません。圧倒的多数の見方を掴《つか》んでいますから、放っておいても民衆は真実を無視するでしょう。――それよりも、あかさまにお訊《き》きしたいことが御座います」

「うん？」

「どのようにして晶さんを認めたのですか？　晶さんは恒常的に隠形を行使していました。あの強度であれば、仮令《たとえ》、あかさまとはいえ、発見は容易でないはずです」

長考を終えたのか、嗣穂の凪《な》いだ視線が朱華の視線を捉《とら》える。

童女の口元が大輪の艶と笑む。その様が嗣穂の瞳に映った。

その刹那《せつな》まで、朱華は変わらぬ華蓮の営みを眺めるだけであった。

頬を撫《な》でる風と遊ぶも興に乗らず、鮮やかな夜景も彼女にとっては色彩《いろ》が失《う》せて見える。

だが、その瞬間《とき》。

珠門洲の大神柱をして感情《こころ》を沸き立たせるほどに、精霊たちの歓喜が視界を満たした。

「……なんじゃ？」

――顕《あらわ》れた！

――嗚呼《ああ》、顕れた‼

突如として感情なき歓喜《こえ》が己の膝元《ひざもと》を揺らし、朱華の意識を騒《ざわ》めかせる。

噂《うわさ》好きの精霊《すずめ》たちが囃《はや》し立て、急《せ》かされる侭《まま》に彼女は朱沙《しゅさ》の社を見下ろした。

水盆に映るのは、上位精霊とただ人の少年が佇《たたず》む影。

気配を感じたのか、己の支配下に無い上位精霊が朱華の視線を遠見法越しに見つめ返した。

上位精霊が隙間《すきま》なく隠形を張っていたのだろう、少年の姿は靄《もや》に隠れたように見通し難い。

「……随分と無茶をしおる。妾《わらわ》の眼《め》を隠し果《おお》せるとは、思ってもおるまいに」

霊道との狭間《はざま》とは云え、現世への直接干渉は神代契約に抵触した事実を意味している。

その証明をするかのように、上位精霊は少年と言葉を交わしながら崩壊を始めていた。

しかし、そこは問題でもない。

少年を護《まも》るものが隠形だろうが何だろうが、彼女が支配する朱沙の社で隠蔽《いんぺい》は通用しない。

神無《かんな》の御坐《みくら》。精霊を宿さぬ至上の奇跡を目の当たりに、朱華の頬に朱が散った。

神代契約に於いてありとあらゆる自由を赦《ゆる》されたその存在は、神柱が最も望む伴侶《はんりょ》であることを意味している。

――後には何も考えることは無い。

朱沙に渦巻く精霊総《すべ》てを、歓喜のままに支配する。

昇華する神気に任せ、神域に呑み込まれる少年を優しく己の手に包み込んだ。

紫色《しいろ》の精霊が散り消える前に朱華へと託した、縋《すが》るような願いだけが感情の隅にささくれとして残った。

――それでも。嗚呼、それよりも。

騒めきに似た感情が細波《さざなみ》と浚《さら》い、間近に相対する少年の姿に色彩を与える。

頰《ほお》に覚える熱情を散らそうと、朱華は視線を外へと向けた。

その先に広がるのは、代わり映えのしない華蓮の営み。しかしその色彩は、先程よりも豊かに朱華を楽しませた。


朱華が物思いに耽《ふけ》るうちに、何時《いつ》の間にか優勢だったはずの黒に勢いが失せていた。

ぱちり。随分と埋まった盤面を前に、嗣穂の長考も多くなる。

無類に囲碁を好む目の前の少女は、会話よりも盤面に集中しているようであった。

「そういえば、嗣穂。其方の晶への印象はどうじゃ？」

「どう、と申されましても。……随分と頼りない方だとしか」

「ほう、辛口じゃのう。まぁ、それも仕方なかろう。其方が晶と直に逢《お》うたのは、先日の一度きりゆえの」

嗣穂の視界に映った晶は、ただ状況に流されるだけの少年でしかない。

その姿は共に珠門洲《しゅもんしゅう》を担ぐには求める姿勢に及んでおらず、彼女が望めるだけの相手とも思えなかった。

確かに、神無《かんな》の御坐《みくら》というだけでも価値があろう。

無尽に神柱の恩寵《おんちょう》を望める存在。戦力としても勿論《もちろん》の事、政治《まつりごと》に臨んでもこれ以上の相手がいないことは嗣穂も理解している。

……何よりも、

「頼りなくはあるでしょうが、私の比翼と立つには充分に認めています。恋慕の情は別のものに任せます」

「善《よ》い。今はそれだけで、の。……じゃが、その感情は間に合うかのう？」

「？　……それは、どういう」

くふ。咽喉《のど》の奥で愉し気に笑い、怪訝《けげん》そうな嗣穂を余所《よそ》に朱華は盤面を眺めた。

屈折した嗣穂の理想とする恋愛観はともあれ、彼女は恋を知らないだけだ。

恋に期待する事すら恐れて、感情に蓋《ふた》をしている現状に目を背けているに過ぎない。

「其方のそれは、恋に恋しているとでも云うべきであろう、の」

事実、嗣穂は恋愛を好まないわけではない。

当人は隠している心算《つもり》であろうが、彼女の好む大衆小説はその大方に於いて恋愛に比重を傾けたものが多いことを、朱華は知っていた。

――だが、華族にとっての恋愛とは、婚儀の後に育むのが通例である。

何故《なぜ》ならば、番《つが》う男女の子供は、基本的に低位の精霊に合わせて生まれてくるからだ。

精霊を宿す器の劣化。それは支配層である華族の血統にとって、何よりも避けねばならない現実でもある。

器の強化が現実的ではない昨今、華族という種の存続は奇鳳院にとっても課題の一つであった。

実のところ恋愛の自由とは、平民たちにのみ赦された特権なのである。

だから嗣穂は恋愛を望まない。自分にとってのそれは、最も縁遠いものと知っているからだ。

それでも朱華は、敢《あ》えて口を挟んだ。

「其方にとって恋慕とは空から降ってくるものか？　恋も愛も、どの道、相手がいなければ育めんぞ」

「…………あかさま、真逆《まさか》、私の本を」

思い当たる一節でもあったか。呻《うめ》くように恐る恐る問い質《ただ》す嗣穂に応《こた》えず、揶揄《からか》いに笑む朱華はぱちりと白い影を盤上に打った。

一瞬の気の弛《ゆる》みに急所を撃たれ、嗣穂は逃げ道を探して盤面を眺める。

だが、そもそも劣勢であったのだ。取り返しを思いつけないまま、嗣穂は頭を下げた。

「投了します。――中盤で大きく分断されたのが痛かったですね」

「うむ。政治であそこまで理に詰める事を好むに、其方の囲碁は手跡に遊びが多すぎる。それでは脇《わき》も突《つ》かれよう」

ざらざらと白黒の碁石を別《わ》ける中、嗣穂と朱華は講評を口に流れを思い返す。

「……定石は詰まりません。勝ち負けの外にある遊びこそ、囲碁の良いところでしょう?」

決められた道など詰まらないと返す嗣穂に、朱華は得たりと笑う。

「それよ」「?」

姿勢を崩して脇息にしな垂れる神柱の指摘に、嗣穂は僅《わず》かに首を傾《かし》げた。

「恋も同じと云いたいだけよ。恋愛の勝ち負けは、駆け引きの妙味。出会った後に望むのも又、善いというもの」

「高望みをし過ぎだと?」

「否。過程を愉《たの》しめ。それこそが、其方の希《こいねが》うものの本質なれば」

閉じた扇子で口元を隠し、微笑《ほほえ》ましくも揶揄《からか》ってくる童女の神柱に見詰められ、図星を指された嗣穂は頬に朱を散らした。

「……甘味が欲しいですね。葦《あし》切り餅《もち》で宜《よろ》しいでしょうか?」

「くふ。嗣穂はそれが好きじゃのう。煎茶《せんちゃ》も淹《い》れておくれ、一局の疲れに丁度良い」

「畏《かしこ》まりました」

準備に席を外す嗣穂から視線を外し、朱華は華蓮の街並みを見下ろした。

変わらぬ人々の営みが、蒸気と排煙に混じって粛々と運行を繰り返す。

その光景に朱華の心が沸き立つことは無かったが、魅入られた晶の姿が思い浮かび綻《ほころ》ぶ口元が抑えられなかった。

――空から降ってきた恋慕の季節は始まりを告げて、朱華の見詰める総てに彩りを添えて見せた。

あとがき

初めまして、安田《やすだ》のらと申します。

先《ま》ずは、拙作「泡沫《うたかた》に神は微睡《まどろ》む」を手に取っていただき、ありがとうございます。

拙作は、小説家になろう内にて、同タイトルで執筆を続けてきたものです。

読者の皆様からの支持を頂き、こうして書籍として日の目を見た事、僕自身も嬉《うれ》しさと驚きを以《もっ》て迎えております。


「無声映画に活動弁士がついているような文章」

拙作の前に書いた小説の感想を友人に求めた際、返ってきた第一声がこれでした。

「なら次の作品は、時代ごと文章に合わせてやる」

頭に浮かんだのが、文明開化真っ盛りの明治時代によく似た異世界でした。

洋装の裕福そうな男女が歩き、着物の商売人たちが値段交渉に勤《いそ》しむ。

路面電車が過ぎて、闊歩《かっぽ》する人々が時代の移り変わりを予感させる。

そして、森の中で化け物と戦う少年少女。

何よりも、仁王立ちで炎を睨《にら》みつける、少年の背中。

晶《あきら》が産声を上げたのは、まさにこの瞬間でした。

泣きながら逃げて、少女の姿をした神さまに出会って。

ひねくれかけても真《ま》っ直《す》ぐに、抗《あらが》い闘うことを誓った少年。

彼を主人公として、物語は多くの思惑を隠して進んでいきます。

是非とも晶たちと肩を並べて、近代と神代が共存する世界を味わっていただければと願います。

イラストを担当していただいたあるてら様。

素晴らしいキャラを描き上げてくださったこと、何よりも嬉しく思います。

幼さを残した晶の表情や、凛々《りり》しい咲《さき》、あかさまの可愛《かわい》さと傲慢《ごうまん》さが一体となっているところ。

僕の頭にしかなかった晶や咲たちが、絵の中で息衝《いきづ》くその総《すべ》てに興奮が止《や》みません。

自身の作った小さな一歩が他の人の手によって無限の広がりを見せていく光景は、何かを創り出したものだけが味わえる最高の喜びであると今回教わりました。

そして、また一歩、晶たちの世界は可能性を見せてくれました。

伊禮《いれい》ゆきとし先生の手により、コミカライズの準備が進んでおります。

守備隊で戦う晶の姿を、一足早く、先生からいただきました。

高天原《たかまがはら》と呼ばれる遠いその地。晶たちが確かに息衝いて

『泡沫に神は微睡む』
コミカライズイメージカット
illust. 伊禮ゆきとし

いる様子を、先生の手で書いていただけること、感謝申し上げます。

僕の手を離れて更なる飛躍をしていく拙作を、どうか皆さんも末永く見守っていただけたらと思います。

この作品に関わってくれた総ての人に感謝を。

何よりも拙作を手に取っていただき、晶たちの世界を楽しんでくれた読者の皆様に感謝を。

ありがとうございます。

これからもお付き合いのほど、よろしくお願いいたします。

安田のら

カドカワBOOKS

泡沫《うたかた》に神《かみ》は微睡《まどろ》む 1
追放《ついほう》された少年《しょうねん》は火神《かしん》の剣《けん》をとる

2023年２月10日　初版発行

著者／安田《やすだ》のら
発行者／山下直久
発行／株式会社KADOKAWA

〒102-8177
東京都千代田区富士見2-13-3
電話／0570-002-301（ナビダイヤル）

編集／カドカワBOOKS編集部
印刷所／大日本印刷
製本所／大日本印刷

Printed in Japan
ISBN 978-4-04-074853-5 C0093

新文芸宣言

かつて「知」と「美」は特権階級の所有物でした。

15世紀、グーテンベルクが発明した活版印刷技術は、特権階級から「知」と「美」を解放し、ルネサンスや宗教改革を導きました。市民革命や産業革命も、大衆に「知」と「美」が広まらなければ起こりえませんでした。人間は、本を読むことにより、自由と平等を獲得していったのです。

21世紀、インターネット技術により、第二の「知」と「美」の解放が起こりました。一部の選ばれた才能を持つ者だけが文章や絵、映像を発表できる時代は終わり、誰もがネット上で自己表現を出来る時代がやってきました。

UGC（ユーザージェネレイテッドコンテンツ）の波は、今世界を席巻しています。UGCから生まれた小説は、一般大衆からの批評を取り込みながら内容を充実させて行きます。受け手と送り手の情報の交換によって、UGCは量的な評価を獲得し、爆発的にその数を増やしているのです。

こうしたUGCから生まれた小説群を、私たちは「新文芸」と名付けました。

新文芸は、インターネットによる新しい「知」と「美」の形です。

2015年10月10日
井上伸一郎

歩くたび増えていく
新しい出会い、新しいスキル
この世界で、
のんびり旅はじめます。

奇跡に詠唱は要らない――
気弱で臆病だけど最強な
魔女の物語、書籍で新生！

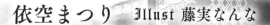

FLOS COMICにて
コミカライズ連載中！
漫画・shoyu
憧れの後宮はトラブルだらけでした!?
新米宮女、医療チートで大活躍！
風邪の予防にアルコール消毒！
呪い信者の道士と医学論争!?
無害な化粧品づくり！
第4回カクヨムWeb小説コンテスト
キャラクター文芸部門
〈特別賞〉

魔王《ラスボス》よりも強いけど、
平穏に暮らしたいんです。
B's-LOG COMIC＆
異世界コミックにて
コミカライズ
連載中!!!!
漫画：のこみ
カドカワBOOKS

元社畜、
異世界の端っこで
のんびりモノづくり生活、
はじめます。
WEBデンプレコミックほかにて
コミカライズ連載中!!!
漫画：日森よしの
たままる ill キンタ
カドカワBOOKS
異世界に転生したエイゾウ。モノづくりがしたい、と願って神に貰ったのは、国政を左右するレベルの業物を生み出すチートで……!? そんなの危なっかしいし、そこそこの力で鍛冶屋として生計を立てるとするか……。

鍛冶屋ではじめる異世界スローライフ
シリーズ好評発売中!!
第4回カクヨムWeb小説コンテスト
異世界ファンタジー部門〈大賞〉

目覚めたら
最強装備と宇宙船持ちだったので、
一戸建て目指して傭兵として
自由に生きたい
リュート
ill. 鍋島テツヒロ
カドカワBOOKS

凄腕FPSゲーマーである以外は普通の会社員だった佐藤孝弘は、突然ハマっていた宇宙ゲーに酷似した世界で目覚めた。ゲーム通りのチート装備で襲い来る賊もワンパン、無一文の美少女ミミを救い出し……。自分の家をもってミミとのんびり暮らすため、いっちょ傭兵として稼いでいきますか。

魔物の魔石を食べて
強くなれるのは、
この世界でオレだけ！
コミックス好評発売中!!
作画：菅原健二
1巻即重版の人気シリーズ!!
魔石グルメ
魔物の力を食べたオレは最強！